Mit dem Foto eines verliebten Paares in der Pariser Metro veränderte sich alles. Nicht gleich. Nicht sofort. Aber später. Und ganz woanders. In einem Land im hohen, weißen Norden. Dort wo Nanna und Gylfi sich ein ruhiges, beschauliches Leben aufgebaut haben. Sie liebt ihren Garten, er das Fliegenfischen. Alles ist für alle gut geregelt in der Familie. Erst als der französische Fotograf in ihr Leben tritt, gerät das Gerüst ins Wanken.

»Baldursdóttir hat einen meisterlich komponierten Familienroman geschrieben, der über die Familie hinaus die großen Fragen über Veränderungen im Leben, über Bedrohungen und Ängste stellt.« *Bad Dürkheimer Stadtanzeiger*

Kristín Marja Baldursdóttir ist eine der bekanntesten Schriftstellerinnen in Island. Im Fischer Taschenbuch Verlag sind lieferbar: »Möwengelächter«, »Kühl graut der Morgen«, »Hinter fremden Türen«, »Die Eismalerin«, »Die Farben der Insel« und »Sterneneis«. Die Autorin lebt mit ihrer Familie in Reykjavík.

Weitere Informationen finden Sie auf www.fischerverlage.de

KRISTÍN MARJA BALDURSDÓTTIR

Sommerreigen

Roman

Aus dem Isländischen von
Tina Flecken

FISCHER Taschenbuch

Erschienen bei FISCHER Taschenbuch
Frankfurt am Main, August 2016

Die isländische Originalausgabe erschien 2012 unter dem Titel
»Kantata« bei Forlagid, Reykjavík.

Druck und Bindung: CPI books GmbH, Leck
Printed in Germany
ISBN 978-3-596-19856-6

The trouble came when one of the doors was left open
and apparently someone came in.

Louise Bourgeois

Sie betraten die Metro, beide so hell, so strahlend, dass die Fahrgäste, die bis dahin mit gesenkten Köpfen vor sich hingestarrt hatten, um den Blicken der anderen auszuweichen, alle im selben Moment aufschauten. Kurz darauf wieder nach unten sahen oder aus dem Fenster, wo sie auf ihr eigenes Spiegelbild trafen.

Die beiden Zugestiegenen griffen nach der Stange in der Mitte des Wagens, hielten Ausschau nach freien Plätzen in der Nähe, ohne ihr Gespräch zu unterbrechen. Der Mann entdeckte einen freien Platz neben einem dunkelhäutigen Mann und bedeutete der Frau, sich dort hinzusetzen. Er stellte sich neben sie, griff nach einer der Halteschlaufen, die von der Decke hingen, und redete weiter. Die Frau sah immer wieder zu ihm hoch, warf ein Wort ein, lächelte, ließ ihren Blick dabei über die Fahrgäste schweifen, die ihr am nächsten saßen, drei Farbige mittleren Alters, eine ältere Frau mit einem kleinen Hund auf dem Schoß und ein junger Mann, der afroasiatischer Herkunft zu sein schien. Ihre Augen blieben einen Moment länger an ihm haften als an den anderen Fahrgästen, danach schaute sie ihn nicht mehr an.

Doch er schaute sie an.

Der dunkelhäutige Mann blickte hingegen kein einziges Mal zu der blonden Frau neben sich. Er starrte aus dem Fenster, wo es nichts zu sehen gab außer den düsteren Tunnelwänden, musterte dabei verstohlen sein Spiegelbild. Neugierig betrachtete der junge Mann die Gegensätze aus Nord und Süd, die nebeneinander saßen und sich keines Blickes würdigten.

Der blonde Mann, der neben der Frau stand, ignorierte ihn und hatte nur Augen für die Frau, mit der er sprach. Ebenso wenig beachtete er die anderen Fahrgäste im Wagen, die schwiegen und die Zeit totschlugen, indem sie der Sprache der beiden lauschten.

Der junge Mann, der die Gegensätze aus Nord und Süd neugierig betrachtete, sah, wie sich der Gesichtsausdruck des dunkelhäutigen Mannes ganz langsam veränderte. Er kniff die Augenbrauen zusammen, weitete die Nasenflügel, verzog den Mund. Mit zorniger Miene stand er hastig auf und stellte sich an die Tür. Die Frau blickte ihm verwundert hinterher, nutzte dann die Gelegenheit und rutschte zur Seite, damit der blonde Mann sich neben sie setzen konnte. Was er erfreut tat, ohne seinen Redeschwall zu unterbrechen oder sich um das heftige Benehmen des dunkelhäutigen Mannes zu kümmern.

Die Frau lächelte weiter und schaute ihren Sitznachbarn bewundernd an. Da hatte der junge Mann ein Foto von ihnen gemacht, ohne dass sie es bemerkten.

1

Die Bäume hatten sich ans Haus herangetastet.

In der Kälte das Warme gesucht. Einige hatten ihre Äste bis auf die Veranda gereckt, die Kriechmispel am aufdringlichsten, hatte sich wie eine Schlange im Dunkeln vorangeschoben, so dass ihre Absicht nicht sofort erkennbar war. Die vermutlich darin bestand, möglichst bald die Terrasse zu erobern.

So ist das nun mal in der Entwicklungsgeschichte der Erde.

Nanna weiß das, sie kennt die Pflanzenwelt, kennt ihre Bäume besser, als sie vermuten. Die können sie so leicht nicht täuschen.

Deshalb kommt es ihr merkwürdig vor, dass sie den Übergriff nicht schon früher bemerkt hat. Als hätte sie letztes Jahr beim Einpflanzen gar nicht damit gerechnet, dass sie wüchsen und gediehen, groß und stattlich würden, mehr Platz bräuchten. Woran hatte sie nur gedacht, als sie die Löcher für sie grub, für diese Winzlinge, die sie damals noch waren?

Die große Tanne und die Kiefern, die schon im Garten standen, als sie das Haus kauften, sind nicht so vorwitzig wie die Kleinen. Allerdings fällt ihnen das auch schwerer in ihrer Behäbigkeit, denn sie sind fest verwurzelt, sich ihrer selbst sicher. Jedes Jahr recken sie sich höher in den Himmel, werfen Schatten, die sich im Sommer in der Abendsonne auf Gärten und Häuser legen. Sind nicht aufdringlich und eifrig wie die Kleinen, die bis an die Tür wollen, um jeden Preis. Nanna hat das bisher nur nicht bemerkt, war im Winter nicht oft draußen auf der Veranda.

Doch nun hat sie gesehen, worauf es hinausläuft. Es gibt kein Zurück mehr. Weder für sie noch für die Pflanzen. Dem muss Einhalt geboten werden, mit der Gartenschere. Jetzt ist der richtige Zeitpunkt, oder ist es vielleicht schon zu spät? Die Bäume haben begonnen, ihr Sommerkleid anzulegen, und die Hecke ist belaubt. Nanna bewaffnet sich mit der Schere. Sie schlüpft in den Gartenoverall, der frisch gewaschen, aber verschlissen ist, genau wie er sein soll, denn eine Gärtnerin macht eine gute Figur in abgetragener Kleidung. Sie zieht das Stirnband an und schiebt die Schubkarre energisch zu der Kriechmispel, nähert sich ihr von hinten wie ein Feind.

Als sie gerade die Gartenschere ansetzen will, denkt sie an den bevorstehenden Sommer, ob er feucht wird oder trocken, ob er eintönig wird oder ob etwas geschieht, das alles verändert. Sie lässt die Schere für einen Moment sinken. Manchmal hat sie das Gefühl, dass sich die Stimmung ohne einen konkreten Anlass verändert. In ihrem Leben, im Leben ihrer Familie, im Leben der Menschen in diesem Land, als löse eine Kette kleiner Ereignisse, die niemand festmachen kann, eine Veränderung im Denken und Verhalten der Menschen aus. Wie ein plötzlicher Niederschlag, für den es keine Erklärung gibt.

Auf einmal wird ihr unwohl, sie hat Angst, dass sich

etwas verändern wird, spürt es geradezu körperlich, als läge es in der Luft. Sie schaut sich suchend um. Dann fällt ihr auf, dass sie öfter von solchen Gedanken verfolgt wird, wenn sie im Garten arbeitet, als ginge die Phantasie mit ihr durch, sobald ihr der Geruch der Pflanzen in die Nase steigt, und galoppiere los gen Süden. Ins Blaue hinein. Sie beschließt, ihre wirren Gedanken, die sie noch nicht einmal selber versteht, zu stutzen und hebt erneut die Gartenschere.

Während sie die aufdringlichsten Äste von der Veranda entfernt, achtet sie darauf, nicht zu viel wegzuschneiden. Sie möchte die Geborgenheit bewahren, diese grüne, behagliche Umrahmung, die der Terrasse ein südliches Flair verleiht und Gästen in unbeschwerter Atmosphäre ein warmes und sicheres Gefühl gibt, Gästen, die sie im Sommer zu göttlichem Trunk auf ihre Terrasse einlädt. Die Vorstellung, dass Menschen auf ihrer Terrasse essen und lachen, erfüllt sie mit Glück, das den Garten durchflutet. Hier und da heben Vögel die Köpfe, als hätte man sie gerufen, und hoffen auf Würmer, weil jemand die Erde durchwühlt.

Als Nanna den Blick nachdenklich über das Braun und Grün ihres Gartens schweifen lässt, sieht sie, wie ein gelbbrauner Klumpen gegen das Wohnzimmerfenster prallt. Sie kennt dieses Biest. Und erstarrt.

Eine Wespenkönigin sucht einen Platz für ihr Nest. Hat den Winter über geschlummert, ist gerade aufgewacht, mürrisch und angriffslustig.

Dieses Ungeziefer hat Nannas Sommerglück fast zerstört, und sie wagt es kaum noch, sich im Garten aufzuhalten, wenn die Viecher wild werden. Nichts fürchtet sie mehr, als gestochen zu werden. Wie wundervoll die Sommer in Island früher doch waren, als kaum etwas anderes umherschwirrte als Schmeißfliegen, Schnaken und vielleicht ein paar Hummeln, alles harmlose Insekten, wenn auch lästig. Doch dann änderte sich die Welt an einem Tag. Als die Invasion begann.

Eines schönen Sommertags hatte sie auf ihrem Liegestuhl gelegen und mit zusammengekniffenen Augen eine Zeitschrift gelesen, als plötzlich Fliegen umherschwirrten, die es anscheinend darauf abgesehen hatten, hinter ihren Stuhl zu gelangen. Sie achtete nicht besonders auf sie, hielt sie der Größe nach automatisch für Schmeißfliegen, war allerdings auch gerade in einen Artikel über die globale Wasserversorgung vertieft. Doch irgendwann nervte sie das Gesurre, sie stand auf, rückte den Stuhl von der Hauswand ab, um herauszufinden, worauf die Fliegen es abgesehen hatten, und entdeckte unter der Fensterbank einen Tennisball. Nanna fand den Tennisball, der frei in der Luft an der Fensterbank hing, so bizarr, dass sie sich zunächst gar nicht rühren konnte. Wie würde die Wissenschaft ein solches Phänomen erklären, und woher, mit Verlaub, kam dieser Tennisball? In ihrer Familie spielte niemand Tennis. Sie streckte die Hand aus und wollte den Ball anfassen, hielt jedoch im letzten Moment inne und rief nach Gylfi, weil sie dachte, er würde das Ding vielleicht gerne sehen wollen. Doch der musterte den Ball nur kurz und sagte dann seelenruhig, das sei ein Wespennest. Sie wäre fast durchgedreht. Schweißgebadet und in Panik suchte sie im Telefonbuch nach der Nummer eines Kammerjägers, während Gylfi nicht lange zögerte und mit einem Glas und einem Stück

Pappkarton bewaffnet das Nest entfernte. Nanna erfuhr nie, was aus dem Nest geworden war, wohin er es gebracht hatte.

Die Königin ist also von ihrem Winterschlaf erwacht.

Nanna zwingt sich, logisch zu denken, was ihr gerade gelingen will, als das Königinnenviech beschließt, sich lieber im nächsten Garten ein Nest zu bauen. Und davonfliegt. Einfach so.

Das Auto war nicht schuld, dass Dúi zu spät zur Arbeit kam, wie er dem Mädchen von der Nachtschicht erzählte – er konnte sich nur nicht entscheiden, was er anziehen sollte. Das Wetter hatte plötzlich nach hellen Farben verlangt, denn es war so deprimierend, schwarz zu tragen, wenn die Sonne schien und die Bäume vor dem Hotel ihr Sommerkleid anlegten. Also hatte er das dunkelblaue Sakko herausgeholt, das gut zu dem hellgrauen Hemd passte, keine zu auffällige oder zu schrille Sommerfarbe, die dennoch eine gewisse italienische Leichtigkeit ausstrahlte, aber sein hellgraues Lieblingshemd war in der schmutzigen Wäsche gewesen, und er hatte sich eine neue Kombination einfallen lassen müssen. Das hatte eine Weile gedauert.

Dúi kommt nie zu spät zur Arbeit, obwohl er morgens gern lange schläft, deshalb ist so ein Fauxpas noch lange kein Weltuntergang. Aber es ist ihm trotzdem unangenehm, der Hotelbesitzer ist schon da und sitzt mit seinem Computer in der Ecke.

Gylfi beginnt den Tag normalerweise damit, dass er in seinem kleineren Hotel Kaffee trinkt und auf dem Laptop ausländische Zeitungen liest. Das macht er an jedem Wochentag ab acht Uhr, wenn er sich nicht gerade zum Angeln auf dem Land oder im Ausland befindet. Er bleibt ungefähr vierzig Minuten sitzen und lässt sich von der erwachenden Stadt nicht stören. Wenn er die internationalen Nachrichten durch hat, wirft er den Empfangsmitarbeitern und dem Mädchen an der Kaffeetheke einen Gruß zu und begibt sich in sein Büro im großen Hotel. Jenem Hotel, das Dúi in Zukunft gerne führen würde. Deshalb sind kleine Patzer schlecht für seine Karriere.

Dúi wirft dem Hotelbesitzer, seinem Vetter, einen verstohlenen Blick zu und überlegt, ob er ihn reinkommen sehen hat, aber Gylfi hat weder aufgeschaut noch seine Beinstellung verändert, seit Dúi ins Foyer getreten ist. Doch Dúi weiß, dass man intelligente Menschen nie unterschätzen soll.

Er löst das Mädchen von der Nachtschicht ab und scheucht seinen Hund unter den Empfangstresen, wo der tagsüber auf einer weichen Matte schläft. Der Hund gibt nie einen Mucks von sich und tapst nur gelegentlich zur Stärkung der Gesundheit durch die Halle, er humpelt nämlich. Er fällt niemandem zur Last, sondern erheitert die Mitarbeiter, allen voran sein Herrchen, das die Oberaufsicht über den Empfang und die kleine Kaffee-Ecke hat, wo sich die Hotelgäste vor ihren Besichtigungstouren beratschlagen.

Die Bedienungen in der Kaffee-Ecke stecken dem Hund unauffällig Kekse zu, woraufhin er sie mit aufrichtiger Bewunderung anhimmelt. Dem können sie nie widerstehen, nehmen ihn auf den Arm, streicheln und kraulen ihn. Dúi hat nichts dagegen, versteht ihre Begeisterung, hält Olli jedoch von den Hotelgästen fern und pfeift ihn schnell zurück, wenn Gruppen eintreffen. Dann weiß Olli, dass er jetzt ein Nickerchen halten muss. Man kann ja nie wissen, wie die Gäste auf den Hund reagieren, er könnte ihnen auch auf die Nerven gehen.

Allerdings ist Dúi schon aufgefallen, dass die meisten gutbetuchten ausländischen Touristen Schoßhunde wie Olli mögen. Sie sehen ihn manchmal zufällig, stoßen verzückte Rufe aus und erhalten dafür selbstverständlich den besten Service, den das Hotel zu bieten hat.

Aber es kommen auch kauzige Touristen, Einzelgänger und Exzentriker, die mit Fahrrad und Rucksack durch die Welt reisen und aus Orten mit so kuriosen Namen stammen, dass Dúi sie nicht aussprechen kann – wie soll er wissen, was die von Hunden halten?

Der Mann zum Beispiel, der mit seiner Teetasse am Fenster sitzt und Reisebroschüren studiert, könnte aus einem solchen Ort stammen, auch wenn seine Kreditkarte in Frankreich ausgestellt wurde. Das hat nicht viel zu sagen, die Leute sind inzwischen so multikulturell. Aber er sieht gut aus, und die Kamera, die er vor sich auf dem Tisch aufgebaut hat, ist nicht die schlechteste, solche Geräte haben nur Profis.

Das Mädchen von der Kaffeetheke stöckelt mit zwei Tassen in der Hand zu Dúi, wie sie es morgens immer macht, wenn es am Empfang ruhig ist, eine für sich und eine für ihn. Sie tauschen die letzten Neuigkeiten aus, sie erzählt ihm, dass ihre Katze sie gegen fünf Uhr geweckt habe, und er schwärmt von dem Hähnchengericht, das er gestern Abend für sich und seinen Onkel Finnur zubereitet hat, wie er beim Kochen improvisiert und ein phantastisches Gericht kreiert hat.

Dúi kommt nicht mehr dazu, die Zubereitung zu erklären, denn aus dem Aufzug strömen nun Hotelgäste, die auf eine Besichtigungstour wollen. Sie verlangen Auskünfte über dieses und jenes, während sie auf den Bus warten, und plötzlich steht der Fotograf vor ihm.

Er ist ungefähr fünf Zentimeter größer als ich, fällt Dúi als Erstes ein. Der Mann will sich über Mietwagen informieren, und Dúi holt die Preisliste von der Autovermietung, zeigt ihm die günstigsten Konditionen, leiert Zahlen herunter, doch als der Gast nicht reagiert, hebt er den Kopf, um zu sehen, ob er ihm überhaupt zuhört. Was er nicht tut. Er starrt über Dúis Schulter hinweg geradewegs in die Ecke, in der Gylfi sitzt.

Er wirkt so, als hätte er ein Wunder gesehen.

Erst spiegelt sein Gesicht Erstaunen, er öffnet den Mund, senkt die Lider, seine Augen fangen an zu glänzen, als stünde sein Team kurz vor dem Sieg, dann Freude, als hätte er im letzten Moment den Zug noch erwischt, schließlich Bewunderung, als stünde er vor dem Kunstwerk seiner Träume.

Seine Mimik verwirrt Dúi, tausend Schmetterlinge flattern durch seinen Kopf, und er starrt auf die Brust des Mannes, während er versucht, dessen Empfindungen ebenso wie seine eigenen einzuordnen. Er spürt Misstrauen in sich aufwallen, das im nächsten Moment von Eifersucht verdrängt wird. Das macht ihn nervös, er versteht seine Gefühle nicht, lässt sich aber nichts anmerken und ist die Höflichkeit in Person – Leute in seiner Position haben sich das antrainiert, egal was geschieht.

Der Fotograf sieht ihn an, weist dann mit dem Kopf

Richtung Gylfi und fragt in hervorragendem Englisch, ob das eine bekannte Persönlichkeit sei. Dúi wirft einen kurzen Blick über die Schulter auf Gylfi, als hätte er gar nicht bemerkt, dass dort jemand sitzt, und antwortet knapp und diskret, das sei nicht der Fall. Er zeigt mit Nachdruck auf die Zahlen in der Preisliste und wartet auf eine Reaktion, doch der Fotograf fragt nur, ob er wisse, wer der Mann dort in der Ecke sei.

Dúi gerät in Verlegenheit, weil er nicht weiß, ob er eine solche Frage beantworten soll, findet dann aber, dass es albern wäre, so zu tun, als sei das ein Geheimnis, und sagt, das sei der Hotelbesitzer.

Wie heißt er?, fragt daraufhin der Fotograf, und weil er bei der Frage lächelt, nennt Dúi ihm den Namen. Fragt dann selber hastig – er merkt später, dass er besonnener hätte reagieren sollen –, warum er denn den Namen wissen wolle. Da entgegnet der Fotograf, als gäbe es nichts Selbstverständlicheres, er habe diesen Mann in einer ausländischen Zeitung gesehen, also müsse er doch wohl bekannt sein. Dúi bestätigt, dass die meisten Isländer ihn kennen würden, zumindest vom Foto, er sei wegen seines Berufs öfter in den Medien.

Der Fotograf ist vom Tresen verschwunden, bevor Dúi ihn fragen kann, in welcher ausländischen Zeitung er ein Foto von Gylfi gesehen habe, das würde er nämlich gerne wissen, doch der Mann scheint kein Interesse mehr an Mietwagen zu haben. Er hantiert mit wichtigtuerischer Miene im Stehen an einem der Kaffeetische mit seiner Kamera herum, geht dann hinaus zu der Gruppe, die auf den Bus wartet, und scheint sich ihr anschließen zu wollen.

Als Nächstes sieht Dúi, wie der Mann sich plötzlich zu einem der Hotelfenster dreht, durch die man das Foyer gut einsehen kann, und seine Kamera zückt.

Die Kellerfenster blicken ausdruckslos in den Garten.

Dahinter befindet sich der Arbeitsplatz der Gärtnerin in einem großen Raum, Wohnzimmer und Küche in einem, und an einem kleinen Flur neben der Küche liegt das Bad. Hinter dem Apartment, das ab und an Gäste beherbergt, sind die Abstellkammern. In einer von ihnen bewahrt Nanna ihre Gerätschaften auf: Gartenscheren in unterschiedlichen Größen, Schaufeln und Harken jeglicher Art, Plastiksäcke mit Erde, Dünger, Samen, Schädlingsbekämpfungsmittel, Pflanzkübel und Töpfe.

Die Töpfe stehen der Größe nach sortiert in den Regalen, einige aus Kunststoff, andere aus Ton, sind ineinandergestapelt, sauber und stolz, alte und neue, bei einigen glänzt der Ton. Nanna wählt sie sorgfältig aus, wenn sie Blumen umtopft oder Stecklinge einpflanzt. Alle Zimmerpflanzen werden auf dem Küchentisch in der kleinen Wohnung bearbeitet und dürfen sich dort anschließend ausruhen, denn es strengt an, von einem Topf in einen anderen umgepflanzt zu werden, zumal die Wurzeln manchmal empfindlich sind. Häufig ist der Küchentisch beladen mit Topfpflanzen zum Aufpäppeln, und die kleinsten Töpfe mit den Stecklingen, die noch Wurzeln schlagen und Ruhe brauchen, stehen neben der Spüle in einer langen Reihe. In die Kellerwohnung, die nach Süden liegt, fällt viel Licht, und Nanna zieht die Vorhänge fast nie zu. Sie schaut gerne in den Garten, während sie sich mit den Zimmerpflanzen beschäftigt.

Die Blütezeit der Rachenrebe ist vorbei, sie blüht vom Winter bis ins Frühjahr, während andere Pflanzen mit dem dunklen Winter zu kämpfen haben, doch nun sind die gelben und roten Blüten verwelkt und von den hängenden Ranken gefallen.

Jetzt muss Nanna die immergrüne Pflanze auf ihren sommerlangen Schlaf vorbereiten. Sie stellt sie in einen etwas größeren Topf, gibt ihr neue Erde, streicht vorsichtig mit einem nassen Lappen über die samtigen Blätter, ermuntert sie und versichert ihr, dass der Schlaf sie beleben werde, sie werde bestimmt nichts verpassen, wenn sie den Sommer über schlummere. Sobald Nanna überprüft hat, dass die Rachenrebe in einem guten Zustand und wohlauf ist, wird sie sich aufs Sofa setzen und sich über ein paar Sträucher informieren, mit denen sie liebäugelt und die die Glanzmispel ersetzen könnten. Auf dem Couchtisch liegt ein ganzer Stapel Gartenbücher, doch als sie einen kurzen Blick aus dem Fenster wirft, sieht sie einen Kopf an der Hecke.

Da fällt ihr wieder ein, dass sie sich vorgenommen hatte, die Hecke frühzeitig einzusprühen, damit die Raupen nicht die Blätter wegfressen. Sie überlegt, ob sie sich erst auf die Hecke stürzen und dann die Glanzmispel ausmerzen soll oder umgekehrt – eine schwierige Entscheidung, denn es tut ihr leid, die Mispel zu verlieren. Diese wundervolle Pflanze, die sich im Herbst so hübsch rot verfärbt, was ihr jedes Mal, wenn sie sich zu Fuß oder mit dem Auto ihrem Haus nähert, Freude bereitet, die muss sie opfern. Die schöne rote Farbe. Blühende Mispeln locken Wespen an.

Nanna weiß, welche Pflanzen die unterschiedlichen

Insektenarten bevorzugen, denn sie hat sich eine Zeitlang mit dieser Wissenschaft beschäftigt. Sie hätte gerne Bücher über Ökologie übersetzt, aber weil sie keinen Abschluss in dem Fach hat, wollte sie den Verleger nicht danach fragen. Dem war es ohnehin lieber, wenn sie weiter Krimis übersetzte, die wurden immer viel gelesen.

Nach kurzem Überlegen beschließt sie, das Einsprühen der Hecke der Tötung der Mispel vorzuziehen, und geht zur Gartenkammer, um die Giftmischung vorzubereiten. Sie setzt die Schutzbrille auf, holt mit den gelben Gartenhandschuhen an den Händen einen Fünf-Liter-Sprühkanister mit Zerstäuber, füllt ihn mit Wasser und gibt einen Teelöffel Insektenvernichtungsmittel hinein.

Sie sprüht die gesamte Hecke ein und braucht lange dafür, trödelt geradezu bei der Arbeit, wohl wissend, dass sie nur die Vernichtung ihrer Lieblingspflanze hinauszögert.

Die Glanzmispel steht vor der Hecke. Drei Sträucher in einer Reihe, die Blätter noch klein und frisch, beben vor Lebenslust. Nanna kommen die Tränen, als sie sie tötet, als sie den ersten Strauch runterschneidet. Erst geht sie langsam zu Werke, es strengt die Armmuskeln an, doch dann arbeitet sie schneller, beugt sich über die Pflanze, und schon nach kurzer Zeit bricht ihr der Schweiß aus.

Endlich weichen die spärlichen Wolken der aufdringlichen Sonne, die in den Garten strömt und die gelben Gartenhandschuhe aufheizt. Als Nanna sich abrupt aufrichtet, um ihr Gesicht ebenfalls wärmen zu lassen, sieht sie ihn.

Er steht an der Hecke. Betrachtet sie versonnen. Die Zeit kriecht voran, sie fixieren einander, dann lächelt er entschuldigend, nickt und geht weiter wie jeder andere Spaziergänger. Sie sieht ihm nach, er hat eine imposante Kamera in der Hand und die dazugehörige Tasche über die Schulter gehängt.

Nanna überlegt, ob er wohl ein Foto von ihr gemacht hat.

2

Der Hund sitzt auf der Prachtausgabe.

Auf den großen Büchern auf Finnurs Schreibtisch hockt er am liebsten, während Dúi in der Küche das Essen zubereitet. Der Koch ist dabei so ungestüm, dass es für kleine, humpelnde Hunde gefährlich sein kann, ihm im Weg zu sein. Deshalb zieht er es vor, sich wie Finnur in das friedliche Arbeitszimmer zurückzuziehen, solange es beim Kochen hoch hergeht, leisen Arien zu lauschen und die Buchhaltungszahlen zu inspizieren, die Finnur nicht richtig hinkriegt. Sie zappeln über den Computerbildschirm, und er hat alle Hände voll zu tun, sie zu bändigen.

Die Nachmittagssonne ist tiefer gesunken, steht nun auf Höhe der Fenster, ein Sonnenstrahl fällt auf den Bildschirm und in Ollis Auge, der auf der Prachtausgabe aussieht wie ein einäugiger Seeräuber.

Der Lärm in der Küche nimmt zu, Dúi hat das Radio lauter gestellt, um mehr Schwung ins Kochen zu bringen, und Finnur weiß, dass er jetzt an dem Weißwein nippt, den er für die Soßen verwendet, denn die Sonne hat ihm Appetit gemacht. Finnur versucht, Dúis Musikgeschmack zu tolerieren, weil er weiß, dass das Gejaule aufhört, sobald das Essen auf dem Tisch steht. Die

Stimmung in der Küche lässt darauf schließen, dass eine Kneipentour bevorsteht. Dúi lässt kein Partywochenende aus, es sei denn, er hat Schicht oder die Grippe, weshalb Finnur sich nicht aufregt, denn er kann in Ruhe seine Musik hören, sobald der Junge weg ist. Er selbst geht nur selten aus, kann sich kaum etwas Langweiligeres vorstellen, als in einem lärmigen Tanzschuppen zu sitzen und so zu tun, als amüsiere er sich. Dennoch kommt es manchmal vor, dass er nach einer Einladung zum Essen oder einem Abend im Restaurant gezwungen ist, jemanden in eine Kneipe zu begleiten, Ausländer stürzen sich gerne ins Nachtleben.

Wir bleiben heute Abend schön zu Hause, sagt er zu Olli, ich spiele dein Kindermädchen, aber ich muss dir mal sagen, dass ich mir Sorgen um deinen Papa mache, schon merkwürdig, dass er noch nicht verheiratet ist, mit dreißig.

Finnur hat schon öfter darüber nachgedacht, dass Dúi dieser neue Typ Mann ist, der vor allem in Großstädten auftritt. Junge, alleinstehende Männer, die sich nicht binden wollen, aber ständig Verabredungen haben, auf ihr Äußeres achten, auf ihre Kleidung und ihre Frisur, Gesichtscreme und Sonnenschutz benutzen, viele Freundinnen haben, mit denen sie über Mode plaudern – er hat Dúi beim Telefonieren zugehört –, junge Männer, die ihre Wohnung gemütlich einrichten, was Dúi auch getan hat, bevor er seine Wohnung an die Banken verlor, junge Männer, die in Cafés sitzen, Café Latte trinken, Museen und Galerien besuchen. Dúi hat ihn, seinen Onkel, sogar ein paarmal ungebeten zu Symphoniekonzerten begleitet. Nach herkömmlichen Vorstellungen kein besonders maskulines Verhalten, aber er ist ein kluger Junge, sein Neffe Dúi. Finnur wird ihn unterstützen, bis er wieder ein Dach über dem Kopf hat, denn der arme Kerl kann schließlich nichts dafür, dass er seine Wohnung verloren hat. Er wird ihm das Gästezimmer überlassen, so lange er es braucht. Und er kann sich ruhig in der Küche austoben, das scheint ihm Spaß zu machen.

Beim letzten Konzert hat Finnur die Gelegenheit genutzt und drei neue CDs gekauft. Eine ist für Nanna, sie versorgen sich immer gegenseitig mit CDs, von denen sie wissen, dass der andere sie gerne hätte. Ihr Mann Gylfi, sein Neffe, interessiert sich nicht besonders für Klassik, im Grunde hat Finnur keine Ahnung, welche Musik er am liebsten hört. Jedenfalls kauft Finnur immer CDs für Nanna, wenn er auf Reisen ist. Sie fährt nicht oft ins Ausland, sie mag keine Flughäfen.

Finnur schaut vom Bildschirm auf und in Ollis Augen, während er grübelt. Olli blickt fragend zurück und versucht, sein Anliegen zu deuten, doch da schallt der Ruf nach Oliver aus der Küche. Der Hund wird immer beim vollen Namen genannt, wenn er etwas tun soll. Finnur hilft ihm vom Schreibtisch und verspricht ihm, einen Abendspaziergang mit ihm zu machen, wenn er tüchtig sei und seinen Napf leer gefressen habe.

Die Rosen zittern vor Erwartung.

Die Halbbrüder stehen in einem Gewächshaus auf dem Land, und der Ältere fragt den Jüngeren, ob er sich nicht wieder eine Frau suchen wolle wie ein erwachsener Mann.

Sie ragen wie zwei zurechtgestutzte Stängel aus dem

farbenprächtigen Blumenmeer, den Duft von Rosen und Geranien in der Nase. Die Rosen sind gespannt auf die Antwort des jüngeren Bruders, möchten wissen, ob er wieder heiraten wird, denn sie nehmen oft an Hochzeiten teil. Doch die Männer warten nur, bis die Verkäuferin die Stiefmütterchen für sie zusammengesucht hat, die vor dem Gewächshaus gezogen werden und sich im Regen langweilen. Die sind für Hjálmars Mutter, sie pflanzt sie im Sommer in Blumenkästen auf ihrem Balkon, will nur die eine Sorte, denn sie vertraut darauf, dass Stiefmütterchen bis zum Herbst durchhalten, unabhängig vom Wetter im Sommer, sie sind so genügsam. Nanna hingegen hat Sonderwünsche für die Bepflanzung ihrer Terrasse und hat auf einem Zettel Blumennamen notiert, die keiner der beiden Brüder kennt.

Als das Mädchen die Stiefmütterchen zusammengesucht hat, gibt Gylfi ihr den Zettel mit der Bemerkung, dass die angegebenen Kräuter frisch und hübsch sein sollen, sonst würden sie wieder zurückgeschickt. Er merkt sofort, dass er sich keine Sorgen machen muss, das Mädchen strahlt vor Pflichtbewusstsein und Eifer, während es um die Brüder herumscharwenzelt. Dieses Verhalten ist eindeutig auf die Anwesenheit des bekannten Schauspielers zurückzuführen. Sie kann den Blick kaum von Hjálmar lösen, so sehr freut sie sich darauf, ihren Freundinnen zu erzählen, dass sie einen berühmten Mann bedient hat und was er gekauft hat.

Ihre Bewunderung ist dem Schauspieler nicht entgangen. Während er sich mit seinem Bruder unterhält, hat er sie im Geiste bereits taxiert und darüber nachgedacht, ob es sich lohnen würde, mit ihr zu schlafen. Gylfis kritische

Bemerkung stört diesen reizvollen Gedankengang und ärgert ihn, so dass er zurückfragt – wobei er ungewollt ein bisschen giftig klingt –, ob er sich denn unbedingt einmischen müsse, wie ein Mann von Mitte dreißig zu leben habe.

Gylfi bestreitet das, er versuche doch nur, Hjálmars guten Ruf und sein Ansehen zu retten, immerhin sei es abwegig, bei der eigenen Mutter zu wohnen, als zweifacher Vater, und zweifelsohne habe er als Bruder volles Recht, das anzusprechen.

Hjálmar schießt durch den Kopf, dass Gylfi hinter seine Abstecher ins Hotel gekommen sein könnte. Dúi besorgt ihm manchmal ein Zimmer, wenn er mit einer seiner Freundinnen eine Unterredung unter vier Augen hat, wie er das nennt, vielleicht für eine Stunde oder so, Dúi weiß, dass er sie nicht mit zu sich nehmen kann, weil seine Mutter zu Hause arbeitet. Zumal deren Charakter jeden normalen Mann davon abhalten würde, eine Geliebte mit nach Hause zu bringen. Dúi hat ihm jedoch eindeutig zu verstehen gegeben, dass es nicht zu seinen Lieblingsbeschäftigungen gehört, ihm ein Liebesnest zu beschaffen, schließlich sei es ein Kündigungsgrund, falls das herauskomme. Natürlich weiß Hjálmar das oder kann es sich zumindest vorstellen. Sie kennen beide den Hotelbesitzer, und obwohl er als gutmütig gilt, wird er zweifellos wenig begeistert sein, wenn er hört, dass sein Hotel als Freudenhaus benutzt wird. Selbst wenn es sich dabei um seinen geschiedenen Halbbruder handelt.

Hjálmar möchte das Gespräch nicht weiter vertiefen, damit diese Sache nicht zur Sprache kommt, nickt zustimmend und sagt, er verstehe ja seine Sichtweise. Dabei muss er daran denken, dass ihre Vergangenheit immer zwischen ihnen steht, stets ist es Gylfi, der auf gewisse Weise die Oberhand behält, als wäre er besser, reifer.

Was nicht von ungefähr kommt, daran hat ihr Vater schuld. Hjálmar ist ein uneheliches Kind, das der Vater mit einer seiner vielen Geliebten gezeugt hat, während Gylfi von der Ehefrau stammt, und die war aus reicher Familie. Als die Ehe geschieden wurde, kam der Alte zu Geld, allerdings nicht viel, da man seiner Frau vor der Heirat empfohlen hatte, Gütertrennung zu vereinbaren. Nach der Scheidung wurde sie noch reicher, zu seinem großen Verdruss, doch da lebte er bereits mit Ingdís, Hjálmars Mutter, zusammen. Durch krumme Geschäfte und Verschwendungssucht verlor er sein gesamtes Geld und trieb Mutter und Kind nach seinem Tod in den Ruin. Wobei der Tod recht bald kam, man fand ihn am Flussufer, mit einem fetten Fisch im Arm, neben sich einen Flachmann mit Whisky.

Mit dreißig war Gylfi alleiniger Hotelerbe und Vollwaise, weil seine Mutter ebenfalls gestorben war. Sei es aus Sehnsucht nach einer Familie, aus dem für junge Männer typischen Gerechtigkeitssinn, oder um wenigstens Kontakt zu seinen Blutsverwandten zu halten, er gab keine Ruhe, bis sein Bruder, der damals bei seiner Mutter lebte, eine Immobilie besaß. Deshalb gehört Hjálmar offiziell die Wohnung, in der er mit seiner Mutter wohnt, aber aus Geldmangel kann er sie weder vor die Tür setzen, um alleine dort zu wohnen, noch eine andere Wohnung kaufen. Nach seiner Heirat mit Ása hatten sie gemeinsam eine Wohnung gekauft, die Ása jedoch nach der Scheidung behalten hatte, da die Kinder bei ihr geblieben waren. Hjálmar musste zurück in seine eigene Wohnung ziehen, die seine Mutter mittlerweile für sich beanspruchte, zahlte Unterhalt und hatte die Kinder jedes zweite Wochenende.

Manchmal wusste er nicht, ob er seinem Bruder für das Geschenk dankbar sein sollte. Immerhin hatte seine Mutter davon profitiert, und er vielleicht auf gewisse Weise auch, denn die Halbbrüder waren sich nähergekommen. Letztendlich hatten sie viele Gemeinsamkeiten und verstanden sich gut, insbesondere wenn ihr Onkel Finnur, der Bruder ihres Vaters, dabei war. Finnur war nur elf Jahre älter als Gylfi und hatte die Begabung, Meinungsverschiedenheiten beizulegen, die Dinge aus anderen Perspektiven zu beleuchten und Lösungsvorschläge zu machen, mit denen alle einverstanden waren. Ihr gemeinsames Hobby war das Band, das sie zusammenhielt.

Sie waren alle leidenschaftliche Angler, und der Grund für den Ausflug der Brüder in den Westen war das Angeln, oder vielmehr Gylfis Angelhaus, das jedes Jahr auf Vordermann gebracht und für die kommende Saison hergerichtet werden musste. Der Kühlschrank funktionierte schon länger nicht mehr, deshalb hatte Gylfi einen riesengroßen neuen gekauft und seinen kleinen Bruder gebeten, ihn mit ihm gemeinsam hinzubringen. Er wollte das unbedingt selber machen und niemanden damit beauftragen, denn das Angelhaus war sein Heiligtum, ein Zufluchtsort für ihn und seine Familie. Wobei Nanna sich nicht besonders fürs Angeln interessierte, auch wenn sie manchmal mitkam. Doch nun nutzte sie die Fahrt auf ihre Weise, und als Ingdís, Hjálmars Mutter, erfahren hatte, dass die Männer auf dem Rückweg bei einer Gärtnerei vorbeiwollten, ergriff sie die Gelegenheit ebenfalls beim Schopf.

Und jetzt fragt der Patron mitten in diesem Blumenmeer, ob er sich nicht wieder eine Frau suchen wolle wie ein erwachsener Mann. Hjálmar weiß gar nicht, was er antworten soll, hat nie darüber nachgedacht, was die Formulierung »ein erwachsener Mann« bedeutet. Musste man verheiratet sein, das Leben in festen Bahnen, um nach gesellschaftlichen Maßstäben ein erwachsener Mann zu sein? Hjálmar ist sich nicht sicher, ob er ein solches Leben führen möchte.

Das Fieberthermometer liegt auf dem Waschtisch.

Es zeigt neununddreißig Komma vier Grad, daneben stehen ein Gläschen Ethanol und Vaseline. Niemand, der ins Bad geht und das Thermometer entdeckt, wird übersehen, dass dessen Benutzerin schwer angeschlagen ist. Sogar so schlapp, dass sie noch nicht einmal genug Energie hat, das Thermometer zu reinigen und wieder in die Hülle zu stecken, geschweige denn, dass sie in diesem Zustand in der Lage ist, Kinder zu hüten.

Ingdís liebt ihre Enkelkinder, tut alles für sie, ist aber ein bisschen genervt, weil sie am Wochenende überhaupt keine Zeit mehr für ihre Hobbys und ihre Arbeit hat. Entweder verbringt sie das Wochenende mit Putzen, Waschen, Einkaufen und Kochen oder mit der Bespaßung der Kinder. Das Papa-Wochenende ist im Grunde nicht Hjálmars Wochenende, sondern ihres. Sie muss auf die beiden aufpassen, sie verköstigen, am besten noch etwas Nettes mit ihnen unternehmen, um sie bei Laune zu halten, damit ihr Sohn sich tagsüber ausruhen kann, bevor er auf die Bühne muss, das ist ja immer so stressig, oder zu Proben für Filmaufnahmen oder zu einem Ausritt mit dem Regisseur, schließlich hat es seinen Preis, ein Star zu sein, das weiß niemand besser als sie, und ihr Hjálmar hat Talent, er gehört in die vorderste Reihe. Es ist verwerflich, Künstlern im Weg zu stehen, zumal das alles eines Tages in ihren Autobiographien enthüllt werden wird. Ingdís möchte dieses Risiko nicht eingehen, sie möchte, dass man mit Zuneigung und Respekt an sie zurückdenkt.

Sie hat sich braunes Make-up unter die Augen getupft, um die Augenringe zu verstärken, das Gesicht weiß gepudert, um blasser zu wirken, sich Gel in die Haare geschmiert, damit es aussieht, als hätte sie in der Nacht bei hohem Fieber stark geschwitzt, und jetzt kauert sie in ihrem Zimmer unter der Bettdecke, mit gequältem Gesichtsausdruck. Mit Gliederschmerzen. Wartet darauf, dass ihr Sohn aufsteht und sieht, wie krank sie ist, absolut nicht in der Lage, das ganze Wochenende Kinder zu hüten.

Unter der Bettdecke liegen die Bewerbungen der Autoren für das Theaterstipendium. Sie ist in der Jury, die die aussichtsreichsten Stücke auswählt, und es ist ihr erklärtes Ziel, in so vielen Kommissionen wie möglich zu sein. Ingdís hat sich vorgenommen, das Wochenende unter der Bettdecke dafür zu nutzen, die Bewerbungen durchzusehen und es sich gutgehen zu lassen. Sobald Hjálmar ins Theater gegangen ist, wird sie im Bademantel mit einem Glas Weißwein durch die Wohnung tänzeln, sich wieder wie zwanzig fühlen, Blues auflegen und sich ein Gericht mit Hähnchenbrust kochen.

Als sie ihn ins Bad gehen hört, dreht sie hastig den Kopf nach rechts, damit kein Licht auf ihr Gesicht fällt, und schließt die Augen. Versucht sich vorzustellen, was er tagsüber mit den Kinder machen wird, jetzt, wo sie aus dem Schneider ist. Man kann mit Kindern in der Innenstadt nicht viel unternehmen, die ist für Menschen im Vergnügungsalter ausgelegt. Er könnte ja mit ihnen in ein Einkaufszentrum fahren, da gibt es immer irgendwelche Spielgeräte, tröstet sie sich, hört dann, wie er aus dem Badezimmer kommt und in die Küche geht, ohne zu ihr hineinzuschauen. Sie hört, wie er das Wasser in die Kaffeemaschine gießt, den Kühlschrank öffnet, um Butter und Käse herauszuholen, hört das Knallen des Toasters, das Rascheln der Zeitung, er kommt überhaupt nicht auf die Idee, nach ihr zu sehen. Als wäre er froh, sie los zu sein. Sie ist verletzt und fühlt sich prompt noch kränker.

Plötzlich steht er in der Tür, zum Glück hält sie genau in dem Moment die Augen geschlossen, und sagt, er müsse jetzt die Kinder holen. Ob sie nicht bald aufstehe? Sie antwortet leise und geschwächt, sie habe Fieber und Gliederschmerzen, doch er entgegnet, wie dem auch sei, er müsse die Kinder holen, ihre Mutter gehe zu einem Geburtstag, und er habe am Nachmittag Filmaufnahmen. Ingdís setzt sich halb im Bett auf und sagt, sie könne die Kinder heute nicht nehmen, sie sei krank, das sehe er doch. Sie sind dir ja nicht im Weg, sagt er trocken, als hätte sie durchblicken lassen, seine Kinder seien außergewöhnlich sperrig, dann schauen sie eben fern, ich kaufe ihnen ein paar Filme.

Ingdís' Ruhm besteht darin, einen berühmten Sohn

zu haben. Obwohl sie auf ihrem Gebiet als Autorin wissenschaftlicher Werke über Religionen respektiert und in alle Kommissionen gewählt wird, verblasst ihre eigene Leistung, sobald die Leute entdecken, dass sie die Mutter des berühmten Schauspielers ist. Dann wird ihr ein besonderes Lächeln, ein besserer Service zuteil, sein Glanz fällt auf ihr Selbstbild, durch ihn erlangt sie einen Platz in der Gesellschaft. Das ist ihr wichtig nach dem einsamen Existenzkampf früherer Jahre.

Deshalb kann sie gar nicht unfreundlich zu den Kindern sein, als sie mit ihrem Papa hereingetrippelt kommen. Obwohl sie eigentlich andere Pläne hatte.

Der Windschutz an der Veranda ist so hoch, dass Nanna auf einen Hocker steigen muss, um den oberen Teil zu streichen. Sie hat eine etwas dunklere Farbe gewählt, gelb hatte so viel Ungeziefer angelockt, über das sie gar nicht sprechen will.

Gylfi hat schon den größeren Tisch und die Gartenstühle für sie hinausgetragen, sie hat eine karierte Decke über den Tisch gebreitet und grüngemusterte Polster auf die Stühle gelegt, der Wetterbericht verspricht Sonne und Trockenheit.

Eine Kanne mit Wasser und drei Zitronenscheiben steht auf einem geblümten Tablett auf dem Tisch, eingerahmt von Gläsern, als käme eine Gruppe Gäste zu Besuch.

Gylfi deutet auf die Gläser und fragt, ob sie Gäste erwarte, er kann sich nicht erinnern, jemanden zum Essen oder auf einen Cocktail eingeladen zu haben, doch sie entgegnet, das sei nur wegen der Atmosphäre. Ein Arrangement mit einer Kanne Wasser und Gläsern mache sich so hübsch auf einem Sommerbild.

Er schaut sich verstohlen um, entdeckt auf der Veranda aber keine Kamera, wobei ihm etwas einfällt, das er fast vergessen hätte. Während er in sein Jackett schlüpft, sagt er beiläufig, als sei das nicht besonders wichtig, könne sie aber vielleicht interessieren, dass ein ausländischer Fotograf bei ihm gewesen sei und gefragt habe, ob er ihn in verschiedenen Situationen ablichten dürfe, der Mann mache nämlich ein Buch über Land und Leute.

Und was hast du gesagt?, fragt Nanna, die sich mehr für den Windschutz als für ihn interessiert. Er antwortet, er habe dem Mann versprochen, darüber nachzudenken.

Gylfi reckt sich zu ihr hoch, um ihr einen Abschiedskuss zu geben, tut es, ohne ihr dabei in die Augen zu schauen, und sagt, er würde viel lieber bei ihr auf dem Sommerbild sitzen, als zu diesem Meeting zu gehen, woraufhin sie nickt und sagt, das wisse sie doch. Dann erkundigt er sich nach Alltagsdingen, ob ihre Tochter den ganzen Tag in der Bibliothek lernen wolle, dabei weiß er genau, dass sie das vorhat, er wird sie selber hinfahren, weil ihr Wagen in der Werkstatt ist, und sie auf dem Rückweg wieder abholen.

Nanna bejaht und fügt im Spaß hinzu, man lasse sie den ganzen Tag alleine, es sei aber gar nicht so schlimm, alleine zu sein, wenn man so viel zu tun hätte. Wenn ihr heute Abend nach Hause kommt, kriegt ihr etwas Gutes zu essen, sagt sie, ich mache wahrscheinlich Lammeintopf, darauf könnt ihr euch schon mal freuen.

Als Vater und Tochter losfahren, überkommt sie dennoch die Einsamkeit. Sie krallt sich in ihr Herz, und Nanna kann nichts dagegen machen. Sie fühlt sich erschöpft, leer, muss sich an ihren Sommertisch setzen, bis der Moment vorübergeht.

Nanna hat dieses Gefühl in letzter Zeit öfter gehabt, spürt, dass es mit Gylfi zusammenhängt, weiß aber nicht, woher es kommt.

Sie hält den Pinsel in der Hand, starrt auf die hellbraune Farbe an seinen Borsten und hat eine andere Veranda vor Augen. Alte Steinfliesen, niedrig blühende Pflanzen in großen braunen Tontöpfen, ein gedeckter Tisch unter einem schattigen Obstbaum, eine sattgelbe Weinkaraffe auf einer blaukarierten Tischdecke, eine Schale mit glänzenden Tomaten, eine andere mit Salat, Brot in einem Korb, plaudernde Leute, Klaviermusik dringt aus dem Haus, sie im Sommerkleid und Sandalen legt ein Herz aus Nüssen.

Die Bäume sehen sie in der Stille dasitzen. Nanna weiß, dass sie sie anschauen, und verzieht keine Miene. Sie haben sich im Lauf der Jahre an das Haus herangetastet und denken, sie hätte es nicht bemerkt. Ihnen ist nicht klar, dass Nanna alles bemerkt, auch wenn sie vorgibt, nichts zu sehen. Sie steht auf und sagt zu dem Pinsel, das wird schon vorübergehen. Vielleicht ist es besser, mit dem Windschutz zu warten und stattdessen die Pflanzkiste für den Rucola aufzustellen. Eigentlich ist es dafür höchste Zeit.

In hundert Jahren sind alle, die jetzt in der Küche stehen, tot. Vielleicht schon früher, in siebzig Jahren, fünfzig Jahren, wer wird dann in dieser Küche stehen? Wenn ihre Mutter und ihr Vater tot sind und sie selbst vielleicht auch. Sie hatte schon mal so ein skurriles Massentod-

Feeling. Das war in einer Kirche. Da musste sie ihre Eltern zu einer Beerdigung begleiten. Sie ließ den Blick über die Leute in der Kirche schweifen und dachte, in hundert Jahren sind die alle tot. In zehn Jahren sind es fünf weniger, in zwanzig Jahren sechzehn und so weiter, bis alle weg sind. All diese Leute, die glauben, sie wären unsterblich.

Als sie klein war, dachte sie, ihre Eltern würden sich äußerlich niemals verändern und ewig leben. Dann kam die schlimme Zeit, als sie entdeckte, dass sie sterben würden wie andere Leute auch. Diese dämlichen Leute, die ständig krepieren mussten. Ihre Eltern waren schon steinalt, das musste sie zugeben, beide schon weit über vierzig. Und so furchtbar normal, die machten nie was Interessantes. Dabei waren sie eigentlich immer noch ganz süß, wie sie sich da in der Küche ständig in die Quere kamen, während sie das Frühstück für sie zubereiteten, weil sie früh in die Bibliothek musste, um für diese scheiß Prüfung zu lernen.

Normalerweise schlief sie am Wochenende noch, wenn ihre Eltern frühstückten, und sah nicht, womit sie herumpusselten. Sie wollte auch gar nicht wissen, womit sie herumpusselten, wenn sie alleine waren, das wollte sie wirklich nicht wissen. Jetzt würden sie den ganzen Sommer alleine sein, wenn sie aufs Land fuhr, und konnten ausgiebig herumpusseln. Und sie würde sie vermissen. Und an sie denken, an die relaxten Abende, wenn sie mit ihnen fernsah, den Kopf auf dem Schoß ihrer Mutter und die Beine auf dem ihres Vaters, oder wenn sie einfach am Wochenende gemütlich zusammen aßen und ihre Eltern ihr erzählten, wie sie sich zufällig wiedergetroffen hatten.

Was sie total witzig fand, sie hatte sich schon Notizen dazu gemacht. Und die Geschichte ein bisschen abgewandelt. Eigentlich hatte sie sie fertig im Kopf und musste sie nur noch aufschreiben. Aber davon wussten ihre Eltern nichts, wussten auch nicht, dass sie eine berühmte Schriftstellerin werden wollte. Die garantiert nicht diese scheiß Hotels übernehmen würde. Auch wenn sie dafür Betriebswirtschaft studierte.

Es nieselte und war eisig kalt, Hauptverkehrszeit in der Stadt, Leute, die von der Arbeit und aus Geschäften kamen, die Metro brechend voll. Er schaffte es gerade noch, in den Wagen zu schlüpfen, quetschte sich energisch in die Menschenmenge, und die Tür ging schon zu, als sie auch noch hineinsprang, direkt in seine Arme. Er tat zwei Dinge gleichzeitig, packte sie am Arm und machte ihr Platz, wobei man in diesem Zusammenhang kaum von Platz sprechen konnte, drückte sie so fest an sich, dass sie zu einer Person verschmolzen. Sie schnappten beide nach Luft. Trauten sich nicht, einander ins Gesicht zu schauen. Er hätte das nicht für jeden getan, Platz gemacht, wenn es fast unmöglich war, doch feinfühlig wie er war, hatte er sofort gewusst, dass dieser Frau ein gewisser Duft anhaftete. Hatte sofort gesehen, dass sie eine andere Klasse besaß als die Leute, die zu dieser Tageszeit mit der Metro fuhren. Oder überhaupt mit der Metro fuhren. Sie war eine Frau, die normalerweise in einem schicken Auto durch die Stadt rauschte, vielleicht mit einem Chauffeur, das war keineswegs ausgeschlossen, und notfalls Taxi fuhr. Diesmal war etwas schiefgelaufen, weil sie die Metro nahm. Er blickte hinunter auf ihr glänzendes Haar, wusste, dass es ein hübsches Gesicht umrahmte, strich mit den Fingerspitzen über die seidenweiche Kaschmirwolle ihres Mantels, sog ihren Duft ein, der genauso roch, wie er es sich vorgestellt hatte. Und sie, sie blickte geradewegs auf die Vorderseite seines Hemdes. Sein Mantel stand offen, der oberste Knopf seines Sakkos war aufgegangen, als er sich nach der Halteschlaufe gereckt hatte, so dass sie direkt auf sein kariertes blassgelbes Hemd und die kleinen Perlmuttknöpfe schaute. Es fehlte nicht viel, und ihre Nase hätte seine Brust berührt. Er strömte einen sauberen, frischen Geruch aus. Sie spähte zur Seite und sah, dass sein Mantel aus einem guten Stoff war, wenn auch nicht von derselben Qualität wie ihrer, und dass seine Kleidung offenbar viel benutzt wurde. Aber eindeutig gut gepflegt. Sauber wie er selbst. Es war seine Sauberkeit, diese unwiderstehliche Sauberkeit, die er ausstrahlte und sie wünschen ließ, ewig so stehen zu bleiben. Sie hatte sein Gesicht und sein Haar für einen kurzen Moment gesehen, bevor er sie an sich gedrückt hatte. Seine Haut war hell, seine Augen strahlend blau und sein Haar so blond, dass es nahezu weiß war. Sie war sich fast sicher, dass seine Haare von der Sonne schneeweiß würden. So standen sie eng beieinander, und obwohl alle möglichen Gerüche in der Luft hingen und sie einhüllten, Ausdünstungen von nasser Kleidung, Schweißgeruch, Knoblauchfahnen, nahmen sie nur den Duft des anderen wahr. Die Metro raste aus der Innenstadt, und jedes Mal, wenn sie anhielt, um Fahrgäste rauszulassen, bekamen sie mehr Platz. Doch sie lösten sich nicht voneinander, griffen beide nach der Stange in der Mitte des Wagens, wagten es, sich ganz kurz anzuschauen, senkten dann verlegen wieder den Blick. Die Bahn näherte sich der Endstation, kaum jemand stieg ein, die meisten Plätze waren jetzt frei, und noch immer standen sie an derselben Stelle und atmeten einander ein. Die Leute hatten begonnen, sie zu mustern. Sie waren beide nicht an der Station ausgestiegen, an der sie eigentlich hatten aussteigen wollen. Beide dachten: Wenn ich gehe, sehen wir uns nie wieder. Sie wartete darauf, dass er etwas sagte, fand es normaler, dass er als Mann die Initiative ergriff, doch er wartete auf ein Zeichen von ihr, das ihm signalisierte, er möge den ersten Schritt machen. Er war sich nicht ganz sicher, ob die traditionellen Verhaltensmuster noch galten. Möglicherweise gehörte sie zu den Frauen, die gerne den ersten Schritt machten und selber entschieden, ob es zu einer Bekanntschaft kam. Natürlich konnte er einen Versuch machen, das war ihm klar, und er dachte gerade über die beste Vorgehensweise nach, über die richtigen Worte, fand es wichtig, nach diesem langen, intensiven Schweigen eine geistreiche Bemerkung zu machen, als sie ihm ein Zeichen gab. Ihm in die Augen schaute und lächelte. Die Bahn blieb an der Endstation eine Weile stehen und fuhr dann dieselbe Strecke zurück. Jedes Mal, wenn sie anhielt, stiegen wieder Leute in den Wagen, nun, um sich abends in der Innenstadt zu vergnügen, junge Leute und alte, einheimische und zugezogene. Sie standen immer noch an derselben Stelle und sahen sich jetzt eindringlich an. Sagten kein Wort, denn das wäre, wie ein symbolisches Ritual zu unterbrechen. Sie wurden wieder von der Menschenmenge zusammengequetscht und genossen es, die Wärme des anderen zu spüren. Musterten ausgiebig jeden Gesichtszug des anderen. Als die Bahn wieder zu der Station kam, an der sie eingestiegen waren, ergriff er die Initiative. Legte ihr fest den Arm um die Schultern und stieg mit ihr aus. Führte sie aus dem Metro-Tunnel, sie befanden sich nicht weit vom Fluss, und zog sie mit sich, halb laufend, bis sie unten am Ufer waren. Die Lichter der Stadt, die sich im Fluss spiegelten, erinnerten an das erleuchtete Paradies. Sie wurden langsamer, gingen ruhig Hand in Hand, lächelten beide verlegen, schließlich blieb er stehen, drehte sich zu ihr, ohne ihre Hand loszulassen, und sagte: Ich werde dich entführen, dich mitnehmen in das weiße Land im Norden, wo nachts die Sonne scheint, dich in meiner Höhle in den stillen Bergen verstecken und dich ganz für mich haben. Sie sagte: Ich leiste keinen Widerstand.

3

In die Kiefern sind Mieter eingezogen.

Zahlen die Miete mit Zwitschern und Trällern, was die Hausbesitzer glücklich macht und in dem Glauben lässt, ein ewiger Sommer stünde bevor. Finnur entdeckt sie sofort, als er auf das Haus zugeht.

Er will geradewegs zum Haupteingang gehen, doch als er das Zwitschern hört, bleibt er stehen und späht in den Baum. Kaum etwas erfreut ihn mehr als ein Drosselpärchen, das sich ein Nest baut, denn dann weiß er, dass sich die Flüsse bald mit Fischen füllen.

Eine Harke liegt auf dem Rasen, eine kleine Schaufel, ein Eimer mit Gartenabfällen nicht weit davon, er vermutet, dass die Geräte auf ihre Besitzerin warten, die kurz wegmusste, aber gleich wiederkommt. Er geht in den Garten, schaut sich nach Nanna um, spürt, dass sie da ist, ihre Nähe ist intensiv, auch wenn sie nirgends zu sehen ist. Er wandert um das Haus herum.

Da steht sie im Gartenoverall mit Stirnband, die Hände in die Hüften gestützt, und starrt auf eines der Fenster. Schaut ihn kurz an, als sie ihn kommen sieht, beschwert sich dann gleich über einen grässlichen Star, der habe Guðrún Sennas Fenster mit einem Nest verschandelt. Ein Sammelsurium aus vertrockneten Halmen, Alufolienstreifen, schmutzigen, zerknüllten Plastiktüten, das sei ja geradezu geschmacklos, aber sie ärgere sich noch mehr über die Flöhe, die der Vogel mit sich trage, nicht, dass sie etwas gegen den Vogel hätte, sie habe Mitleid mit allen, die sich ein Dach über dem Kopf bauen wollten, doch wegen des Ungeziefers sei sie gezwungen gewesen, das Nest zu entfernen, das habe sie gestern gemacht, es mit einem Besenstiel ins Gras gefegt, doch der Vogel habe sich nicht beirren lassen und das Nest im Schutz der Nacht wieder komplett auf der Fensterbank errichtet.

Grimmig betrachtet sie das Nest. Er wirft ihm ebenfalls einen bösen Blick zu, aus Solidarität.

Kurzentschlossen und mit gemeinsamer Anstrengung bugsieren sie das Nestungetüm in eine Mülltüte und binden sie zu. Der Vogel, dem das Nest gehörte, beobachtet sie beleidigt aus dem Nachbargarten.

Anschließend waschen sie sich ausgiebig die Hände, haben beide panische Angst vor Bakterien und Flöhen. Danach kann Finnur endlich die CD von Elgar aus seiner Tasche ziehen. Wie er erwartet hat, freut sich Nanna darüber. Sie strahlt jedes Mal, wenn er ihr aus dem Ausland Musik mitbringt, er genießt ihre Freude und wird dadurch zu einem unverzichtbaren Teil ihres Lebens, der Mann, der ihr die Hochkultur ins Haus bringt.

Diesmal trinken sie den Rotwein auf der Veranda, während sie den Serenaden lauschen. Das milde Wetter hat sie nach draußen gelockt, und die Klänge, die durch die geöffneten Türen und Fenster dringen, schmeicheln den Ohren. Wenn sie zusammen Musik hören, trinken sie immer Rotwein, aber nie mehr als ein Glas, und schweigen in den ersten zwanzig Minuten, ordnen dabei das Werk ein und beurteilen die Vortragsweise. Während die Musik durch ihre Adern strömt, beobachten sie die geschäftigen Pärchen in den Kiefern, ihre unaufhörliche Bautätigkeit. Kommen dabei nicht umhin, an jenes Heim zu denken, das sie eben erst hinter dem Haus zerstört haben.

Nach einer gewissen Zeit schaut Finnur zu Nanna und macht die erste Bemerkung über das Stück, wie wehmütige Erinnerungen an unschuldige Kindheitsträume, sagt er, und Nanna pflichtet ihm bei, eine poetische Sehnsucht nach dem Vergangenen, murmelt sie wie in Trance. Als alle Sätze gespielt sind, tauschen sie ihre Meinungen über die Vortragsweise aus, Nanna findet die Flöte auffallend gut, während Finnur sich für die Bratsche erwärmt, die sei herausragend gewesen. Aber das hat er schon sehr oft über Bratschen gesagt, als hätte irgendeine Bratschistin ihn früher mal in Versuchung gebracht. Er erwähnt sie so oft, dass Nanna manchmal zweifelt, ob seine Musikkenntnisse wirklich so gut sind, wie er vorgibt, vielleicht nicht so gut wie ihre. Sie wirft ihm einen raschen Blick zu.

An ihrem Gesichtsausdruck bemerkt er, dass er mit der Bratsche zu weit gegangen ist, und fügt hastig ein paar wohlwollende Worte über die Oboen hinzu, über ihren Klang, wobei ihm glücklicherweise die Geschichte über diesen tschechischen Oboisten einfällt, die er einfließen lässt und die genau in den Kontext ihrer Diskussion passt. Nanna lächelt nur dumpf, weshalb er annimmt, sie sei der Meinung, sie hätten den Brunnen der Musikwissenschaft diesmal zur Genüge ausgeschöpft.

Sie ist mit den Gedanken ganz woanders, findet er. Er signalisiert ihr, dass er auf dem Sprung ist, indem er sein

Weinglas leert, und fragt sie, wie Freunde es zu tun pflegen, was sie gerade so mache, also abgesehen von dem Ärger mit dem Star.

Darauf seufzt sie, offenbar froh, über die jüngsten Probleme sprechen zu können, als hätten sie wie ein Albtraum auf ihr gelastet, seufzt und sagt, sie lese gerade ein Buch über Ameisen, das sie gerne übersetzen würde. Es sei ein vorzügliches Buch auf Französisch von amerikanischen Insektenforschern, fast dreihundert großformatige Seiten, das Gylfi im Ausland für sie gekauft habe, das Problem sei nur, dass alle Fotos in dem Buch tausendfach vergrößert seien und sich nachts in grauenerregende Träume verwandelten. Zweimal sei sie letzte Nacht von einem Albtraum hochgeschreckt, die Ameisen seien ihr so groß erschienen wie Dinosaurier, in ihrer ganzen Monstrosität, und in Horden durch ihre Träume marschiert, im gesamten Tierreich lasse sich wohl kein besser organisiertes Heer finden, Ameisen könnten die ganze Welt erobern, wenn sie es darauf anlegten, und sie, sie selbst, sei so klein gewesen wie eine Ameise.

Du hast nicht zufällig einen Science-Fiction-Roman gelesen oder einen Katastrophenfilm gesehen, bevor du ins Bett gegangen bist?, fragt Finnur, doch sie verneint, sie habe tagsüber in dem Buch geblättert und den ganzen Abend an andere Dinge gedacht, hauptsächlich Rezepte durchgesehen, Desserts und so. Er fragt, ob sie die Fotos nicht lieber mit einem weißen Blatt abdecken wolle, während sie den Text lese, und sie entgegnet, das sei vielleicht eine Lösung.

Dann schweigen sie und beobachten den Flugverkehr in den Kiefern, während sie über das Problem nachgrübeln. Hierzulande gibt es doch gar keine Ameisen, behauptet er schließlich und schaut sie fragend an.

Sie antwortet zögernd, wie ein Wissenschaftler, der sich erst äußert, wenn sein Wissen durch Forschungen belegt ist, nein, es sei allerdings eine Art entdeckt worden, die in Abwasserkanälen lebe, ein paar seien in Gewächshäusern gesichtet worden, ebenso wie in einem Thermalgebiet im Südwesten, aber ansonsten gebe es keine Ameisen in Island, wahrscheinlich weil es kaum Nadelwälder gebe. Die paar wenigen seien schon vor Jahren ins Land gekommen und sollten sich bei den Witterungsverhältnissen eigentlich gut vermehren können, seien aber vielleicht nicht zur rechten Zeit am rechten Ort gewesen. Außerdem habe sie von einer Art gehört, die von Touristen eingeschleppt worden sei und in einem bestimmten Haus lebe, sie wisse nicht, ob es gelungen sei, sie auszurotten. Eigentlich sei es nur eine Frage der Zeit, wann sich Ameisen in Island verbreiten würden. Das gelinge ihnen nämlich ebenso gut wie Menschen, weil sie untereinander perfekt kommunizierten.

Am Ende ihrer kurzen Einführung über die Landnahme der Ameisen verstummt sie abrupt und fragt dann, was er denn gerade so mache. Zahlen, antwortet er, Zahlen und noch mal Zahlen, die entweder nicht stimmen oder verschwunden sind, das ist, wie in einem Ameisenhaufen nach einem Sandkorn zu suchen.

Er mutet den Leuten keine Vorträge über Finanzen und Buchhaltung zu, das interessiert niemanden, es sei denn, es handelt sich um den Stand des eigenen Bankkontos, und belässt es dabei, als gäbe es nicht mehr darüber zu sagen. Doch sie schaut ihn verständnisvoll an, ein wenig nachdenklich, und sagt dann, als kenne sie sich mit der Sache aus, er solle doch ein Teleobjektiv benutzen.

Die klare und reine Morgenluft bringt Ingdís in Schwung. Ihre Schritte sind sicher, ihr Auftreten würdevoll, sie reckt den Hals, atmet die frische Brise ein, spürt, wie die saubere Luft durch ihre Adern strömt und die letzten Reste der schlaflosen Nacht wegfegt. Die Angst, die sich vor vielen Jahren in ihr eingenistet hat, verstärkt sich schon bei der Vorstellung, um acht Uhr morgens an einem bestimmten Ort sein und ein Anliegen vorbringen zu müssen. Sie wird sich Gylfi bei der Zeitungslektüre schnappen, ausgeschlafen, zufrieden und unvorbereitet auf die Anforderungen des Tages.

Majestätisch gleitet sie durch die Drehtür des Hotels, erblickt Dúi am Empfang und lächelt ihm zu, als er aufschaut. Zu ihrer Verwunderung sieht sie Besorgnis in seinem Gesicht aufflackern, als er sie erkennt, er gerät fast in Panik, macht hastig einen Schritt nach links, dann nach rechts und stößt nur »was?« hervor.

Man könnte meinen, er sähe ein Gespenst. Vielleicht ist das gar nicht so abwegig, sie versteht seine Verwunderung, denn es ist nicht üblich, dass sie ins Hotel kommt, geschweige denn um acht Uhr morgens, aber sie findet seine Reaktion trotzdem ziemlich übertrieben. Sie sagt nur, sie müsse sofort zu Gylfi, entdeckt ihn im selben Moment in der Ecke und sieht, dass Dúi erleichtert ist, als er ihr Anliegen hört. Doch als sie in die Ecke gehen will, scheint er sich zu besinnen, winkt ab, stürmt hinter dem Empfangstresen hervor, um sie zu bremsen, und sagt hastig, man dürfe Gylfi beim Laptop lesen nicht stören, wollte eigentlich Zeitung sagen, kommt aber in der Hektik durcheinander. Ingdís dreht sich abrupt zu ihm um, bohrt ihm einen Finger in die Brust und fragt kühl, ob er schlecht geschlafen habe.

Gylfi hebt langsam den Kopf, als ihr schwarzweiß karierter Mantel in sein Blickfeld kommt, diesen Mann scheint kaum etwas zu überraschen, er lächelt kurz, bietet ihr einen Platz an und fragt, ob sie einen Kaffee wolle. Als sie ihr Anliegen gerade vorbringen möchte, kratzt er sich mit dem Finger unter der Nasenspitze, benutzt dieselbe Geste wie früher sein Vater, wenn er wusste, dass er in fremden Betten erwischt worden war. Für einen Moment bleiben ihr die Worte im Hals stecken. Sie starrt Gylfi an, sieht ihn in einem anderen Licht. Doch der Schalk in seinen Augen verdrängt die unangenehmen Erinnerungen, und nachdem sie kräftig ausgeatmet hat, sagt sie, dass er seinem Vater ähnele, während Hjálmar mehr auf sie komme, aber sie hätten dasselbe Kinn und dieselbe Kieferpartie.

Wo ist Hjálmar?, fragt er daraufhin, um nicht über Familienähnlichkeiten sprechen zu müssen, und Ingdís entgegnet, sie habe keine Ahnung, in seinem Bett sei er jedenfalls nicht gewesen, aber wegen ihm sei sie hier, es sei an der Zeit, dass er alleine wohne, für einen Mann seines Alters sei es doch geradezu deprimierend, bei seiner Mutter zu wohnen, das sei nicht gut für das Selbstvertrauen und habe einen schlechten Einfluss auf die künstlerischen Fähigkeiten. Ob Gylfi das Problem nicht lösen könne, vielleicht in Form eines Darlehens für eine Wohnung?

Gylfi wirkt nicht erstaunt, sondern fast so, als hätte er damit gerechnet, dass sie eines schönen Tages käme, um ihn um Hilfe zu bitten. Er sagt, er stimme ihr zu, es sei an der Zeit, dass Hjálmar auf eigenen Füßen stehe, wo sie sich denn vorgestellt habe, eine Wohnung zu kaufen, wo sie denn am liebsten hinziehen wolle?

Erst glaubt sie, er mache einen Witz, merkt dann aber, dass er es ernst meint, und entgegnet herablassend, es gehe nicht darum, dass sie ausziehe, sondern ihr Sohn. Sie will weiterreden, denn es gäbe noch einiges über die Sache zu sagen, als sie sieht, wie ein Ausländer, der etwas abseits steht, Anstalten macht, sie zu fotografieren. Sie lächelt automatisch, wie sie es immer tut, wenn jemand in ihrer Nähe eine Kamera zückt, sieht aus dem Augenwinkel, dass Gylfi auch lächelt, dann drückt der Mann ab, und für einen Moment vergessen beide, worüber sie gerade gesprochen haben. Ingdís fragt sich, warum der Mann sie fotografiert hat, schaut zu Gylfi, als wüsste er die Antwort, doch der sagt nur, ich kümmere mich um die Sache mit dem Darlehen.

Das Thema scheint für ihn beendet zu sein, also steht sie auf und verabschiedet sich, obwohl ihr dieses Ende für ein so wichtiges Gespräch etwas abrupt vorkommt. Sie würdigt den Ausländer keines Blickes, als sie zur Tür geht, ruft Dúi einen Gruß zu und drückt beim Rausgehen übertrieben fest gegen die Drehtür. Es ärgert sie maßlos, dass dieses Bürschchen sich einbildet, sie, die Mutter, solle aus ihrer eigenen Wohnung ausziehen – waren es nicht die Jungen, die aus dem Nest fliegen sollten?

Dúi ist erleichtert, als er Ingdís durch die Tür verschwinden sieht, wählt die Nummer eines bestimmten Zimmers und sagt Hjálmar, die Gefahr sei vorüber, seine Mutter sei weg.

Das Wasser flimmert in der Sonne leuchtend weiß.

Während Finnurs Arme es gleichmäßig und routiniert durchpflügen, sortiert er die Ereignisse der letzten vierundzwanzig Stunden, analysiert sie, interpretiert sie und kommt zu einem Fazit. Beim Schwimmen denkt er logisch. Oft kommt er allerdings auch erst nach dem Dampfbad zu einem Fazit. Manchmal auch erst, wenn er unter der Dusche steht.

Er hat im Schwimmbad immer dasselbe Programm, setzt sich erst in den Hot Pot mit den Massagedüsen, bleibt exakt zehn Minuten darin sitzen, legt sich in Gedanken zurecht, welche Themen er sich beim eigentlichen Schwimmen vorknöpfen will, steigt dann ins Becken, wo er dreißig Minuten krault, manchmal auch länger, wenn er die Zeit vergisst. Er beendet sein Fitnessprogramm im Dampfbad, wo er fünf bis fünfzehn Minuten sitzen bleibt, je nachdem, ob er mit einem Bekannten ins Gespräch kommt oder nicht. Oft trifft er seine Neffen, die mittags bei gutem Wetter gerne im Hot Pot sitzen. Aber sie sind keine Schwimmer wie er, und wenn sie ausnahmsweise mal ins Becken steigen, schwimmen sie langsam und vorsichtig Brust wie feine Damen, die nicht möchten, dass ihre Haare nass werden.

Zwei Themen stehen auf der Tagesordnung: Dúis Verhalten und Gylfis Finanzen. Mit beidem stimmt etwas nicht. Sein Neffe Dúi war in den letzten Tagen distanziert, wortkarg und ganz anders als sonst. Er hatte keine Lust zu kochen, und Finnur musste sich selber etwas zusammenbrutzeln. Aber er mochte den Jungen nicht zur Rede stellen. Jeder hatte mal einen schlechten Tag. Vielleicht hatte ihn jemand mit einer Bemerkung über seine Wohnsituation verletzt, dass er ein Zimmer bei seinem Onkel mieten musste, oder dass er noch nicht mal ein Auto besaß, in seinem Alter, das war durchaus möglich, man konnte nie wissen. Dennoch glaubt Finnur, dass etwas anderes dem Jungen zusetzt, aber was? Wahrscheinlich muss er nur warten und Geduld haben, auch wenn es unangenehm ist, von wortkargen Leuten umgeben zu sein. Jeder Sturm geht mal vorüber. Aber wenn die Stimmung in den nächsten Tagen nicht besser würde, müsste er den Jungen natürlich darauf ansprechen.

Dann waren da noch die Finanzen seines Neffen Gylfi. Diese Buchungen, die nicht mit den Kontoauszügen übereinstimmten. Er hatte es Gylfi gegenüber noch nicht erwähnt, wollte es sich erst genauer anschauen, sich mehr Zeit lassen, dem verschlungenen Pfad der Zahlen auf den Grund gehen. Seltsam, dass er ihn nicht entdeckte, wo er doch normalerweise eine Nadel im Heuhaufen fand. Er musste sich mehr anstrengen, so einfach war das, mehr anstrengen.

Finnur ist länger geschwommen, als er vorhatte, das Dampfbad wartet auf ihn, gut möglich, dass er dort besser denken kann. Als er die Tür zum Dampfbad öffnet und Gylfi und Hjálmar sieht, weiß er, dass dem nicht so sein wird. Sie haben die Arme auf die Knie gestützt, die Gesichter vom Sitzen im Hot Pot gerötet, wirken entspannt und sagen, da kommt er ja, der Schwimmer, sie hätten gerade über ihn gesprochen, ob er nicht am Wochenende mit zum Angeln aufs Land fahren wolle?

Vorfreude strahlt aus ihren Gesichtern, als sei das keine Frage, sondern eine Entscheidung, und Finnur vergisst seine Probleme sofort, als er Angeln hört, denkt an nichts anderes mehr als an Fliegen.

Sie hocken alle in derselben Stellung, starren auf ihre Zehen und fachsimpeln über Fliegen und Knoten, stehen in Gedanken schon in dem klaren, kalten, weißblauen Fluss. In der Kabine steigt der Dampf nach oben, quillt unter der Bank hervor, auf der sie sitzen, und als es unter ihnen schon sehr heiß ist, fragt Gylfi, ob er diesen Fotografen mitnehmen solle, der arbeite an einer Fotoserie über führende Persönlichkeiten. Nein, herrschen die anderen ihn an, verärgert über einen so dämlichen Vorschlag, und stehen auf. Im Gänsemarsch gehen sie in den Duschraum, Gylfi von allen der Größte, Hjálmar der Stämmigste, Finnur der Schlankste.

Es ist warm für die Jahreszeit.

Besonders auf der Veranda, wo man vor dem Nordwind geschützt ist. Nanna schwitzt in ihrem Gartenoverall, muss die Ärmel hochkrempeln und die obersten Knöpfe aufmachen, aber sie kommt gut mit der Arbeit voran und liebäugelt mit dem Gedanken, den niedrigeren Windschutz auch noch zu streichen, wenn der höhere fertig ist.

Man muss das trockene Wetter zum Holzstreichen nutzen, um die Beete wird sie sich später kümmern, die kann man auch jäten, wenn es ein bisschen nieselt. Sie sucht den Himmel nach verdächtigen Anzeichen ab, vereinzelten Quellwolken am Horizont, die sich später ausbreiten werden, diese beharrlichen und unberechenbaren Eindringlinge, die der Sonne stets das Fest ruinieren, sieht aber weder Quellwolken noch Wattewölkchen und beschließt daher, sich ein hohes Ziel zu stecken.

Gerade holt sie neue Farbe aus der Garage, als Dúi mit Olli im Handwagen über den Bürgersteig läuft. Die beiden machen bei dem schönen Wetter einen Spaziergang.

Dúi sagt, er habe spontan die Idee gehabt, auf einen Kaffee bei ihr vorbeizuschauen, nicht zum Essen, nur keine Umstände, er wolle nur eine kurze Pause einlegen und Olli vielleicht zwei Minuten in den Garten lassen, das finde der so toll.

Olli sitzt zwar gern gemütlich im Handwagen, ist aber immer ganz aufgeregt, wenn er weiß, dass er in den großen Garten darf. Als er Nanna sieht, wedelt er eifrig mit dem Schwanz. Sie nimmt ihn auf den Arm und streichelt ihn, sagt, er sei so süß, so klein und weiß und fellig, und Dúi kann seine Freude über ihre Begeisterung für den Hund nicht verbergen. Nanna ist eine der wenigen, die ihn knuddeln dürfen.

Dúi freut sich darauf, ein wenig Zeit mit ihr zu verbringen. Es ist so angenehm, mit einem Getränk auf der Veranda zu sitzen. Er weiß, dass sie zuerst über Rezepte reden und Ideen austauschen werden, dann wird sie kurz über Pflanzen und Käfer sprechen und er über Design und Touristen, und dann wird sich das Gespräch auf das Verhalten der Leute richten, auf ihre Beziehungen, Verwicklungen, und er wird ihr sein Herz ausschütten können, ohne dass sie merkt, dass es dabei eigentlich um ihn selbst geht.

Olli humpelt glücklich durch den Garten, auf der Wiese fällt sein Hinken weniger auf. Asphalt mag er nicht und vermeidet ihn am liebsten. Er pinkelt an die Heckenkirsche und den Johannisbeerbaum und scharrt mit den Hinterbeinen in der Erde, was er mit den Vorderbeinen nicht machen kann, ohne das Gleichgewicht zu verlieren, entdeckt dann einen Laufkäfer und stürzt sich in die Hecke.

Nanna betrachtet ihn nachdenklich, kommt auf die Idee, mit Ollis Hilfe das Wespennest aufzuspüren, denn sie hat den Verdacht, dass sich die Viecher in Löchern an den Baumwurzeln eingenistet haben. Irgendwo müssen sie ja sein. Doch sie bespricht diese Möglichkeit nicht mit Dúi, weil der sich mehr für den Snack interessiert, den sie ihm angeboten hat, frisch gebackene Croissants, er versteht überhaupt nicht, wie sie die so gut hinbekommt. Also erklärt sie ihm die Zubereitung, wofür sie lange braucht, schließlich hat es insgesamt drei Tage gedauert, sie zu backen, und automatisch kommt das Gespräch auf die kleinen Brandteigbrötchen, die Finnur und er schon mal zum Dessert bekommen haben, die mit der Karamellcreme, als sie als Vorspeise Miesmuscheln mit Kräuterbutter und als Hauptspeise Ente mit grünem Pfeffer gemacht hat. Dúi kann sich noch genau an das Menü erinnern, woraufhin Nanna anmerkt, sie serviere eigentlich lieber marinierte Pilze als Vorspeise zu Ente, aber das sei natürlich Geschmackssache, sie habe damals nur so viele Muscheln gehabt, die Gylfi mitgebracht hätte und die sie verwenden wollte.

Sie debattieren gerade über Fischsuppen, das Thema ergab sich aus den Muscheln, als sie Olli an der Hecke um zwei Kinder herumhüpfen sehen. Schließlich erkennen sie, dass es Hjálmars Kinder sind. Ingdís spaziert hinter ihnen her. Sie winkt und sagt, sie habe den Kaffeeduft schon von weitem gerochen. Dúi seufzt und winkt halbherzig zurück.

Nanna vermutet, dass sie an diesem Tag nicht mehr viel schaffen wird, aber sie ist clever und gibt jedem Kind einen Pinsel und lässt sie den niedrigeren Windschutz streichen, um trotz allem noch ein Ergebnis zu erzielen. Kinder sagen nie nein, wenn sie einen Pinsel in die Hand bekommen. Zur Unterstützung zeigt sie ihnen ab und zu, wie es am besten geht, und kann dadurch weiterarbeiten, obwohl Gäste zum Kaffee da sind.

Denen scheint es ohnehin egal zu sein, ob sie bei ihnen sitzt oder über die Terrasse läuft, während sie sich mit ihnen unterhält. Ingdís klagt den anderen ihr Leid, wobei sie sich vor allem an Dúi richtet und ihm erzählt, wie sich der Tag zu ihren Ungunsten entwickelt habe, sie, die so schlapp gewesen sei, habe sich aufraffen müssen, weil die Eltern keine Zeit gehabt hätten, sich um ihre Kinder zu kümmern, Hjálmar sei einfach zu Filmaufnahmen verschwunden, und die Mutter, die sei ja ein Thema für einen ganzen Roman, wenn man einmal damit anfange, die habe ihr die Kinder aufs Auge gedrückt und einfach gesagt, es sei Papa-Wochenende und sie könne nicht tauschen, sie müsse zu einem Junggesellinnenabschied, immer nur Feiern im Kopf, was sei eigentlich los mit den jungen Frauen? Die Kinder spitzen die Ohren, tun aber so, als hätten sie nichts gehört.

Dúi pflichtet ihr murmelnd bei, damit sie endlich aufhört, und beobachtet die Kinder. Sie streichen mit Sorgfalt, sind stolz auf ihr Werk, und Dúi überlegt, was später wohl mal aus ihnen werden wird. Sie sind beide dünn, sind schnell in die Höhe geschossen, das Mädchen ist älter als der Junge, der einen langen Hals hat und bestimmt mal größer wird als sein Vater.

Die Größe spielt eine Rolle, sagt Dúi zu Ingdís, als sie endlich den Mund hält. Kinder bewundern große, starke Männer, fühlen sich bei ihnen sicher und hören auf sie. Später werden die Jungen selber groß und stark, aber die Frauen nicht. Das ist eine der Ursachen für das Patriarchat. In wärmeren Ländern, wo die Männer oft kleiner sind als im Norden, halten sie dennoch aufgrund jahrhundertealter Traditionen an ihrer Macht fest, zumal die Frauen dort wiederum noch kleiner sind, beschließt er seine Rede und schaut zu Nanna.

Sie sind kleiner, weil sie sich wegen der Sonne und der Hausarbeit so viel im Haus aufhalten, entgegnet Nanna. Alle wissen, dass das stimmt, und recken ihre Hälse in die Sonne.

Die Nachbarn haben begonnen, beliebte Sommerhits aufzulegen. Das Viertel duftet vor Erwartung, ein paar Sonnenstrahlen und siebzehn Grad reichen aus, damit die Leute sich ihrer Kleidung entledigen, den Glauben an das Leben zurückgewinnen, Outdoor-Klamotten auf der Wäscheleine auslüften, Kleinkinder in kurze Hosen stecken und Sommerblumen in Kübel pflanzen. Die unterschiedlichste Musik schallt über Bäume und Sträucher, lautes Reden in den Gärten, Gelächter auf den Balkonen, auf einem heizt man den Grill an und lässt Gläser klirren. Hat früh angefangen.

Die Stimmung ermuntert zu sommerlichen Aktivitäten, viele haben sich in den Kopf gesetzt, diesen außerordentlich schönen Tag zu nutzen, als sei klar, dass er nie wiederkommt, genießen Speis und Trank auf der Terrasse, kaufen etwas Gutes zum Grillen, machen vielleicht auf dem Weg einen Abstecher in den Alkoholladen.

Als die beiden Nannas zögernden Gesichtsausdruck sehen, stellen sie schnell klar, dass sie sich um gar nichts kümmern müsse, sie würden alles erledigen, sie solle sich nur hinsetzen und mit ihnen essen. Nanna, die lieber erst Gäste zum Essen einladen würde, wenn die Terrasse wieder in Schuss ist, gibt klein bei, eingedenk dessen, wie geizig die Wettergötter mit schönen Tagen sein können.

Sie übernimmt die Beschäftigung der Kinder, bringt ihnen nicht nur bei, wie man den Windschutz streicht, sondern zeigt ihnen auch durch die Lupe ein Spinnennetz, gräbt für sie in der Erde, damit sie Regenwürmer sehen können, erzählt ihnen Geschichten von Ameisen im Ausland, die schlimmstenfalls ganze Häuser auffressen können, bläst ein Planschbecken auf und füllt es mit Wasser, auf dem sie kleine Boote schwimmen lassen können, füllt ihnen Kekse und Trockenobst in Plastiktüten, damit sie etwas zum Knabbern haben, während sie auf das Essen warten. Olli, der ihnen auf Schritt und Tritt folgt, wird ständig mit Rosinen gefüttert.

Währenddessen scheppern im Haus Töpfe und Pfannen, die Köche wuseln wie fleißige Ameisen zwischen Küche und Terrasse hin und her, in der einen Hand ein Glas Weißwein, in der anderen mal Salate oder Soßen, Salsa oder Obst, Teller oder Grillzangen, und summen dabei Reggae-Songs, von Hausfliegen umschwirrt.

Wenn es ums Kochen geht, sind die beiden unbezahlbar, Dúi als Spezialist für indische Gerichte und Ingdís mit jahrelanger Erfahrung in der dänischen Küche, das Essen verschwindet blitzschnell von der karierten Tischdecke, und die Kinder strahlen vor Wonne, obwohl ihre Großmutter schon einen Schwips hat.

Ingdís hat die Angewohnheit, ins Reden zu kommen, wenn man ihr einmal das Wort überlässt, und bei dieser Nachmittagseinladung, die auf ihr Betreiben hin stattfindet, macht sie ihrem Ruf alle Ehre. In ihren Erzählungen werden die nordischen Götter quicklebendig, sie ist so versiert in der Mythologie, dass sie die Eigenschaften der Götter in realen Personen wiederfinden kann, und sie vergleichen sich und andere zum Spaß mit diesem oder jenem Asen oder Wanen. Die Kinder lachen verzückt, und Dúi macht sie noch glücklicher, als er einen Milchshake mit Erdbeeren und Vanilleeis für sie zubereitet. Doch als ihre Großmutter auffallend laut und derb wird – sie neigt ab einem gewissen Punkt dazu – und bei ganz anderen Themen angelangt ist, auf alle Künstler schimpft außer auf ihren Sohn, werden sie quengelig und müde.

Nanna sieht keinen anderen Ausweg, als das Geschirr zusammenzuräumen und ins Haus zu bringen, um den Gästen zu signalisieren, dass sich dieser wundervolle Nachmittag allmählich dem Ende zuneigt. Dabei gefällt es ihr gar nicht, wie unsicher Ingdís auf den Beinen ist, als sie vom Tisch aufsteht, und schlägt vor, sie solle lieber alleine nach Hause gehen und sich ausruhen, die Kinder könnten noch bei ihr bleiben. Sie könnten im Gästezimmer ein Nickerchen machen und vom Bett aus fernsehen. Dieser Vorschlag wird sowohl von Ingdís als auch von den Kindern begrüßt. Bei Dúi und dem Hund hat Nanna hingegen keine Bedenken, und sie winkt ihm und Ingdís fröhlich hinterher, als die beiden mit Olli im Handwagen die Straße hinuntergehen.

Er betrachtet sie, wie sie auf allen vieren vor dem Beet kniet. Sie scheint tief in Gedanken versunken, beim Unkrautjäten nehmen die Leute ihre Seele oft mit auf eine lange Reise. Er will ihren Namen rufen, überlegt es sich dann aber anders, schleicht wie ein Raubtier auf der Jagd über die Wiese, immer ein paar Schritte auf einmal nehmend, und ist bei ihr angelangt, ohne dass sie ihn bemerkt hat. Für einen kurzen Moment bleibt er hinter ihr stehen, überlegt, ob er sich bücken und schnell mit beiden Händen ihre Hüften packen soll, um sie zu erschrecken, würde aber lieber an ihnen hinabstreichen, langsam und fest, streckt die Hände aus und spürt, dass er eine Erektion bekommt, überlegt fieberhaft, aber zu lange, denn sie steht urplötzlich auf. Nun steht sie zu nah bei ihm, und er umarmt sie von hinten, damit sie nicht umfällt. Sie erschrickt zu Tode, stößt einen Schrei aus, so dass er sich zwingen muss, sie loszulassen.

Sie dreht sich um, und er lacht töricht. Ach, du bist das, Hjálmar!, sagt sie offensichtlich erleichtert. Geht davon aus, dass er nur herumalbert.

Er lobt ihren Garten, wie schön und gutgepflegt er sei, schaut zur Veranda und ist sprachlos, das sieht ja aus wie im Ausland, so bunt und sommerlich, Sitzkissen, Hängestühle, Tischdecken, Obst, man bekommt sofort Lust auf Essen und Rotwein, wenn man das sieht.

Nanna lächelt zufrieden über die Reaktion, sagt, es dauere gar nicht mehr lange, bis er auf der Veranda bewirtet werde, sie plane am Wochenende eine kleine Grillparty für Senna, bevor sie zum Arbeiten aufs Land fahre, das habe sie ihr versprochen, und du kommst und deine Mutter, ja, und bring unbedingt die Kinder mit, es hat ihnen solchen Spaß gemacht, mit Olli im Garten zu spielen und mit den Erwachsenen zusammen zu sein.

Er sagt, er komme gerne, genau an dem Wochenende habe er frei, und bedankt sich anschließend dafür, dass die Kinder letztens bei ihr bleiben durften, es habe ihnen so gut gefallen, habe seine Mutter erzählt.

Und sie stehen sich gegenüber und haben sich nichts mehr zu sagen, als hätte Nanna ihr Talent zum Smalltalk verloren. Sie nestelt an ihren Gartenhandschuhen herum, und er kann den Blick nicht von ihr lösen, doch dann kommt sie zu sich und fragt, ob er Joggen gewesen sei, er trage ja Laufklamotten.

Da erinnert er sich an sein Vorhaben, er habe vor dem Joggen bei ihr vorbeischauen wollen, er habe nämlich eine Karte für die Schlussvorstellung dabei, sie müsse unbedingt kommen. Oh, sagt sie, hat offenkundig das Theatergeschehen in den Medien nicht verfolgt, und er ist ein bisschen gekränkt, wegen dieses Stücks haben die Zeitungen nicht gerade selten über ihn berichtet.

Ich war so beschäftigt mit dem Garten, sagt sie entschuldigend, spürt seine Enttäuschung und fragt dann, ob sie ihm auf der Terrasse ein Glas Fruchtsaft anbieten dürfe. Während sie im Haus ist, mustert er neugierig die Stühle und Tische, die Blumen, die Tischdecken, den geblümten Hängestuhl, er hat diese Dinge schon früher bei ihr gesehen, aber zum ersten Mal den Eindruck, sich in einer Kulisse zu befinden.

Als sie zurückkommt, schaukelt er im Hängestuhl. Sagt mit verschmitzter Miene, er fühle sich in der Atmosphäre, die sie auf der Veranda erschaffen habe, wie im Ausland, ob sie vielleicht tief im Inneren lieber im Süden leben würde.

Doch, sagt sie schleppend, doch, es komme schon mal vor, dass sie lieber im Ausland leben würde, sie habe schöne Erinnerungen daran. Es sei so interessant, in multikulturellen Gesellschaften mit Leuten aus aller Welt zu leben. Und es sei nett gewesen, in kleineren Orten auf dem Markt oder in den vielen kleinen Geschäften einzukaufen, in der Schlange zu stehen und den Leuten zuzuhören, mit den Verkäufern zu plaudern, noch nicht einmal eine Familie haben zu müssen, um am gesellschaftlichen Leben teilnehmen zu können, als Alleinstehende gehöre man einfach dazu.

Er sieht sie an und schweigt, sie hat seine Gedanken ausgesprochen, und das berührt ihn. Am liebsten würde er ihr erzählen, woran er so oft denkt, weiß, dass sie vielleicht der einzige Mensch ist, der ihn versteht, zögert jedoch, weil er Angst hat, dass sie Gylfi alles weitererzählen würde, was er auf keinen Fall möchte.

Er starrt auf ihre Beine, während er versucht, sich darüber klarzuwerden, ob er ihr seine Gefühle offenbaren soll, doch seine Gedanken verstricken sich, plötzlich denkt er darüber nach, wie es wohl wäre, mit ihr zu schlafen, und sie scheint seine Gedanken zu lesen, beugt sich abrupt nach unten und streicht ihre Hosenbeine glatt, die sie vorher hochgekrempelt hatte. Dann fängt sie an, über das Wetter zu reden, dass man auf einen schönen Sommer hoffen könne, und ergeht sich in wilden Spekulationen über das Wetter in den verschiedenen Landesteilen, bis er sie unterbricht und entschieden sagt: Ich würde gerne wegziehen.

Sie verstummt, nimmt einen ordentlichen Schluck Saft und sagt dann, wie eine Philosophin, die alle Seiten des Problems betrachtet und am Ende die beste Perspektive gefunden hat, das verstehe sie gut, aber wie wolle er es denn schaffen, alleine zu wohnen und am Wochenende die Kinder zu nehmen, wenn er doch gleichzeitig arbeiten müsse?

Da haben Sie wohl recht, gnädige Frau, seufzt er schließlich, einen Satz aus einem Theaterstück zitierend. Offenbar hat sie ihn falsch verstanden oder nur so getan und das Wörtchen »weg« auf ihre Weise interpretiert. Er steht auf, tritt ein paarmal energisch auf der Stelle, um die Beine in Schwung zu bringen und sagt, es sei höchste Zeit fürs Joggen. Doch bei sich denkt er, es ist wieder mal typisch für Frauen, dass sie immer in alle Pläne Kinder mit einbringen müssen.

4

Der Alkoholladen pulsiert vor Freitagabendlaune.

Junge Männer unterwegs aufs Land, wo sie sich unbeobachtet vollaufen lassen können, füllen ihre Einkaufskörbe mit Lagerbier, junge Frauen umkreisen die Sommerweine, ältere Damen kaufen von allem etwas, damit die Leute glauben, sie erwarteten Gäste jeden Alters, während weinkundige Männer wie angewurzelt vor den Regalen mit den französischen Qualitätsweinen stehen.

Ingdís erkennt Finnur sofort, sie beugt sich gerade über die Weinkanister, im Geiste damit beschäftigt, Preise und Mengen zu vergleichen, unsicher, ob sich eher der Kauf von südafrikanischem oder kalifornischem Wein lohnt. Als sie aufschaut und sieht, wie er interessiert das Etikett einer französischen Flasche studiert, fällt ihr als Erstes ein, wie versnobt der Kerl immer ist. Jetzt kauft er also französischen Chateau-irgendwas, der genauso viel kostet wie mehrere Liter Kanisterwein. Und auch nur draußen auf der Veranda weggesoffen wird.

Sie drückt sich möglichst unauffällig bei den Weinkanistern herum, dreht ihm den Rücken zu, damit er sie nicht sofort sieht. Doch Finnur erkennt Leute schon von weitem, eine kleine Bewegung genügt ihm. Und während sie die Preisschilder liest und ausrechnet, wie viele Flaschen in einen Drei-Liter-Kanister passen, hört sie hinter ihrem Rücken einen Gruß.

Sie setzt die Brille ab und tut so, als sei sie total überrascht, ihn hier zu treffen. Er hat drei Flaschen Chateau in seinem Korb und kann es sich nicht verkneifen, sie auf eine bestimmte Sorte Kanisterwein hinzuweisen, die sei ziemlich gut, Dúi kaufe sie oft für seine Kochaktionen. Ingdís entgegnet, sie überlege gerade, ob sie einen für das Grillfest morgen Abend mitnehmen solle, es sei so schön sommerlich, kalten Weißwein in einer hübschen Karaffe auf dem Tisch stehen zu haben, und er pflichtet ihr von ganzem Herzen bei, er habe auch Wein zum Mitbringen gekauft.

Beide sind sich absolut sicher, dass es eine wundervolle Einladung wird bei Nanna, sie habe so viel Geschmack, und was für eine großartige Köchin sie sei! Wirklich unglaublich, was sie beispielsweise aus Gemüse zaubern könne.

Sie stellen sich, jeder mit seiner Weinsorte, in die Kassenschlange, und er fragt höflichkeitshalber, womit sie zur Zeit gerade beschäftigt sei. Sie erzählt ihm, sie sehe Bewerbungen durch, schreibe aber auch an einem Buch über Religionen, sei momentan hauptsächlich mit Recherchen beschäftigt und brauche noch eine Weile dafür, doch das mit dem Wein ärgert sie, sie hadert damit, dass er bei diesem Thema auf gewisse Weise die Oberhand behält, als fühle er sich einer anderen und besseren Gesellschaftsschicht zugehörig als sie. Er sollte es besser wissen, der Gute, als ob er nicht wüsste, dass sie aus dem Beamtentum stammt, auch wenn sie bei seinem Bruder, diesem Schürzenjäger, gelandet ist.

Sie dreht sich um, schaut ihn liebenswürdig an, wirft dann einen kurzen Blick in seinen Korb und fragt, ob er sich denn auch sicher sei, dass dieser Wein seinem kleinen Neffen schmecke. Finnur ist irritiert, hebt den Korb mit dem Wein kurz an und will seinen Kauf rechtfertigen, doch sie fällt ihm ins Wort und sagt, sie sei nur darauf gekommen, weil Dúi doch so viel jünger sei als er, und junge Leute würden diese Weine, die die alten Leute kauften, nicht besonders mögen.

Finnur ist so verdutzt, dass er kein Wort herausbringt. Sie unterhalten sich nicht weiter, während sie in der Schlange stehen. Ingdís bezahlt ihren Einkauf, und als sie ihm winkt, entgegnet Finnur kühl ihren Abschiedsgruß.

Die Bienen rasten aus.

Konfus und unkontrolliert prallen sie brutal gegen die Schmetterlinge, als sie sich auf die Sommerblumen auf der Terrasse stürzen. Zum Fest wollen sie, koste es, was es wolle.

Die beiden Karaffen auf dem Tisch, eine mit Fruchtsaft, die andere mit eiskaltem Weißwein, haben eine verführerische Anziehungskraft, die Fliegen schwirren geräuschlos durch die Luft, damit sie nicht weggewedelt werden, sind diskreter als die Bienen, während am Zaun zwischen den Latten die Spinnen lauern, sich schlafend stellen, denn sie haben keine Eile, ihre Zeit wird kommen, und das wissen sie.

Aber Olli hält sie in Schach, er hat die Oberaufsicht über die Kleinviecher. Der Hausherr hat ihm die besondere Ehre erwiesen, ihn beim Grillen neben sich sitzen zu lassen, und Olli ist der Meinung, das mindeste, was er für ihn tun kann, sei, die Viecher vom Essen fernzuhalten. Wenn sich eine Biene nähert, knurrt er, schaut dann zu Gylfi, um sich zu vergewissern, dass der seine Wachsamkeit registriert hat. Gylfi tätschelt ihn hin und wieder, krault ihn hinterm Ohr, sagt guter Junge, verfolgt dabei das Fußballspiel auf dem Rasen in seinem Garten, feuert die Kinder an, lasst euch von den alten Knackern nicht veräppeln, ja, gut, gebt's ihnen! Finnur und Hjálmar verteidigen sich eifrig, verschwitzt, mit bis auf die Brust aufgeknöpften Hemden und hochgekrempelten Ärmeln, legen zwischendurch Pausen ein und trinken aus ihren Bierflaschen, die sie bei den Sträuchern abgestellt haben, wo eine neue Fliegenart eine abendliche Lagebesprechung abhält.

Olli traut sich während des Fußballspiels nicht in den Garten, hat sich aber auch nicht in die Küche vorgewagt, obwohl dort viel Leckeres vom Tisch fallen könnte. Nannas Beine bewegen sich für seine Reaktionsfähigkeit zu schnell, und er findet Ingdís gefährlich trampelig. Die Frauen wirbeln mit Pfannen und Messern im Kreis, öffnen den Kühlschrank und schließen ihn wieder, stellen etwas hinein und holen etwas heraus, haben alle Ablagen mit Gemüse und Obst in Caravaggio-Farben vollgestellt, der frische weiße Fisch und das hellrote Fleisch, und schieben Dúi und Senna mit den Hüften hin und her, wenn die unabsichtlich an einem Tisch lehnen, an den sie heranwollen.

Dúi liest Senna aus dem Kaffeesatz, und die beiden sind so vertieft in Sennas schicksalsträchtige Zukunft, die in Form von langen und kurzen Kaffeestreifen in der weißen Porzellantasse erscheint, dass sie das, was sie eigentlich unbedingt machen wollten – den Tisch auf der Terrasse decken und dekorieren –, völlig vergessen haben.

Gylfi steht draußen mit der Grillzange, bereit für die Anweisungen aus der Küche, für den Moment, wenn Nanna mit dem Hummer auf einem weißen Teller herauskommt und nickt, was bedeutet, dass er nun loslegen kann. Der Grill ist schon längst heiß.

Doch die Meisterköchin beherrscht ihr Metier, lässt die Gäste aus Prinzip auf das Essen warten und nicht das Essen auf die Gäste, weshalb die Wahrsager den Tisch bereits gedeckt haben und die Fußballmannschaft sich den Schweiß abgewischt hat, bevor Gylfi den Hummerteller in die Finger bekommt.

Auf der Nordhalbkugel ist die Sonne intensiv, wenn sich keine Wolken um sie drängen, aber der Sonnenschirm, unter dem sie sitzen, mildert die sengenden Strahlen ab, so dass die Temperatur am Tisch erträglich ist. Sie trinken schnell, solange der Weißwein noch kalt ist, und sind glücklich, lecken sich über die Lippen, wirklich ein Leckerbissen dieser Hummer, wobei die Kinder noch nicht einmal versuchen, ihn runterzukriegen, denn er schmeckt ihnen überhaupt nicht, verschlingen stattdessen Brot mit Kräuterbutter und knabbern an der einen oder anderen aufgespießten Riesengarnele. Sind dabei jedoch keineswegs unzufrieden, mit ihrem Vater zwischen sich, der lustig und ausgelassen ist, Geschichten aus dem Theater erzählt und wie immer im Mittelpunkt steht.

Dann ist es plötzlich, als käme Nanna zu sich und

fände die Sprache wieder, wie so oft, wenn sie sich davon überzeugt hat, dass das Essen geglückt ist, sie schaut zu Gylfi und sagt, wir müssen ein Foto davon machen, und geht rein, um die Kamera zu holen. Sie fotografiert gerne Menschen, die an einer Essenstafel sitzen.

Im selben Moment, als sie abdrücken will, sieht sie eine Bewegung bei den Rosen.

Sie entdeckt ihn als Erste. Lässt die Kamera sinken und bleibt wie angewurzelt stehen, als wäre sie selbst ein Fotomotiv. Gylfi glaubt, dass sie eine Wespe gesehen hat, und schaut mit genervtem Gesicht in dieselbe Richtung.

Einer nach dem anderen hebt den Kopf und blickt zu dem Mann im Garten.

Er steht da mit dunklen Gesichtszügen, lächelt die Leute an, seine weißen Zähne blitzen auf.

Gylfi wirft Nanna eine raschen Blick zu, erwartet, dass sie wegen der Ankunft des Gastes etwas tut, bis ihm wieder einfällt, dass er ihn ja eingeladen hat, sie hat den Mann noch nie gesehen, also steht er auf, begrüßt den Ausländer, fordert ihn auf, näherzukommen, bittet die anderen auf der Terrasse, ihm einen Stuhl zu holen, das sei der Fotograf aus Paris, er habe ihn gebeten zu kommen, falls er Zeit hätte, er spreche Englisch. Dann fragt er Nanna, ob noch genug von dem Hummer da sei, bittet Senna, schnell reinzugehen und einen Teller und ein Glas für ihn zu holen, erklärt, er habe dem Mann wohl eine falsche Uhrzeit genannt, deshalb sei er so spät, zeigt dann auf den Stuhl und sagt: Bitte setzen Sie sich.

Wenn plötzlich ein neuer Gast zu einer Runde stößt, wissen die Leute nicht mehr, worüber sie vorher gesprochen haben. Alle schweigen, lächeln zaghaft, mustern zurückhaltend seine goldene Haut. Finnur sieht seinen Neffen eindringlich an – will dieser Stoffel ihnen den Mann denn nicht vorstellen, wirklich unglaublich, wie zerstreut und unbekümmert Gylfi sein kann – und sagt trocken, du musst den Mann noch vorstellen.

Und Gylfi, der gerade über die Grillzeit des Fleisches nachgedacht hat, zuckt zusammen und entschuldigt sich, ach ja, natürlich, Aloked Achmad Maurice Hamand, tut mir leid, das ist ein so langer Name, aber der Ausländer lächelt freundlich und sagt, ja, das ist ein sehr langer Name. Er spricht Englisch mit französischem Akzent, das fällt allen auf.

Aha, sagen sie und neigen verständnisvoll die Köpfe.

Gylfi stellt ihm nacheinander alle vor, Finnur, mein Onkel und Steuerberater da hinten, sein Neffe Dúi, Empfangschef im Hotel, Hjálmar, mein Halbbruder, Schauspieler, und seine Kinder Aþena und Elías, und das ist Ingdís, Hjálmars Mutter, tja, die ist in allen möglichen Komitees, und das sind Nanna und Senna. Er vergisst, seine Verwandtschaftsbeziehung zu den beiden Frauen zu nennen, als sollte das dem Mann klar sein, ebenso wie ihre gesellschaftliche Stellung.

Alle schütteln ihm die Hand. Wir sind alle miteinander verwandt, wie die meisten hierzulande, Island hat so wenig Einwohner, dass Sie wahrscheinlich auch unser Vetter wären, wenn Sie hier leben würden, sagt Gylfi.

Und er ist Fotograf?, fragt Ingdís liebenswürdig, sieht den Mann dabei eindringlich an und versucht, ihn einzuordnen. Sie hat das Gefühl, ihn schon mal gesehen zu haben, ist sich aber nicht sicher, sie kann Menschen mit dunkler Hautfarbe so schlecht auseinanderhalten. Gylfi antwortet für den Mann, er arbeite bei einer Zeitschrift, wolle ungefähr drei Monate in Island bleiben und Land und Leute fotografieren, vor allem Menschen bei der Arbeit, ein Fotobuch machen, wenn er sich recht erinnere.

Dúi stellt einen Teller und ein Glas vor den Gast, Nanna reicht ihm die Schüssel mit dem Hummer, ein paar Schwänze sind noch übrig. Der Gast senkt bescheiden den Kopf, als wisse er, dass man sich so zu verhalten hat, wenn man zu einer Gruppe Menschen stößt, die eng miteinander verbunden sind, und Nanna wünscht ihm guten Appetit, spricht Englisch, obwohl sie besser Französisch kann, sagt, es tue ihr leid, das sei lediglich der Rest der Vorspeise, sie bereite aber gerade die Hauptspeise vor, es gebe gegrilltes Lamm, woraufhin er sie dankbar anlächelt. Er ist gezwungen, alleine zu essen, während die anderen ihm schweigend zusehen. Sie haben ihr ursprüngliches Thema vergessen und denken noch nicht einmal an die Notlösung, übers Wetter zu reden.

Doch dann rettet Ingdís die Situation – sie ist oft bei Feiern und Empfängen, wo man in möglichst kurzer Zeit mit möglichst vielen Leuten Smalltalk hält – und sagt in ihrem gepflegten Englisch, ach, Sie sind also aus Paris, arbeiten Sie schon lange bei dieser Zeitschrift?

Ja, er sei aus Paris, arbeite dort für eine Wochenzeitschrift, die vorzugsweise über Prominente aus Kultur und Politik berichte, Interviews und Fotos von ihnen bringe, ein seriöses und beliebtes Blatt. Er arbeite schon seit acht Jahren dort und brauche eine kleine Veränderung, habe die Idee gehabt, Menschen in fremden Ländern zu porträtieren, vor allem führende Persönlichkeiten aus Wirtschaft und Kultur, andere Nationen in Bildern zu zeigen, und dabei habe er sich für ihr Land entschieden. Kollegen von ihm seien schon in Island gewesen und hätten ausgiebig die Natur fotografiert, ganze Bücher über die Landschaft gemacht, sich aber weniger um die Menschen gekümmert. Er interessiere sich hingegen mehr für die Menschen, die das Land voranbrächten. Wobei er gestehen müsse, dass er seine Kollegen gut verstehen könne, nachdem er Island ein wenig bereist habe, die Weite und die Farben hätten ihn völlig fasziniert. Aber wie gesagt, er wolle bis zum Herbst bleiben, falls das finanziell machbar sei, er habe sich mit Mühe und Not drei Monate freinehmen können, bekomme aber nur für einen Monat Lohn, er verwende seine Ersparnisse für das Projekt. Die Bedingung für den Urlaub sei, dass ein Teil der Fotos in der Zeitschrift veröffentlicht würde, aber er wolle auch ein Buch über die Freizeitbeschäftigungen der Isländer machen, also, insofern sie denn Freizeit hätten.

Den Anwesenden gefällt die Antwort, und Finnur hebt wohlwollend die Augenbrauen, als er das mit den Ersparnissen erwähnt. Ingdís fragt prompt nach, ob er denn keine Familie habe, um die er sich kümmern müsse, keine Kinder?

Der Fotograf verneint allem Anschein nach bedauernd, fügt dann aber hinzu, er wohne mit seiner Mutter, seinem Bruder und seiner Großmutter zusammen. Als die anderen nichts dazu sagen, nur warten, in der Hoffnung, er möge sich genauer zu seiner Familie und seinen Lebensumständen äußern, damit sie seine Herkunft und gesellschaftliche Stellung einordnen können, ergänzt er noch, seine Großmutter werde ihn in diesen drei Monaten bestimmt sehr vermissen, er habe sie immer zum Arzt begleitet oder zum Einkaufen beim Gemüsehändler oder wenn sie einfach das Treiben auf der Straße beobachten wollte.

Die Bemerkung über die Großmutter kommt gut an. Das Gespräch findet auf Englisch statt, aus Höflichkeit dem Ausländer gegenüber, bis jemand zufällig auf das Theaterleben zu sprechen kommt, da wechseln sie automatisch in ihre Muttersprache, und der Ausländer bleibt außen vor.

Die Gastgeber bereiten die Hauptspeise vor, Gylfi geht zum Grill, und Nanna räumt die Vorspeisenteller ab. Der Ausländer schaut Senna an, als fände er, sie müsse diese Aufgabe übernehmen, doch Senna unterhält sich gerade angeregt mit Dúi und achtet nicht auf die Bewirtung der Gäste. Da springt er auf und hilft der Gastgeberin. Sie lächelt ihn kurz an, sie hat nicht viel gesagt, seit er da ist. Er folgt ihr mit den schmutzigen Tellern ins Haus, wirft einen Blick ins Wohnzimmer, auf die teuren Möbel, starrt den Flügel an und sagt, Sie haben ein sehr schönes Haus, woraufhin sie sich bedankt und ihm erklärt, wo er die Teller hinstellen soll. Nanna spricht Englisch mit einem leichten Akzent. Sie ist außerordentlich höflich, unterhält sich aber nicht weiter mit ihm, woraufhin er wieder rausgeht.

Finnur schenkt Rotwein ein, bevor das Lammfleisch serviert wird, und sagt, das sei ein sehr guter französischer, den müssten sie unbedingt probieren. Er neigt leicht den Kopf und sieht den Pariser verschmitzt an, der entgegnet, er kenne diesen Wein, der werde in Paris gerne von reichen Intellektuellen getrunken.

Ingdís setzt ein blasiertes Gesicht auf und sagt den Kindern, sie sollten sich den Mund abwischen. Der Fotograf lehnt den Wein erneut ab und erklärt, er trinke keinen Alkohol, woraufhin Gylfi ihm und sich selbst sprudelndes Mineralwasser einschenkt. Da fragt ihn der Fotograf erfreut, aber auch so, als spiele es im Grunde keine Rolle, ob er auch keinen Rotwein trinke. Heute Abend nicht, antwortet Gylfi und widmet sich seinem Essen.

Finnur und er tauschen einen kurzen Blick.

Die abendliche Kühle hält sich noch draußen über dem Meer, doch sobald die Sonne sinkt, wird sie auf die Veranda kriechen wie die Kriechmispel, wobei mit berauschten Sinnen kaum einer den Luftzug an den Beinen wahrnehmen wird. Dann wird Nanna die Gaslampen anzünden, da ist sich Finnur sicher, auch wenn sie in diesem Moment einsilbig und gedankenverloren wirkt, nicht ganz bei der Sache, aber er weiß, dass sie immer zur richtigen Zeit das Richtige macht. Obwohl niemand damit rechnet. Was man von seinem Neffen, der ihm gegenüber am anderen Ende des Tisches sitzt, nicht gerade behaupten kann. Er kennt die Wichtigkeit von Details im menschlichen Umgang nicht, das Wohlbefinden der Leute, ihre Gefühle, hat nie verstanden, dass sie es sind, die Details, die das Schicksal des Menschen am Ende bestimmen. Er überlässt die Details anderen, kennt die Macht der leisen Töne nicht. Im Gegensatz zu Nanna und ihm. Finnur hätte lieber mit ihr alleine gegessen, sie hätten gemeinsam geschwiegen, vielleicht Kantaten gelauscht und dabei den guten Wein getrunken. Dennoch ist es ihm wichtig, gelegentlich mit der Familie zusammenzusitzen, er ist dankbar, dass er sie hat. Hjálmar scheint der Wein zu schmecken, er trinkt ihn in großen Zügen, was ihm gar nicht ähnlich sieht, er ist kein Weinkenner, trinkt lieber Bier, vielleicht hat der Ausländer mit dem langen Namen ihn verunsichert – mit ihm hat ein ernstzunehmender Konkurrent in Sachen Männlichkeit die Bühne betreten. Ganz typisch für das dominante Männchen, es muss die Oberhand behalten, seine Überlegenheit demonstrieren, obwohl sich kein einziges Weibchen im Jagdrevier befindet. Oder doch? Der Fremde ist unbestreitbar gutaussehend und maskulin, obwohl sich seine Herkunft nicht einordnen lässt. Finnur betrachtet die drei Frauen, schließt die älteste und die jüngste sofort aus, aber was ist mit Nanna? Könnte sie Hjálmars empfindsame Künstlerseele berührt haben? Und was ist mit ihr? Fühlt sie sich zu ihrem Schwager hingezogen? Finnur verfolgt die Gesten der beiden aus dem Augenwinkel, ist so in seine Beobachtungen vertieft, dass er seinen Plan völlig vergisst, er hatte sich nämlich vor dem Grillfest vorgenommen, Ingdís ihre Unhöflichkeit im Alkoholladen heimzuzahlen, wollte sie von hinten überraschen, ganz langsam auf sie zuschwimmen und dann plötzlich ihren Kopf untertauchen.

Dann hätte Ingdís sich vielleicht für den Rest des Abends zurückgehalten.

Doch nun gibt es für sie keine Hindernisse, der Platz liegt grün und schön zu ihren Füßen, und es ist nicht schwer, den Ball ins unbewachte Tor zu schießen. Sie dribbelt seelenruhig den Ball und fragt dann, schon mit heiserer Stimme, ob man nicht auf die kleine Senna anstoßen wolle, die immer so tüchtig in der Schule sei, stimmt doch, Senna, oder, du bist doch noch das kleine tüchtige Mädchen?

Dúi stöhnt innerlich über Ingdís' unterschwellige Eifersucht, die ihm auf die Nerven geht und die er für völlig unbegründet hält, sie ist schon zu einem Teil ihres Charakters geworden. Gylfi bemerkt die Ironie in ihrer Stimme, die ihn nicht zu überraschen scheint, und sagt laut, das sei richtig, Guðrún Senna habe immer die besten Noten nach Hause gebracht. Er hebt sein Glas, schaut seiner Tochter tief in die Augen und sagt, er sei sehr stolz auf sie, und immer, wenn er daran denke, dass sie eines Tages die Hotels übernehmen werde, mache ihn das glücklich und dankbar.

Mit der simplen Tatsache im Hinterkopf, dass es nie mehr als einen Erben geben kann, sollte diese Ankündigung des Familienoberhaupts die Anwesenden eigentlich nicht überraschen, dennoch ist es, als lege sich von Osten ein Nebel über die Tafel, sie starren auf ihre Teller und hantieren ungeschickt mit ihrem Besteck.

Dabei registrieren fast alle die Verwunderung des Fotografen. Obwohl ihm die Sprache fremd ist, gibt Gylfis Gestik beim Anstoßen auf Senna unmissverständlich zu verstehen, dass das Mädchen einen wichtigen Platz an diesem Tisch einnimmt. Der Fotograf späht verstohlen abwechselnd zu Nanna und Gylfi, wobei sein Gesichtsausdruck dem eines Schuljungen ähnelt, der seine Rechenaufgabe nicht lösen kann.

Vielleicht denkt er, sie sei eine Angestellte, vermutet Finnur.

Es ist Olli, der ihnen den Weg zurück in die klare Luft weist, er stellt die Vorderpfoten auf den Schoß seines Herrchens und bellt, gerade noch hörbar, aber dennoch entschieden genug, damit Dúi begreift, dass er kein Eindringling, sondern ein vollwertiger Gast an dieser Tafel ist, der genau wie die anderen etwas zu Essen bekommen sollte. Er bekommt einen Knochen und dazu ein paar Streicheleinheiten, worüber er sich so freut, dass alle laut lachen.

Die Kinder haben lange genug stillgesessen, möchten vom Tisch aufstehen und mit Olli und den vielen Insekten in Nannas Abenteuergarten spielen, was man ihnen widerspruchslos gewährt, während gleichzeitig mehr Wein in Flaschen und Karaffen aufgetischt wird.

Die meisten finden es jetzt an der Zeit, sich dem Fotografen zuzuwenden, er war ein bisschen außen vor, finden sie, und Hjálmar fragt ihn nach den bevorstehenden Fotoshootings. Der Fotograf erzählt, er wolle Gylfi beruflich und privat in seiner normalen Umgebung ablichten, und als er »normalen« sagt, weist er mit der geöffneten Hand in Richtung Gylfi. Blickt dann zu Dúi, Finnur und Hjálmar, immer noch mit geöffneter Hand, und gibt ihnen mit einer kleinen Geste zu verstehen, dass er sie ebenfalls fotografieren wolle. Die Frauen beachtet er nicht. Doch die Männer verstehen genau, was er meint, nicken zustimmend, und halten das für einen geeigneten Rahmen.

Ingdís wirft Nanna einen raschen Blick zu und knallt ihr Glas auf den Tisch, so dass Wein herausspritzt. Nanna weiß, was sie denkt, sie denkt nämlich genau dasselbe, reagiert aber anders als Ingdís und grinst süffisant, als könne sie sich kaum beherrschen, sagt dann mit gepresster Stimme, es sei Zeit für das Dessert, und verschwindet im Haus.

Es entspinnt sich eine lebhafte Unterhaltung, bei der die Männer vereinbaren, wer als Erster fotografiert werden soll, welche Umgebung jeweils am besten passt, vielleicht könnten sie auch alle zusammen auf ein paar Bildern sein, aber der Fokus liege in erster Linie auf Gylfi, sagt der Fotograf und fragt Gylfi unterwürfig, wann er denn ein wenig Zeit erübrigen könne.

Gylfi zieht die Antwort in die Länge, fragt, ob die Aufnahmen, die er im Büro und in den Hotels gemacht habe, nicht reichten, doch der Fotograf entgegnet überschwänglich, es sei doch so wichtig, ihn auch draußen in der Natur zu fotografieren, zum Beispiel beim Lachsfischen, er habe das Foto von ihm mit dem Lachs im Büro gesehen, ob das nicht möglich sei, und wenn ja wann. Gylfi antwortet sehr zögerlich, er werde es sich überlegen, er könne ja in der Zwischenzeit mit den anderen beginnen. Schließlich einigen sie sich darauf, dass der Schauspieler den Anfang machen soll, er sei es am ehesten gewohnt, fotografiert zu werden, und sie trinken große Schlucke aus ihren Gläsern.

Doch der Fotograf hätte die Frauen besser nicht links liegen gelassen, vor allem Ingdís, denn man kann keine Nachsicht erwarten, wenn die Leute sich vernachlässigt fühlen. Das Spiel hat also just neu begonnen, Ingdís hat den Strafraum betreten, und niemand bewacht das Tor.

Sie legt den Kopf mal nach links, mal nach rechts, als amüsiere sie sich köstlich, nutzt die Gelegenheit, als die anderen gerade schlucken, und sagt laut und lallend zu dem Fotografen, ihr sei immer noch nicht ganz klar, woher er eigentlich stamme, ob seine Eltern Afrikaner oder Araber seien, oder vielleicht beides, französisch sei er wohl zumindest nicht, aber woher kommen Sie denn nun eigentlich, mein Guter?

Die anderen machen peinlich berührte Gesichter, Hjálmar runzelt die Stirn und sagt leise, Mama, lass es gut sein. Der Fotograf wirkt hingegen belustigt und antwortet, es sei nicht verwunderlich, dass sie seine Abstammung nicht festmachen könne, er komme nämlich im Grunde von überallher, von allen Ecken der Welt.

Könnten Sie ein bisschen präziser sein?, fragt Ingdís und lächelt sanft.

Er erzählt, seine Mutter sei in Algerien aufgewachsen, ihr Vater sei Algerier gewesen, aber ihre Mutter habe französische und polnische Wurzeln gehabt. Sein Urgroßvater sei aus Marokko nach Algerien gekommen und habe dort seine Urgroßmutter geheiratet, die aus Asien stammte, und eine Urgroßmutter väterlicherseits sei aus Somalia eingewandert, eine Urgroßmutter mütterlicherseits aus Russland, und er zählt auf, woher seine Urgroßväter mütterlicherseits stammten, als Ingdís genug hat, ihm ins Wort fällt und sagt, dann nehme ich an, Sie sind Moslem wie Ihr Vater?

Der Fotograf ist irritiert, aber wie soll er auch wissen, dass die Frau sich besonders für Religionen interessiert, sagt dann fast stammelnd, Glaube sei seiner Ansicht nach Privatsache.

Ach ja, finden Sie?, sagt Ingdís immer noch lächelnd, aber Ihr Name ist ja wirklich unglaublich lang, der muss tatsächlich von allen Kontinenten stammen, vielleicht sogar vom Himmelszelt, sollen wir ihn nicht einfach kürzen, das ist leichter für die Jungs, verstehen Sie, beim Fotografieren, wie wäre es, wenn wir Sie Loki nennen, als Kurzform für Aloke, oder wie das noch mal war, was haltet ihr davon? Findet ihr nicht, dass das ein guter Name ist? Loki?

5

Da war etwas in den Augen des Fotografen, das Hjálmar zum Reden brachte, keine Ahnung, ob seine Augenfarbe oder sein strahlender Blick, Hjálmar erklärte es nicht genau, sondern meinte nur, als der Fotograf weg war und ich ihn fertig geschminkt hatte, dass da etwas in den Augen dieses Ausländers gewesen sei, das ihn dazu gebracht habe, über Dinge zu sprechen, die er eigentlich längst vergessen hatte und nie erzählen wollte.

Wir kannten uns ja schon als kleine Jungen, Hjálmar und ich, und natürlich reden wir viel miteinander, während ich ihn schminke, klar, vor allem, wenn die Maske so zeitraubend und aufwendig ist wie diesmal. Aber ich glaube, Hjálmar hatte recht, da war etwas in den Augen und im Auftreten dieses ausländischen Fotografen, das einen dazu zwang, ehrlich zu sein. Ich hatte gerade mit der Grundierung angefangen, und der Fotograf turnte um uns herum, versuchte wahrscheinlich, den richtigen Blickwinkel zu finden, und da fragt er Hjálmar, ob er schon mal in Paris gewesen sei. Hjálmar sagte ja, er sei dreimal da gewesen, zum ersten Mal mit achtzehn. Und dann erzählte er uns, wie er total verkatert im Flieger saß und nach Paris flog, um seinen Bruder zu besuchen, den er erst seit zwei Jahren kannte. Und er sei total aufgeregt gewesen, seinen tollen Bruder im Ausland zu treffen, aber auch ein bisschen schissig, weil er mehrere Tage bei ihm und seiner Freundin verbringen sollte, die waren beide etwas älter als er. Deshalb habe er sich am Abend vorher mit seinen Kumpels besoffen, habe gedacht, dass er in Frankreich bestimmt nichts trinken dürfe, und wollte sich vorher noch mal so richtig die Kante geben.

Jedenfalls stand er plötzlich bei ihnen in der Küche, in einem alten Haus in einer schmalen Gasse, und dann erzählte er nur mir – er wechselte manchmal ins Isländische –, wie weich der Stoff ihres Kleides gewesen sei, also von Gylfis Freundin. Er hätte ihn gerne angefasst, es aber nicht gemacht, nur auf seinen Teller gestarrt und kaum die Gabel halten können. Das Kleid habe eng an ihren kurvigen Hüften angelegen und unten locker ihre Beine umspielt, sie liebkost, wenn sie in der kleinen Küche hin- und herging, er habe das Gefühl gehabt, er könne sie riechen, wenn sie nah bei ihm stand, und er sei ganz durcheinander gewesen.

Tja, und dann hätten sie gerade beratschlagt, was Gylfi ihm während seines Aufenthalts zeigen könne, hätten ein richtiges Programm für ihn ausgearbeitet, als das Telefon klingelte und sämtliche Pläne durchkreuzte. Gylfi wurde überraschend in irgendeine Stadt eingeladen, um sich dort einige Hotels und Restaurants anzuschauen, was er wohl schon lange vorhatte, und sie stand in ihrem zarten Kleid mit dem Kochlöffel in der Hand da, schwieg lange und schaute Gylfi an, sagte dann, er solle ruhig fahren, sie werde sich um den Jungen kümmern.

Am Abend sei sie mit ihm ins Theater gegangen, in die Comédie Française, das älteste und berühmteste

Theater von Paris, lauter Balkone und Pomp, sie habe zurückgegebene Karten bekommen, und er habe kein Wort von dem verstanden, was auf der Bühne ablief. Sie meinte, das mache doch nichts, er könne ja die Gestik und Mimik verfolgen und außerdem später erzählen, dass er in diesem Theater gewesen sei. Er langweilte sich in der Vorstellung tatsächlich nicht, obwohl er kein Wort verstand, aber er war natürlich oft mit seiner Mutter im Theater gewesen, als er klein war. Jedenfalls, wie er da so neben seiner Schwägerin gesessen habe, mit ihrem Duft in der Nase, sei etwas passiert. Es habe ihn plötzlich auf die Bühne gezogen, er habe gespürt, dass er das besser könne als diese Typen, die da oben standen. Er meinte, an diesem Abend sei wahrscheinlich der Wunsch in ihm entstanden, Schauspieler zu werden. Und so war es dann auch, er erzählte, er habe richtigen Ehrgeiz entwickelt, als er von dieser Reise zurück nach Hause gekommen sei, er habe weniger getrunken – anscheinend hat er schon in jungen Jahren ziemlich gesoffen, die Sauferei hat wohl auch seinen Vater ins Grab gebracht –, und siehe da, er wollte auf die Theaterschule, was er auch schaffte, und seitdem hat er ja richtig Karriere gemacht, der Gute, immer tolle Rollen, sowohl im Theater als auch im Film.

Doch der Abend damals in Paris war noch nicht ganz zu Ende.

Bevor sie nach der Vorstellung nach Hause gingen, lud sie ihn zu einem kleinen Glas Wein in einem Straßencafé gegenüber dem Theater ein. Es war Frühling, auf den Straßen herrschte reges Treiben, die Lichter der Laternen und in den Fenstern der umliegenden Häuser so malerisch in der Abenddämmerung, das alles machte ihn glücklich und weckte in ihm das Verlangen, ewig zu leben, wobei er keine Ahnung hatte, ob es der Wein oder die jungen Mädchen an den Nachbartischen waren, die ihn so in Wallung brachten. Er war jung, wusste noch nichts von den vielfältigen Leidenschaften, die den Menschen antreiben. Sie sprach die ganze Zeit über das Stück, und er lauschte fasziniert.

Und na klar, aber das hat er nur mir erzählt, gingen sie anschließend nach Hause, und sie richtete ihm die kleine Kammer neben dem Wohnzimmer her. Die Nacht senkte sich auf das Haus, aber sein Körper brannte, und er konnte einfach nicht einschlafen. Da schlich er zu ihrem Zimmer, die Tür war nur angelehnt, sah sie alleine in dem großen Doppelbett liegen, wo sie im Schein einer kleinen Lampe eingeschlafen war, vielleicht hat sie Angst im Dunkeln, dachte er, trat ein und ging zu ihrem Bett. Er blieb stehen und betrachtete ihr nacktes Bein, bis die Übermacht der Gefühle seine Vernunft verdrängte. Er legte sich neben sie ins Bett. Der Duft ihres Körpers erfüllte seine Sinne, erregte ihn, seine Hand gehorchte nicht mehr und tastete nach ihrem Bein und streichelte es, so sanft, dass sich die kleinen, unsichtbaren Härchen in seiner Handfläche aufrichteten, als wäre sie ein Magnet.

Zu dem Zeitpunkt hatte der Fotograf schon ein paar Fotos geschossen, mit und ohne Make-up, und da fragt er Hjálmar, wie das Verhältnis zu seinem Bruder sei, ob sie sich nahestünden, und was für ein Mensch Gylfi sei. Hjálmar wurde nachdenklich und antwortete dann, Gylfi habe nichts Böses in sich. Er muss doch irgendwelche Schwächen haben wie wir alle, entgegnete der Fotograf lächelnd, aber Hjálmar sagte, ihm seien keine bekannt.

Dann verstummte er, und als der Fotograf gegangen war, bekam ich nicht mehr viel aus ihm heraus. Er meinte nur, da war was in den Augen dieses Typen.

Er hat ihn erst dabei fotografiert, wie er sich Kleidung aussuchte, dann bei mir in der Nähstube, während ich Maß nahm, die Hose musste an der Taille enger gemacht werden, Finnur hat so schmale Hüften. Jedenfalls machte Finnur direkt eine Bemerkung, was für eine gute Figur dieser ausländische Fotograf habe, das flüsterte er mir zu, er meinte, es wäre doch bestimmt eine schöne Aufgabe für mich, für so einen Mann etwas zu nähen. Das war nur aus Spaß, aber Finnur hatte recht, der Ausländer war wirklich gut gebaut, wahnsinnig gute Proportionen, und ich habe gemerkt, dass er ihn dafür bewunderte, Finnur ist natürlich selbst langjähriger Schwimmer und hat eine gute Figur, der kann alles tragen. Aber wie dem auch sei, Finnur kauft schon seit Jahren bei mir ein, deshalb kenne ich ihn ziemlich gut, und wir unterhalten uns immer, wenn er kommt, aber diesmal bei mir in der Nähstube, während dieser knackige Fotograf wie wild knipste, war er ungewöhnlich gesprächig.

Der Fotograf fragte ihn, ob er Sport mache, er sehe so fit aus, ob er schon lange Rechnungsprüfer sei, und Finnur beantwortete alles gewissenhaft, erzählte, er arbeite ausschließlich für Gylfi und zwar schon, seit sein Neffe nach dem Studium zurück nach Island gekommen sei. Gylfis Mutter habe damals noch die Hotels geleitet, aber der Junge habe den Betrieb nach und nach übernommen und dann nach ihrem Tod ganz alleine geführt.

Wenn ich mich recht erinnere, war es an Weihnachten, als Finnur anfing für Gylfi zu arbeiten, der war damals gerade mit Frau und Kind zurück nach Hause gekommen, und sie wohnten bei seiner Mutter, hatten das Haus, in dem sie jetzt wohnen, noch nicht gekauft, und Gylfi lud Finnur am ersten Weihnachtstag zum Essen ein. Finnur erzählte, er habe sich nicht besonders auf diese Einladung gefreut, sie hätten nie viel Kontakt gehabt, seine Schwägerin und er, zumal Gylfis Vater, Finnurs Halbbruder, ein unverbesserlicher Frauenschwarm gewesen sei, und deshalb habe er mit dessen Familie so wenig wie möglich zu tun haben wollen. Aber Finnur ging hin, und er meinte, es sei eine der merkwürdigsten Weihnachtsfeiern gewesen, die er je erlebt habe.

Als er kam, war Gylfi im Billardzimmer, seine Frau und das Kind in der Küche, und die Mutter, Finnurs Schwägerin, war nirgendwo zu sehen. Tja, dann hätten sie eben eine Runde Billard gespielt. Die junge Frau, Gylfis Gattin, war die ganze Zeit in der Küche und bereitete das geräucherte Lamm vor, und dann habe Gylfi ihm erzählt, seine Mutter ruhe sich am Wochenende und an Feiertagen immer aus, sie liege dann die ganze Zeit im Bett. Ich kann mich noch gut an sie erinnern, sie war ja eine bekannte Geschäftsfrau, und es kursierten Geschichten über ihre Gerissenheit und ihren Fleiß, aber wahrscheinlich hatte sie sich überarbeitet.

Anschließend setzte man sich an den Tisch in dem großen Esszimmer, sie waren also mit dem Kind zu viert, aber Gylfis Mutter ließ sich nicht blicken. Die junge Frau habe nicht viel gesagt, sei vor allem damit beschäftigt gewesen, das Kind zu füttern, und es sei ein äußerst schweigsames Essen gewesen. Als sie beim Dessert waren, fragte Gylfi, ob Finnur die Buchhaltung für alle Hotels übernehmen wolle. Finnur meinte, er sei von dem Angebot nicht sehr angetan gewesen, obwohl er wusste, dass es seine Zukunft sichern würde, aber die ganze Atmosphäre in der Familie gefiel ihm nicht, und er sagte Gylfi, er werde es sich überlegen. Dann habe er sich nicht beherrschen können und gefragt, ob Gylfis Mutter denn gar nichts essen wolle. Darauf habe Gylfi nur geantwortet, sie habe keinen Appetit, aber seine Frau, die habe ihm fest in die Augen geschaut und dann gesagt, sie mag das Kind nicht.

Diese Einladung sei wirklich seltsam gewesen, erzählte Finnur. Als er schließlich aufbrach, so schnell wie möglich nach Hause wollte, zumal es angefangen hatte zu schneien, fragte Gylfis Frau, ob sie ihn begleiten dürfe, sie wolle noch bei ihrer Jugendfreundin vorbeischauen, die im Krankenhaus liege. So machten sie es, doch als sie erst ein kurzes Stück gefahren waren, blieben sie stecken. Finnur erzählte, die Sache sei ihm nicht geheuer gewesen. Die Autos vor ihnen im Schnee festgefahren, chaotisches Wetter und die Frau neben ihm so still und unnahbar. Also schaltete er das Radio ein. Sie hatten gerade mal ein paar Sekunden zugehört, da sagte sie, jetzt kommt das Klavier, warte, es kommt gleich, und dann kamen Klaviertöne. Kurz darauf sah sie ihn an und sagte: Das Erste Klavierkonzert von Brahms, das ist eines meiner Lieblingsstücke von ihm.

Finnur brachte erst mal kein Wort heraus, er hatte nicht damit gerechnet, dass sich eine junge Frau so gut mit klassischer Musik auskennt, und dann fügte sie auch noch hinzu, das Konzert sei, als es zum zweiten Mal gespielt worden sei, und zwar in Leipzig im Januar achtzehnhundertneunundfünfzig, ich glaube, er meinte, das habe sie gesagt, da sei es verrissen worden, das sei eine der größten Blamagen für Brahms gewesen. Man habe viel darüber spekuliert, und manchmal sei behauptet worden, der Dirigent sei womöglich schuld, oder die Zuschauer seien noch nicht reif genug für das Werk gewesen. Das Konzert habe gute Kritiken bekommen, als es fünf Tage zuvor in Hannover uraufgeführt worden sei, allerdings mit einem anderen Dirigenten, einem Freund von Brahms. Und Brahms habe beide Male Klavier gespielt, damals sei er sechsundzwanzig gewesen. Ich gehe oft ins Konzert, und es war interessant für mich, das über Brahms zu hören. Seine Mutter war wohl siebzehn Jahre älter als sein Vater. Tja, Finnur konnte gerade noch stammeln, er habe eigentlich immer ein Faible für das Zweite Klavierkonzert gehabt, das sei vielleicht anspruchsvoller. Bei Schneetreiben und Dunkelheit unterhielten sie sich über Brahms Klavierkonzerte, das Erste und das Zweite, und die Zeit flog nur so über die Tasten.

In dem Moment fragte der Fotograf, ob Finnur gerne mit Gylfi zusammenarbeite, was für eine Art Mensch er sei, und Finnur antwortete knapp, Gylfi sei ein guter Mensch. Mehr war nicht aus ihm herauszubekommen, er meinte nur, er müsse sich beeilen, und ich konnte gerade noch den Hosensaum abstecken. Er ging, ohne sich zu verabschieden, was ihm gar nicht ähnlich sieht.

Er schwirrte wie eine Fliege um uns herum, während ich Dúi massierte. Ich fragte ihn, ob er mit dem Fotografieren nicht warten wolle, bis ich fertig sei, damit er den Mann stehend ablichten könne, aber das wollte er nicht.

Und Dúi schien es völlig gleichgültig zu sein, halbnackt und im Liegen fotografiert zu werden, er war total relaxt, allerdings kommt er auch schon seit vielen Jahren zu mir zur Massage, seit das mit dem Autounfall passiert ist und er solche Schmerzen in der Schulter hatte. Die ist jetzt wieder in Ordnung, aber er hat sich an die Massagen gewöhnt und fühlt sich besser, wenn ich ihn durchknete. Dúi machte eine Bemerkung, wie geschmeidig sich der Fotograf bewege, und da kann ich ihm nur zustimmen. Der Mann hat die Geschmeidigkeit und Intensität einer Katze, der wird nie Massagen brauchen, das kann ich mir nicht vorstellen, und ich habe durchaus bemerkt, wie genau Dúi ihn beobachtet hat, ich musste seinen Kopf ständig nach unten drücken, während ich seine Halsmuskeln massierte.

Der Fotograf fragte Dúi, ob er schon lange im Hotel arbeite, und Dúi antwortete, er sei schon seit vielen Jahren dort, woraufhin der Fotograf weiterknipste und fragte, wie sein Chef denn so sei. Dúi meinte, er komme gut mit ihm klar, er dürfe ja auch Olli mit zur Arbeit bringen, dabei lachte er laut. Das ist sein Hund, der liegt immer auf seinem Bademantel, während ich ihn massiere. Ja, und dass er ein feiner Kerl sei, der Gylfi, an dem gebe es nichts auszusetzen. Dúis Mutter ist die Schwester des Halbbruders von Gylfis Vater, glaube ich, ja, kompliziert, diese Familienverbindungen. Und eigentlich sei er gar nicht von Gylfi eingestellt worden, sondern von dessen Frau. Und der Anlass sei alles andere als angenehm gewesen, und dann erzählte er uns davon.

Es begann wohl alles mit einem ausufernden Saufgelage. Sie waren auf dem Land, Dúi und ein paar Jungs, bei einem Musikfestival oder so, und nahmen sich ein Zimmer in einem kleinen Hotel in der Nähe. Oder besser gesagt, Dúi und noch ein anderer hatten das Zimmer, und im Lauf der Nacht kamen seine ganzen Kumpels vorbei, es gab ein heftiges Besäufnis, wenn ich das richtig verstanden habe. Aber egal, irgendwann gegen Morgen verschwinden diese Typen, und Dúi geht wie ein feiner Mann runter zur Rezeption und will auschecken. Die Frau am Empfang ist ganz höflich und so, das war nämlich Gylfis Frau. Dúi erzählte, er habe erst später begriffen, dass die Frau entfernt mit ihm verwandt sei, er habe sich in dem Alter nicht für familiäre Verbindungen interessiert, doch dann sagte die Frau, er solle mit ihr raufkommen, sie wolle sich das Zimmer mit ihm gemeinsam anschauen. Dúi wollte erst nicht, gab dann aber klein bei, mit der Frau war irgendwie nicht zu spaßen, fand er, also ging er mit rauf. Tja, das Zimmer war nach dem Besäufnis ein einziges Chaos, der Nachttisch zerkratzt und noch mehr Dinge demoliert, deshalb sagte die Frau, er müsse die Beschädigungen bezahlen und könne erst gehen, wenn der Schaden begutachtet worden sei. Dann habe er bei ihr an der Rezeption gesessen, total verkatert, und auf irgendeinen Kerl von der Versicherung gewartet, der ihrer Aussage nach kommen sollte.

Im Hotel war es ruhig, die meisten Gäste schon abgereist, und er saß einfach bei ihr hinter dem Tresen, bekam Kaffee und Brote und plauderte mit ihrer Tochter, einem kleinen Mädchen, das sie bei sich hatte. Er fing an, mit ihr zu puzzeln. Verstand sich selbst nicht mehr, verstand nicht, warum er nicht einfach abhaute. Er erzählte weiter, er sei dann da auf dem Stuhl eingeschlafen, mit offen stehendem Mund, total fertig von der Party, und als er wieder aufwacht, ist alles noch genauso wie vorher, Mutter und Tochter mit irgendwas beschäftigt, keine Gäste im Hotel. Er wurde langsam ungeduldig und fragte, ob dieser Typ nicht bald komme, er müsse zurück in die Stadt. Darauf fragte sie ihn, ob er Englisch könne, und klar, das konnte er, mehr wurde nicht gesagt, sondern weiter geschwiegen, und alles war friedlich, es passierte nichts. Er puzzelte weiter. Dann sagte sie plötzlich, ich muss dem Kind was zu essen machen und es ins Bett bringen, könntest du hier solange die Stellung halten? Tja, da dachte er, er hört nicht richtig. Und damit nicht genug, sie zeigte ihm, was zu tun wäre, wenn jemand anriefe oder käme und ein Zimmer wolle, erklärte dann, sie erwarte ein paar ausländische Gäste, und falls die während ihrer Abwesenheit kämen, seien bestimmte Zimmer für sie vorbereitet. Dann war sie plötzlich weg, und er auf einmal Empfangschef in einem Hotel. Aber was soll's, kein Ding! Die Gäste kamen, während sie weg war, und er kümmerte sich um sie, als hätte er schon immer da gearbeitet. Fühlte sich sofort verantwortlich, erzählte er.

Es war schon Abend, als sie zurückkam und sagte, er könne gehen, er habe die Beschädigungen abgearbeitet. Er fand das alles total seltsam. Aber bevor er geht, sagt er ihr noch, dass die Gäste am nächsten Tag um sechs Uhr frühstücken wollen, und dann fangen sie an, über Touristen und Frühstück zu reden, sie wird auf einmal richtig gesprächig. Und er ist so froh, sich endlich mit jemandem unterhalten zu können, dass er richtig ins Quatschen kommt. Der ist manchmal so gut drauf, der Dúi, sie plaudern also angeregt, und dann will er sich verabschieden. Doch als er durch die Tür geht, sagt sie ganz verbindlich, er könne einen Job im Hotel bekommen, wenn er Interesse habe.

Der Fotograf hatte für diese Geschichte nicht viel übrig, der fotografierte Dúi nur von oben bis unten, hockte vor uns auf den Knien und machte alle möglichen Verrenkungen, man konnte froh sein, dass er sich nicht von der Decke baumeln ließ, dabei versuchte er aber, Dúi weiter nach Gylfi auszufragen, und wenn mich nicht alles täuscht, war Dúi beleidigt und meinte, er habe keine Lust mehr zu reden, schließlich wolle er seine Massage genießen.

Er durfte Gylfi am Schreibtisch fotografieren, während er arbeitete, machte ein paar Fotos von ihm im Besprechungsraum, ein paar im Hotelflur, davon wusste ich, und dann komme ich gerade mit Verträgen in sein Büro, als ich höre, wie der Fotograf ihn fragt, ob er ihn in der freien Natur ablichten dürfe, dabei zeigt er auf ein Bild an der Wand von Gylfi mit einem Lachs und fragt, ob er Angler sei. Gylfi reagierte ziemlich barsch und meinte, jetzt reiche es für heute. Als der Mann dann weg war, sagte er zu mir, dieser Fotograf solle sich bloß nicht einbilden, dass er ihn mit zum Fluss nehmen würde. Und falls er nach ihm fragen würde, wenn er gerade beim Angeln sei, solle ich ihm einfach sagen, er sei im Ausland. Sonst würde der ihm glatt noch hinterherfahren. Ich versicherte ihm, er könne sich auf mich verlassen, und Gylfi wusste genau, dass daran kein Zweifel bestand. Ich bin nicht nur Gylfis Sekretärin, seit er die Hotels übernommen hat, ich war auch schon die Sekretärin seiner Mutter, als die noch am

Ruder saß. Und weiß über den Fluss Bescheid. Ich war dabei, als seine Mutter und er damals über ihn sprachen.

Der Fluss ist seit Gott weiß wann im Besitz der Familie mütterlicherseits, Gylfi hatte sich nie groß dafür interessiert, aber sein Vater angelte zeit seines Lebens häufig, er starb sogar am Fluss, der Alte, aber das ist eine andere Geschichte, wie dem auch sei, ein paar Ausländer und irgendwelche Neureichen aus der Stadt hatten Angebote für den Fluss gemacht, und jetzt wollte die alte Dame wissen, ob Gylfi den Fluss in Zukunft behalten wolle oder nicht. Er war sich nicht sicher, woraufhin die alte Dame vorschlug, er solle doch einfach mal aufs Land fahren und sich die Sache überlegen, er könne ja Lachsfischen, dann würde er schon merken, ob er eine Beziehung zu dem Ort habe. Das machte er, und der Fluss blieb weiterhin im Besitz der Familie. Oder eigentlich in seinem Besitz, Gylfi hat keine Familie mehr im Rücken, die sind alle tot, glaube ich.

6

Anmutig schlängelte sich der Fluss zwischen Felsen und Hügeln hindurch, das Wasser so klar und verlockend, dass sie Durst bekamen und sich instinktiv bis ans Ufer herantasteten.

Lange standen sie dort und blickten flussaufwärts und flussabwärts, hielten Ausschau nach einer Stelle, an der sie sich nur bücken mussten, um etwas zu trinken. Senna, die still auf Gylfis Arm gesessen und noch nie zuvor eine so große Badewanne gesehen hatte, betrachtete verwundert das viele Wasser, streckte die Hand aus und wollte rein. Ihre Eltern ignorierten ihren Wunsch, denn sie hatten eine flache Uferstelle entdeckt und machten sich auf den Weg dorthin. Sie legten sich auf den Bauch und ließen ihre Hände vom eiskalten Wasser umspielen. Senna durfte auch mit den Händen ein bisschen planschen, und anschließend brachten sie ihr bei, aus der Handfläche zu trinken.

Dann sagte Nanna – was vermutlich später entscheidenden Einfluss darauf haben sollte, ob der Fluss verkauft würde oder nicht –, du kannst den Fluss nicht abgeben, und sei es auch nur wegen des vielen Wassers, stell dir nur vor, die Welt trocknet aus, dann haben wir all dieses Wasser. Das sagte sie mit kindlicher Begeisterung und so aufrichtig, dass Gylfi, der eher trübsinnig gewesen war, sich ein Lächeln nicht verkneifen konnte.

Sie beschlossen, ein paar Meter oberhalb im Schutz eines kleinen Hügels und eines flachen Wäldchens, das den Nordwind abhielt, zu zelten und befestigten gerade die Heringe, als Nanna weiter oben am Fluss das Dach einer Hütte erblickte. Ach, ist da eine Angelhütte?, fragte sie, erstaunt, dass Gylfi die Hütte vorher gar nicht erwähnt hatte. Ja, aber da schlafen wir nicht, sagte Gylfi, die ist kaputt, morsch. Woraufhin er wieder in Trübsal verfiel.

Nanna bedrängte ihn nicht weiter mit Fragen zu der Angelhütte, wollte einen besseren Zeitpunkt abwarten, verstand aber den Grund für seinen Stimmungswandel nicht, denn Gylfi war sonst immer ausgeglichen. Dennoch konnte sie sich nicht beherrschen, die Hütte heimlich anzustarren. Senna kreischte vor Vergnügen, als sie sich im Zelt einrichteten, die Luftmatratzen und Schlafsäcke ausbreiteten und das Küchenzubehör aus der Tasche holten. Sie hatte noch nie gezeltet und kannte die Freiheit der Natur nicht – dafür waren in der Stadt die Parks zuständig.

Der Dunst, der wie ein hartnäckiger Begleiter an der Sonne gehaftet hatte, verschwand endlich, und der Fluss wurde munterer und schneller. Die Umgebung wirkte freundlicher, doch Nanna, die als Kind oft gezeltet hatte, wusste, dass die Nacht kalt werden und unvermittelt heftiger Regen oder Sturm einsetzen konnte. Sie war zwar an die Launen des Wetters gewöhnt, aber das Kind nicht, weshalb ihr Blick immer wieder zu der Angelhütte wanderte.

Als sie mit Rotwein neben dem kleinen Reisegrill

saßen und in aller Ruhe ihre Lammkoteletts verspeisten, wurde Gylfi etwas gesprächiger. Die Ausgelassenheit des Kindes hatte ihn angesteckt. Sein Haar war zerzaust nach einer imaginären Rangelei mit einem kleinen Wolf, der am Fluss wohnte, er hatte ein Pferd und einen Bären gespielt und schien vergessen zu haben, was ihn zuvor bedrückt hatte. Er war satt und daher zugänglicher, also sagte Nanna, sie wolle sich ein bisschen umschauen, sich die Beine vertreten, er solle solange bei der Kleinen bleiben, ob er einen Schlüssel für die Angelhütte da oben habe? Nach einer langen Pause und ohne sie anzuschauen antwortete er, falls es den Schlüssel noch gebe, liege er in einem Spalt am linken Türrahmen.

Der mit Gestrüpp überwucherte Felsen, der in den Fluss hineinragte, hatte Nanna den Blick versperrt, so dass sie nur das Dach gesehen hatte, doch als sie über die Steine geklettert und sich an den Birken die Haut aufgekratzt hatte, erblickte sie auf einer tristen Grasfläche die Angelhütte. Aschgrau und heruntergekommen, erinnerte sie an einen verlassenen Straßenarbeiterschuppen. Man konnte sich vorstellen, wie es da drinnen roch, wenn man sie nur anschaute. Altes, morsches Holz, das immer wieder feucht geworden und getrocknet war, hatte einen speziellen Geruch. Die Hütte ist bestimmt voller Fliegen und Mäuse, dachte sie, bevor sie die Tür aufstieß, und war überrascht über den steingrauen, leblosen Schatten, der über allem lag – hier suchten noch nicht einmal Insekten Zuflucht.

Es gab zwei Räume, im vorderen Haken und Regale für Kleidung und Angelzubehör, ein Tisch für einen Primus-Kocher und Geschirr, dahinter ein Raum mit vier Kojen, in der Mitte ein Tisch vor einem winzigen Fenster. Die Betten waren nicht gemacht, graubraun von Sand oder Asche, die durch das undichte Fenster gedrungen war. Nanna fand, dass es in einer Kohlenkammer besser roch, und ging schnell wieder raus. Trotz allem waren ihr Gylfis Gefühle gegenüber der Hütte ein Rätsel, und sie hoffte, später vielleicht etwas aus ihm herauszubekommen.

Sie lagen in ihren Schlafsäcken und hatten Senna im Schlafsack zwischen sich gelegt. Es war warm, und nachdem das Kind eingeschlafen war, knabberten sie Schokolade und unterhielten sich über die Farben in ihrem zukünftigen Heim, ob sie nicht ausschließlich helle verwenden sollten. Da musste Nanna an den Fluss denken, vermutlich wegen der hellen Farbe, und fragte Gylfi, ob er nicht angeln wolle. Er entgegnete, er sei nicht zum Angeln hergekommen, wolle sich nur den Fluss anschauen. Oder gibt es hier gar keine Fische?, fragte sie daraufhin, doch er antwortete, der Fluss sei voll davon. Willst du ihn denn nun behalten oder verkaufen?, insistierte sie, und da drehte er sich endlich zu ihr, als sei ihm klargeworden, dass es kein Entrinnen gab, wenn ihre Neugier einmal geweckt war.

Er schaute ihr tief in die Augen und erklärte, den Fluss wolle er behalten, aber an den Ort selbst habe er keine guten Erinnerungen. Sein Vater sei immer zum Angeln hergekommen, er sei es gewesen, der diese Baracke gebaut habe, er habe es für einen Angler so passend gefunden, in einer einfachen Hütte zu liegen, und auf keinen Fall ein richtiges Angelhaus bauen wollen, wie seine Mutter es gerne gehabt hätte. Als Nanna nicht verstand, was so schlecht daran sein sollte, manche wollten draußen in der Natur eben keinen Luxus, zumal es nicht schlechter sei, in einer Hütte zu schlafen als in einem Zelt, wurde er wütend und stieß hervor, Mama und ich mussten manchmal mitkommen.

Nanna reagierte wie eine Mutter, die aus ihren Kindern die Wahrheit herausbekommen will: Sie schlug eine sanfte und weiche Stimme an, strich ihm mit der Hand über Stirn und Haare und sagte, sie verstehe sehr gut, wie schwierig es für ihn und seine Mutter mit dem Alten gewesen sei, der sei bei seinen Angeltouren bestimmt betrunken gewesen, sie habe solche Geschichten über ihn gehört, aber warum musstet ihr denn mitfahren, deine Mutter und du?

Na ja, er hat mir das Angeln beigebracht, und es hat mir Spaß gemacht, und Mama hat ihn bekocht und versucht, ihre Ehe zusammenzuflicken, die von Anfang an missglückt war, weil der Scheißkerl sie betrogen hat. Sie hat nun mal für ihn geschwärmt, lag ihm zu Füßen wie alle anderen, aber dann bei einem Angelausflug, er war natürlich wie üblich betrunken, da hat er sie in der Nacht mit Gewalt genommen, und ich lag in der Koje über ihnen und hörte sie schluchzen. Ich konnte nichts machen, war nur ein Kind und wusste nicht, was da passierte, verstand es nicht richtig und verstand es zugleich doch, wusste, dass er meiner Mama irgendwie weh tat. Ich hätte mir am liebsten eine Waffe gesucht und diesem Schwein den Kopf eingeschlagen, hatte aber solche Angst vor ihm, er war groß und stark, und seit diesem Tag konnte ich mir meine Feigheit nie mehr verzeihen, meine Angst. Ich hätte ihn schlagen sollen, ich hätte es tun können, ich weiß es, aber warum habe ich es nicht gemacht?

Du warst nur ein Kind, flüsterte Nanna über den Kopf der Kleinen hinweg. Ich weiß, flüsterte er zurück, und am nächsten Morgen oder spät in der Nacht, ich weiß nicht mehr wann, es war Sommer und die ganze Nacht hell, da rüttelte sie an meinem Arm und gab mir ein Zeichen, mitzukommen, wir gingen raus zum Wagen, der ein Stück von der Hütte entfernt stand, und fuhren weg. Da fing ich wieder an zu zittern und hatte eine Scheißangst, dass der Alte uns nachkommen würde. Aber er kam nicht. Und er kam auch nicht am nächsten oder übernächsten Tag. Mama überließ ihn einfach sich selbst. Später schickte sie ihre Bekannten rauf zum Fluss, um nachzuschauen, wie es ihm in der Einsamkeit erging. Sie fanden ihn stockbesoffen und schleppten ihn nach Hause. Er durfte noch seinen Rausch ausschlafen, aber anschließend schmiss Mama ihn raus. Er ging einfach zu seiner Geliebten, und danach habe ich nie wieder mit ihm gesprochen.

Nachdem Gylfi von seinen Kindheitserlebnissen erzählt hatte, schien eine schwere Last von ihm abzufallen, er wurde ganz ruhig und dann schläfrig, während Nanna die Last übernahm und einfach nicht einschlafen konnte. Sie fand es ungerecht, dass eine schäbige Baracke mit aschgrauen Erinnerungen ihre Tochter daran hindern sollte, in Zukunft die Natur am Fluss zu genießen. Warum sollten irgendwelche Neureichen das Land besitzen, das rechtmäßig ihrer Tochter gehörte?

Die Nacht war hell, und sie schlich sich aus dem Zelt, nahm den Grillanzünder und Streichhölzer mit, kletterte erneut über das Gestrüpp und die Steine hinauf zur Hütte, arbeitete schnell und zielstrebig. Unter dem Tisch im vorderen Zimmer fand sie Benzin, einen Kanister, der zurückgelassen worden war, goss es über verschlissene Bettdecken und zerrissene Kissen, spritzte es über den Fußboden, eilte hinaus, knallte die klapprige Tür hinter sich zu und zündete sie an. Beobachtete neugierig, wie die Flamme unter die Türschwelle kroch.

Die rote Farbe glühte vor dem blauen Himmel, was Nanna an das Gemälde eines Künstlers erinnerte, das sie begeistert hatte. Sie sah, dass die Hütte schnell abbrennen würde. Sie gähnte und wanderte müde und erschöpft wieder runter zum Zelt, ohne sich ein einziges Mal umzudrehen.

Hör zu, sagte sie zu Gylfi, als er sie am Morgen weckte, heute Nacht habe ich deine schlechten Erinnerungen verbrannt, jetzt kannst du am Ort der guten Erinnerungen ein Haus bauen.

Als ob es ihr Spaß machen würde, Bettwäsche zu wechseln, unter der Dutzende von Menschen geschlafen hatten, oder den Dreck dieser Leute im Bad wegzuputzen, sie, die Erbin höchstpersönlich! Zumal die Leute sie wie jedes andere Zimmermädchen betrachteten, falls sie sie überhaupt wahrnahmen, selbst der Hoteldirektor vergaß manchmal, wer sie war, und behandelte sie einfach so wie die anderen Mädchen. Wahrscheinlich hatte er von ihren Eltern die Anweisung bekommen, sie wie alle anderen zu behandeln, sie schuften zu lassen, weil ihr das guttun würde, wer einen Hotelbetrieb übernahm, musste ganz unten anfangen, so wie ihr Vater, der damals den Müll rausgebracht und die Werkzeugkammer geschrubbt hatte. Warum wurden die Zimmer immer nur von Frauen gereinigt? Warum musste sie putzen können, wenn sie in Zukunft Hotels führen sollte? Damit sie spürte, wie es war, einen Niedriglohnjob zu haben, damit sie später Mitleid mit ihren Mitarbeitern hätte? War das nicht nur ein amerikanisches Klischee? Weil irgendein berühmter Hotelbesitzer mal gesagt hatte, ja, ich hab in meinem Hotel als Hotelboy angefangen, hab den Job von der Pike auf gelernt. Klar hatte sie so was schon gehört, aber dieser Amerikaner hatte ja wohl nicht putzen müssen, nicht wahr? Wie konnten ihre Eltern ihr das antun, sie einen ganzen Sommer lang den Dreck anderer Leute wegputzen zu lassen?

Da waren sie wirklich übers Ziel hinausgeschossen, hätten sich das besser überlegen oder sie mal fragen sollen, was sie selber eigentlich wollte. Sie wussten nicht, dass sie schrieb. Und schon gar nicht, dass die Geschichte von ihnen handelte. Jeden Abend, bevor sie schlafen ging, schrieb sie über ihre Eltern. Wie sie sich in jungen Jahren begegnet waren. Nachdem sie also am Tag ihrer ersten Begegnung in der Metro am Fluss entlangspaziert waren und über Gott und die Welt geredet hatten, begleitete er sie nach Hause. Als er sah, in was für einem schicken Viertel und mondänen Haus sie wohnte, wusste er, dass sie keine Frau war, die schon am ersten oder zweiten Tag Männer zu sich einlud.

Folglich putzte er sein Zimmer ausgiebig, als er nach Hause kam, nur, um auf alles vorbereitet zu sein, man konnte ja nie wissen, ob sie ihn nicht doch besuchen würde. Trotzdem ging er an den ersten Tagen behutsam vor, um sie nicht zu verlieren. Lud sie am zweiten Tag ins Theater ein, weil er genau wusste, dass Frauen das mochten, unabhängig von ihrem gesellschaftlichen Status, dann ins Kino und schließlich zum Essen. So tasteten sie sich langsam vor, und erst nach dem Dessert an diesem Abend erzählten sie einander aus ihrem Leben. Sie waren erleichtert, festzustellen, dass sie beide Singles waren, obwohl sie schon ihre Erfahrungen gemacht hatten. Und da sie so lange aufeinander hatten warten müssen, ging an den darauffolgenden Tagen alles sehr schnell. Sie lud ihn zwar nicht zu sich nach Hause ein, und sein Zimmer wartete weiterhin, stellte ihn aber ihren besten Freunden vor, was für ihn ein Zeichen war, dass sie ihn näher kennenlernen wollte. Ansonsten hielt sie sich ziemlich zurück, fand er, was stimmte, denn sie wollte diesmal nichts überstürzen, hatte sich nämlich schon einmal an einer heftigen Liebesgeschichte die Finger verbrannt. Bevor sie ihn an ihre duftende Haut ließ, wollte sie erst sehen, was für eine Art Mann er war. Dabei fiel es ihr schwer, ihm zu widerstehen, seinem Strahlen, weshalb sie ihn möglichst bald ihren Freunden vorstellen wollte, um zu sehen, wie er sich in unterschiedlichen Situationen verhielt.

Wie sie erwartet hatte, waren ihre Freunde begeistert von ihm. Sie trafen sich zu acht in einem quirligen Lokal, ihrem Treffpunkt, wenn sie nichts anderes vorhatten. Junge Leute im gleichen Alter, teils Pärchen, teils Singles: Henri, ein Hitzkopf und großer Feinschmecker mit blauem Blut in den Adern, Jean, der Hobbysegler war, Claude, ein geistreicher Journalist, der Musiker Alain, der keinen Schlaf brauchte, außerdem Valerie, angehende Anwältin, Martine, Designerin, und Agnes, Psychologiestudentin, allesamt kultivierte Frauen, die es die Männer nie spüren ließen, dass sie deren Leben steuerten und organisierten. Eine attraktive Clique, die vom Geld der Eltern lebte und alles kaufen konnte außer der Liebe. Sie stutzten, als sie Gylfi sahen, sein Strahlen, und wussten sofort, dass man ihn nicht besitzen, nur anschauen und berühren konnte. Der hat ja eine tolle Figur, flüsterte Martine, und er wirkt so ausgeglichen, fügte Agnes hinzu. Er musste sich noch nicht einmal beweisen, ihnen von sich erzählen oder schlagfertige Bemerkungen machen, es genügte, dass er dabei war, und es war ihnen eine Ehre, ihn in ihre Clique aufzunehmen. Und wenn die Leute zu dem Tisch schauten, an dem sie saßen, war er wie eine weiße Lilie zwischen bordeauxroten Rosen.

7

Der Gestank des Düngers geht Nanna auf die Nerven.

Dennoch muss sie ihn benutzen, damit die Erde fruchtbarer wird, streut ein bisschen davon in das Loch, bevor sie es mit neuer Blumenerde füllt, steckt die Pflanze hinein und drückt sie mit den Händen fest.

Die Zeit der mehrjährigen Pflanzen ist gekommen.

Sie befanden sich in Warteposition, andere Gartenarbeiten waren dringlicher, aber jetzt ist das Beet an der Reihe, das farbenfrohe Blumenmeer, das darüber entscheiden wird, ob seine Besitzerin Anfängerin oder Fortgeschrittene ist. Wenn die Farbzusammenstellung falsch ist, kann jedes Kind sehen, dass es mit den Kenntnissen der Gärtnerin nicht weit her ist. Zwei gelbe Pflanzen dürfen nicht nebeneinanderstehen, es sei denn, sie blühen zu unterschiedlichen Zeiten. Natürlich muss die Gartenbesitzerin die Blütezeit jeder Pflanze kennen. Außerdem muss man die kleineren vor die größeren pflanzen, damit diese sie nicht beschatten. Da liegt der Hund meistens begraben, denn Nanna weiß vorher nie, wie groß die Pflanzen werden, bekommt in den Gärtnereien nur selten klare Auskünfte über ihr voraussichtliches Wachstum und muss deshalb jedes Jahr welche austauschen und andere umpflanzen.

Das Beet ist von der Veranda aus gut zu sehen. Durch die Fenster der Kellerwohnung kann man das Blumenmeer ebenfalls betrachten, genauso wie die Person, die sich über die Pflanzen beugt. Nanna blickt nicht zum Kellerfenster, denn dann würde der Fotograf denken, sie überprüfe, ob er sie beobachtet. Außerdem würde sie ihn sowieso nur erkennen, wenn sie ihre Brille aufsetzt, und die setzt sie fast nie auf, wenn sie im Garten arbeitet.

Der ausländische Fotograf wohnt schon seit ein paar Tagen in dem Apartment im Keller. Gylfi meinte, etwas für den Mann tun zu müssen, weil er ihn nicht mit raus aufs Land nehmen wollte. Hatte ihm vorübergehend die Wohnung zur Verfügung gestellt, da könne er besser an den Fotos und allem anderen arbeiten als in einem Hotelzimmer, wo einen die Zimmermädchen ständig störten, die hätten den Hang, immer alles aufzuräumen. Er hatte ihm die Wohnung zugesagt, ohne es vorher mit ihr abzusprechen. Nanna fand, er gehe zu weit, und sie habe unter seiner Gutmütigkeit zu leiden. Wenn man jemandem einen Gefallen tut, haben meist andere die Folgen zu tragen. Gylfi war den ganzen Tag nicht zu Hause und musste keine Angst haben, dass jemand seine Aktivitäten verfolgte, aber sie konnte noch nicht einmal eine Rose schneiden, ohne das Gefühl zu haben, beobachtet zu werden.

Es war unangenehm, einen Fremden im Haus zu haben.

Nanna war mit dem Umtopfen und den Arbeiten, die sie über die Wintermonate und im Frühling in der Kellerwohnung erledigte, schon fertig. Hatte die Wohnung geputzt und war gerade einkaufen, als Gylfi den Ausländer mit nach Hause brachte.

Sie hatte den Mann seit seinem Einzug kaum bemerkt, ihn ein- oder zweimal mit der Kamera losstapfen sehen. Er wollte auch auf dem Land und in den Fischerdörfern fotografieren, hatte er Gylfi erzählt.

Die Gartenhandschuhe stinken nach Hühnermist. Nanna zieht sie aus, um ihr Stirnband zu richten. Sie muss eine Pause einlegen, eine Biene hat Interesse für die neue Pflanze bekundet, summt und umkreist sie. Nanna lässt sie ihre Arbeit verrichten, beobachtet ihr Verhalten genau und versucht, Muster darin zu erkennen. Außerdem ist sie froh, ab und zu den Rücken strecken zu können.

Da steigt ihr ein Duft in die Nase.

Sie schaut zu den Pflanzen, die gerade blühen, doch als sie in der Luft schnuppert, wird ihr klar, dass der Duft von Menschen gemacht ist. Sie dreht sich um, er steht hinter ihr, der Fotograf, riecht nach Seife.

Er wünscht ihr lächelnd einen guten Tag, zeigt mit ausgestrecktem Arm auf die Pflanzen und bewundert sie, bedankt sich bei ihr, dass er die Wohnung benutzen darf, sagt das alles ohne Pause, und sie neigt nur den Kopf, als lausche sie ihm interessiert, während in ihren Gedanken eine genauere Untersuchung der Ereignisse abläuft – warum hat sie ihn nicht kommen hören? Seine Schritte hätten zu hören sein müssen, das Geräusch, als er die Kellertür öffnete. War sie so tief in Gedanken gewesen, als er sich ihr näherte, oder wurde sie langsam taub?

Er plaudert weiter, und sie sieht, wie sein Mund auf- und zuklappt, hört vereinzelte Worte, Fischerdörfer, Häfen, Gastfreundlichkeit. Die ganze Zeit versucht sie auszumachen, ob das Summen in ihren Ohren lauter oder leiser geworden ist, sie bemerkt es manchmal abends, bevor sie ins Bett geht, wenn Stille sich über das Haus legt, sie hat gehört, dass Taubheit so anfängt, mit einem ständigen Summen im Ohr.

Dann hört sie das Wort Insekten und sagt: Was? Ja, wie steht es mit den Insekten hier in Island?, fragt er interessiert. Betrachtet dabei die Biene. Doch, wir haben die meisten Arten hier, seit sich die Nordhalbkugel erwärmt hat, antwortet sie, es gibt zum Beispiel Bienen und Wespen, die hatten wir vorher nicht, und verschiedene Fliegenarten, an deren englische Namen ich mich jetzt nicht erinnere, aber Ameisen haben wir noch nicht entdeckt. Wie bemerkenswert, sagt er andächtig, legt den Kopf schief und kommt mit dem Gesicht ganz nah an sie heran, und können Sie mir das erklären?

Und ob sie das kann, sie erläutert ihm sowohl die Fakten als auch die Annahmen und vergisst darüber völlig die Taubheit – wenn es um Ameisen geht, ist er bei ihr genau an der richtigen Adresse. Er steht ihr in nichts nach und erzählt von seinen Erfahrungen und Erlebnissen mit ganzen Ameisenhorden in Nordafrika, wo er als Junge lebte.

Sie unterhalten sich angeregt, bis das Gespräch schließlich abflaut.

Nachdem er zurück in den Keller gegangen ist, schlüpft sie wieder in die Gartenhandschuhe. Da erinnert sie sich an ihren Gehörsinn, kommt jedoch zu dem Fazit, dass sie wahrscheinlich nur tief in Gedanken war, als er kam, und ihn deshalb nicht gehört hat. Wobei sie sich gar nicht erinnern kann, warum sie so tief in Gedanken war.

Er schaut durch das Vergrößerungsglas.

Starrt vornübergebeugt auf den Text, der unter der Lupe erscheint, ganz vertieft in seine Forschungen, steht am Pult in der Ecke beim Fenster, reglos – so wirkt er auf diejenigen, die ihn von der geöffneten Tür aus sehen.

Finnur weiß, dass die Leute es vermeiden, einen zu stören, wenn man in seine Arbeit vertieft ist. Wenn er sich ans Pult stellt, sieht man ihn von der Tür aus nur von der Seite und nicht von vorne, wie wenn er am Schreibtisch sitzt. Er hat keine Lust, sich mit der Frau zu unterhalten, die bei ihm saubermacht, versucht deshalb, es ihr zu erschweren, ihn anzusprechen, und zeigt ihr sein Gesicht nicht. Die Leute sprechen einen automatisch an, wenn sie einem in die Augen schauen können.

Auch wenn er sich seiner Sache nicht ganz sicher ist, vermutet er, dass die Frau, die bei ihm saubermacht, in ihn verliebt ist. Zumindest eine Schwäche für ihn hat, oder für die Atmosphäre, die er sich geschaffen hat. Meistens achtet er darauf, nicht nach Hause zu kommen, wenn er weiß, dass sie gerade putzt. Doch wenn er es vergisst und dummerweise zufällig nach Hause kommt, wenn sie da ist, dann will sie garantiert mit ihm plaudern, ihm einen Kaffee oder Tee anbieten, sein Jackett aufhängen, falls er es über den Stuhlrücken gehängt hat. Sie möchte ihm das Leben angenehm machen, was ihm aber einfach nur unangenehm ist. Dabei ist sie die beste Putzfrau, die er je hatte, sehr reinlich, gewissenhaft, freundlich, wenn sie sich nur nicht so sehr für ihn interessieren würde. Solange sie putzt, kann er sich nicht hinfläzen, das hatte er nämlich vor, sich aufs Sofa zu fläzen und in Ruhe nachzudenken. Er ist nicht in der Stimmung, Menschen um sich zu haben.

Er starrt durch die Lupe, vergrößert das Bild von seinen Machenschaften, seinen Überlegungen in den vergangenen Stunden. Warum ist er so traurig, unzufrieden, wer oder was hat diesen Stimmungswechsel ausgelöst, seine Gedanken gelähmt? Enttäuschung, war es die Enttäuschung, als Gylfis Sekretärin sagte, er sei am Morgen ins Ausland gefahren? Finnur hatte damit gerechnet, dass sie am nächsten Wochenende zum Angeln fahren würden, darüber hatte man gesprochen, nichts beschlossen, aber darüber gesprochen. Er hatte gestern Abend alles zusammengesucht, die Klamotten, die Angel, die Fliegen, hatte gewusst, dass Gylfi kurz vor Mittag anrufen und bedächtig sagen würde, tja, was meinst du, sollen wir gegen Mittag hochfahren, sagst du Hjálmar Bescheid? Doch dann musste er die Sekretärin wegen der Steuer anrufen und hatte erfahren, dass Gylfi weggefahren war. Ohne ihm Bescheid zu sagen. Er hatte sich so aufs Angeln gefreut.

Er hört, wie die Frau an seiner Tür vorbeigeht, beugt sich noch tiefer über die Lupe, sie geht wieder zurück, bleibt an der Tür stehen, er rührt sich nicht, sie traut sich nicht, ihn zu stören, ihre Schritte entfernen sich, er atmet erleichtert auf.

Warum ist er so enttäuscht? Er ist es doch gewohnt, dass Gylfi unvermittelt seine Pläne ändert. Ist es gewohnt. Warum hatte er sich ausgerechnet jetzt darauf gefreut, aus der Stadt zu kommen? Weil Dúi nicht zu Hause war? Weil er alleine wäre? Dabei ist er es gewohnt, alleine zu sein. War er nicht immer alleine gewesen, bevor Dúi zu ihm gezogen ist? Er wusste es auch nicht. Was hatte sich verändert?

Die Frau ist im Bad zugange, er hört es, wagt es, sich ein Stück vom Pult zu entfernen, sieht den Umschlag mit den Fotos auf dem Schreibtisch. Der Fotograf hat ein paar Bilder von ihm ausgedruckt, darum hatte er ihn gebeten, es ist ihm nicht egal, welche Fotos von ihm erscheinen, selbst wenn es in Zeitschriften oder Büchern im Ausland ist, wo ihn niemand kennt.

Gar nicht so übel, da ist eins von ihm am Schreibtisch, auf dem er konzentriert in den Computer schaut, eins bei der Schneiderin, auf dem er konzentriert in den Spiegel schaut, eins auf einer Parkbank, wo er etwas in der Ferne betrachtet, er kann sich im Augenblick nicht erinnern, was es war. Keine schlechten Fotos, aber auch nicht besonders packend, als sei die Person nicht interessant. Zwar sieht er einen attraktiven Mann, gutgekleidet, aber etwas fehlt. Nur was?

Er hört, wie die Frau im Badezimmer das Wasser aufdreht, steckt die Fotos hastig zurück in den Umschlag, stellt sich wieder mit der Lupe ans Pult, steht reglos da und starrt durch das Glas auf die umfangreichen Forschungen, mit denen er beschäftigt ist. Als sich die Frau in der Tür räuspert, schaut er auf, als sei er mit den Gedanken ganz woanders. Sie lächelt entschuldigend und sagt, sie gehe jetzt. Er sieht, dass sie es bedauert, sich nicht mit ihm unterhalten zu haben, das erkennt er an ihrem Gesicht, dann nickt sie, und als sie aus der Tür tritt, wünscht sie ihm ein schönes Wochenende.

Er beobachtet sie durchs Fenster, sieht sie in ihren kleinen Wagen steigen und losfahren. Sofort holt er die

Fotos wieder heraus. Betrachtet sein Gesicht unter der Lupe. Sieht das, was er zunächst nicht gesehen hat. Da ist kein Leben in seinem Blick.

Sie lachen lauthals, so dass man ihnen in den Rachen schauen kann.

Ingdís lacht mit, obwohl ihr nicht nach Lachen zumute ist, lacht, damit sie glauben, sie lache über ihre eigene Dummheit, schüttelt sogar den Kopf, sagt ach, was einem manchmal so rausrutscht.

Ihre beiden Kolleginnen können gar nicht mehr aufhören zu lachen, vielleicht waren sie vor dem Meeting gestresst, bestimmt wegen ihrer Männer oder Kinder, irgendwelche Spannungen, die mal rausmussten.

Das, was sie gesagt hat, ist nun wirklich nicht so witzig, dass man vor Lachen platzen muss. Sie waren gerade dabei, die Künstlerstipendien für den Bereich Theater zu vergeben, und als Ingdís den Antrag einer Schauspielerin, die an einem Stück schrieb und beim Komitee ein Stipendium beantragte, ablehnen wollte, reagierten sie überrascht und verlangten eine Erklärung, die Frau sei doch vielseitig begabt und eine anerkannte Künstlerin.

Ingdís hatte keine überzeugende Erklärung parat, die Schauspielerin war ihr schon immer auf die Nerven gegangen, aber das konnte sie natürlich nicht so direkt sagen, weshalb sie nur mit den Achseln zuckte und meinte, es sei nun mal ein Unterschied, ob man auf der Bühne stehe oder ein Stück schreibe, das sei doch logisch, außerdem finde sie die Frau einfach zu alt für ein so anspruchsvolles Projekt.

Die Kolleginnen schauten sie einen Moment lang an,

ohne ein Wort zu sagen, und platzten dann los. Ingdís begriff erst, was daran so lustig war, als sie kichernd hervorstießen, sie ist doch im selben Alter wie du, oder?

Deshalb tut sie jetzt so, als lache sie über ihre eigene Dummheit.

Sie erklärt sich mit der Schauspielerin einverstanden, weil die beiden anderen Komiteemitglieder darauf bestehen, merkt aber, wie die Wut an ihr nagt. Außerdem spürt sie ein gewisses Missfallen, als hätte sie etwas gesagt, das ihre Kolleginnen misstrauisch macht. Wenn sie für diese Arbeit im Komitee nicht bezahlt würde, hätte sie schon längst aufgehört, zwischenmenschliche Kommunikation ist einfach nicht ihr Ding. Sie müsste mal mit jemandem über diese Sachen reden, aber mit wem? Ihr fällt niemand ein. Außer vielleicht Nanna. Die ist so ruhig, hört zu, fällt einem nie ins Wort, hat nicht diesen Drang, die Geschichten anderer zu toppen.

Nicht, dass sie etwas gegen diese Schauspielerin hätte, im Gegenteil, sie ist eine gute Schauspielerin, aber Ingdís findet, dass man sie zu sehr hofiert hat, über alle Maßen, den Leuten tut es einfach nicht gut, derart hofiert zu werden, besonders Künstlern, die sowieso ständig glauben, sie seien besser als andere. Nanna würde das zum Beispiel durchaus verstehen.

Sie beenden das Meeting, die Kolleginnen verabschieden sich und gehen gemeinsam. Ingdís weiß, dass sie noch in ein Café wollen, sie lassen sie alleine, weil sie anderer Meinung ist als sie.

Ingdís sucht ihre Unterlagen zusammen und steckt sie in ihre Mappe. Da ist etwas, das sie ärgert, und sie weiß auch, was es ist: Sie war sich selbst nicht treu. Hat entgegen ihrer eigenen Überzeugung gehandelt. Das ärgert sie und ist der Grund für die Wut in ihrer Brust. Sie hat diesen ständigen Jugendwahn immer kritisiert, diesen dämlichen Generationenkonflikt, diese Einstellung gegenüber dem Alter, Vorurteile. Das hat sie kritisiert, unverfroren, gegenüber jedem, der es hören wollte. Und jetzt hat sie selbst eine Frau aufgrund ihres Alters abgelehnt. Eine Gleichaltrige.

Die Spinnen krabbeln am Gartenstuhl hoch.

Nanna rührt sich nicht, sie will sehen, wohin sie wollen. Es ist ungewöhnlich, zwei Spinnen zusammen an einem Stuhlbein hochkrabbeln zu sehen, eine nach der anderen, als hätten sie beschlossen, gemeinsam zum Ziel zu gehen. Während Nanna die Reise der Spinnen verfolgt, bemerkt sie, dass der Stuhl ausgeblichen ist. Sie wirft einen Blick auf die anderen Gartenstühle und sieht, dass sie in einem ähnlichen Zustand sind, es ist eindeutig an der Zeit, sie wieder mal mit farbigem Öl einzupinseln.

Nanna wird unruhig, spaziert über die Veranda, während sie nachdenkt. Eigentlich wollte sie in die Stadt gehen, da ist es im Sommer so lebendig, wenn die vielen Touristen da sind. Einen Kaffee trinken und ein paar Geschäfte ansehen. Sie trägt sogar schon ein Sommerkleid.

Aber wahrscheinlich wäre es vernünftiger, erst ein paar Stühle einzupinseln und sie den Tag über trocknen zu lassen, man kann nie wissen, ob es abends anfängt zu regnen. Es dauert nicht lange, ein paar einzupinseln, den Rest kann sie morgen machen.

Da fallen ihr die Spinnen wieder ein, sie blickt zu dem Stuhlbein, der Via Roma der Spinnen, sieht, dass sie weg sind, und ist ein bisschen enttäuscht. Man darf sie keine Sekunde aus den Augen lassen, sie sind schlimmer als kleine Kinder.

Das Malerzubehör steht in dem kleinen Abstellraum, die Dosen nach Farben und Sorten aufgereiht, die Pinsel hängen an einem Haken, dicht hintereinander, die breitesten ganz hinten. Nanna nimmt erst einen und dann sicherheitshalber noch einen zweiten sowie eine Dose von dem hellbraunen Öl, erinnert sich dann an den Fotografen, steht mucksmäuschenstill, während sie auf Geräusche aus der Kellerwohnung lauscht. Hört nicht das kleinste Geräusch und nimmt an, dass er draußen ist und fotografiert.

Zuerst streicht sie mit dem Pinsel über das Stuhlbein der Spinnen. Vermutlich haben sie sich in die Zwischenräume zurückgezogen, die mit den Jahren etwas breiter geworden sind.

Sie tragen zu viel auf, Madame, hört sie hinter sich jemanden auf Französisch sagen. Bevor sie sich darüber wundern kann, dass er sie auf Französisch anspricht, steht er schon neben ihr und hat einen Pinsel in die Hand genommen. Er taucht ihn fachmännisch in die Dose, streicht damit locker über die Stuhllehne und erklärt, dass man das am besten so mache.

Nanna schweigt, während sie überlegt. Er fasst ihr Schweigen als Empörung über sein vorlautes Verhalten auf und entschuldigt sich. Sie streicht weiter mit ihrer althergebrachten Technik, fragt dann nach ein paar Strichen, woher er wisse, dass sie Französisch könne. Er antwortet, Dúi habe es ihm erzählt, und auch, dass sie eine ausgezeichnete Köchin sei.

Möchten Sie einen Kaffee?, fragt sie höflich auf Französisch, während sie diese Informationen verdaut. Er entgegnet, er trinke gerne einen starken, guten Kaffee, und fixiert sie mit einem merkwürdigen Verlangen in den Augen. Nanna weiß nicht, ob dieses Verlangen mit ihr oder mit dem Kaffee zu tun hat.

Streichen Sie ruhig weiter, während ich den Kaffee hole, sagt sie. Von der Kaffeemaschine in der Küche aus sieht sie, wie er sich energisch ans Werk macht und die Gartenstühle streicht, als ginge es um sein Leben. Wieder denkt sie über ihr Gehör nach. Sie hat ihn nicht kommen hören, überhaupt nichts gehört, nach dem Wochenende muss sie unbedingt einen Arzttermin machen. Dabei hört sie sämtliche Geräusche der Kaffeemaschine, hört das Summen der Schmeißfliege, die am Küchenfenster schwirrt, findet es merkwürdig, dass sie verschiedene Geräusche so unterschiedlich hört und nimmt sich vor, an diesen speziellen Vorfall zu denken, wenn sie zum Arzt geht.

Er riecht sehr gut, aber sie traut sich nicht zu fragen, ob er eine besondere Seife benutzt, freut sich nur im Stillen über ihren empfindlichen Geruchssinn. Sie trinken Kaffee. Sie sieht, dass er ihm schmeckt, und fragt, ob es ihm unten in der Wohnung gefalle. Als er bejaht, fällt ihr auf, dass sie noch keinen Essensgeruch aus dem Keller bemerkt hat, traut sich jedoch nicht zu fragen, ob er immer essen gehe.

Da sagt er: Sie tragen ein hübsches Kleid, Madame.

Sie fühlt sich ganz merkwürdig unter seinem Blick, er betrachtet ihre übergeschlagenen Beine, misst sie in aller Ruhe von den Knien bis zu den Knöcheln ab, sie kennt diesen männlichen Blick, weiß, dass er die erste Melodie einer mittellangen Arie ist. Sie erzählt, sie habe gerade in die Stadt gehen wollen, als sie auf die Stühle aufmerksam geworden sei und gesehen habe, wie ausgeblichen sie seien, habe einfach angefangen zu streichen und den Ausflug in die Stadt total vergessen. Er lacht mit tiefer Stimme, scheint solches Verhalten zu kennen, und sie ist hingerissen von seinem Lachen, lacht auch ein wenig, woraufhin er sie leidenschaftlich ansieht.

Sie steht auf und sagt, also dann, schaut sich hilfesuchend um. Gehen Sie ruhig, Madame, entgegnet er, ich streiche die Stühle, ich bin froh, wenn ich mich irgendwie nützlich machen kann. Sie ärgert sich über dieses Madame-Getue und sagt, er solle sie doch einfach Nanna nennen und duzen. Sie merkt, wie er stutzt.

Nanna, sagt er dann bittend und ein wenig verschmitzt, darf ich deine Stühle streichen, während du in die Stadt gehst?

Sie kann sein Angebot nicht ausschlagen, seiner Feinfühligkeit nicht widerstehen, murmelt etwas und versucht, ihm aufzutragen, in welcher Reihenfolge er die Stühle streichen soll. Er möchte alle Anweisungen bereitwillig erfüllen, ist aufgestanden, und sie kreisen umeinander, während sie über die beste Pinseltechnik diskutieren.

Seine Hand streicht unabsichtlich über ihren nackten Arm. Nanna spürt einen Strom durch ihren ganzen Körper fahren, ist erst bestürzt über ihre eigene Empfindung, reißt sich dann zusammen und zwingt sich, ins Haus zu gehen. Doch bevor sie die Verandatür zumacht, fragt er sie, als sei das sein eigentliches Anliegen gewesen, ob sie wisse, warum ihr Mann nicht beim Angeln fotografiert werden wolle. Sie muss einen Moment überlegen und antwortet dann, der Fluss sei Gylfis einziger Rückzugsort, dort habe er Ruhe vor dem Stress und den Leuten. Aber könntest du ihn nicht überreden, das wären so großartige Fotos, der Mann draußen in der Natur beim Angeln?

Sie weiß genau, was er meint, sieht das Bild vor sich, sagt aber nein, das mache ich nicht, knallt die Verandatür zu und geht ins Haus.

Als Dúi den Stein umdreht, schießen die Flohkrebse konfus durcheinander.

Olli findet sie uninteressant, weicht von dem Stein zurück und sieht sein Herrchen vorwurfsvoll an, doch Dúi tut so, als hätte er seine Reaktion nicht bemerkt.

Schon als Kind hat es ihm Spaß gemacht, am Strand Steine umzudrehen und zu sehen, was sich darunter verbirgt. Er geht weiter am Strand entlang, hält Ausschau nach Steinen, während Olli hinter ihm herhumpelt und versucht, sich auf dem Sand bei der Wasserlinie zu halten. Ab und zu bellt er leise, weil er lieber getragen werden möchte, der Strand ist zu steinig zum Laufen, aber Dúi tut so, als höre er ihn nicht. Er findet, dass Olli ein bisschen Bewegung an der frischen Meeresluft guttut.

Als Teenager ist er oft an diesem Strand entlanggegangen, hat den Weg von der Fischfabrik nach Hause abgekürzt, nach Hause zu seiner Mutter, die in der Küche auf ihn wartete, mit Kaffee in der Thermoskanne und Butterkeksen auf einem Kuchenteller. Nachdem er sich abgeduscht und frische Klamotten angezogen hatte, setzte er sich zu ihr und bekam zu hören, wo sich die Schmerzen an diesem Tag in ihrem Körper eingenistet hatten. Sie suchten sich ständig einen neuen Ort. Dúi bezweifelte nie, dass ihr manche Stellen wehtaten, aber manchmal hatte er das Gefühl, es sei ihr Job, von Schmerzen gequält zu werden. Als verschafften ihr die Schmerzen einen bestimmten Platz in der Gesellschaft. Doch er hörte seiner Mutter zu, er hatte sie lieb, hatte keinen anderen Erwachsenen, außer Finnur natürlich, seinen Onkel. Finnur kümmerte sich immer gut um seine Schwester und besorgte ihr alles Mögliche.

Doch Finnur war nun einer der Gründe, warum Dúi alleine am heimischen Strand entlangspazierte mit dem humpelnden Olli im Schlepptau. Er wollte einfach nicht das ganze Wochenende mit seinem Onkel verbringen, er musste allein sein, manchmal musste man allein sein. Wäre Finnur mit Gylfi zum Angeln gefahren, wäre er an diesem freien Wochenende zu Hause geblieben und hätte die Wohnung für sich gehabt. Dabei sah es ihm gar nicht ähnlich, sich nicht ins schillernde Nachtleben zu stürzen, wenn er am Wochenende freihatte, aber zur Zeit war einfach etwas in ihm, das er nicht einordnen konnte. Er hatte seinem Onkel erzählt, er wolle übers Wochenende mit den Jungs in den Norden, war dann aber alleine mit Olli gefahren, und auch nur die halbe Strecke in den Norden, und in einem Hotel in seiner alten Heimat gelandet. Wollte unbedingt am Strand entlanglaufen wie damals.

Er bleibt stehen, rückt seine Sonnenbrille zurecht, betrachtet eine Zeitlang das sachte Spiel der Wellen mit den Kieselsteinen, hat das Gefühl, sie alle zu kennen, greift in seine Schultertasche und holt einen Hundekeks für Olli heraus. Dabei berührt er das Papier, die ausgedruckten

Fotos, die er zusammengerollt und mit einem Gummiband befestigt hat. Er kann sich nicht beherrschen, noch einmal einen Blick darauf zu werfen, und löst das Gummiband von der Rolle.

Das beste Foto ist das, auf dem er vor dem Hotel steht, eine Hand in der Hosentasche, mit Sonnenbrille und rauchend, es hat etwas Lässiges, als ginge es diesem Typen am Arsch vorbei, was andere von ihm halten. Das ist genau das Bild, das andere von ihm haben sollen, er wird den Fotografen bitten, es zu benutzen. Nicht die anderen, darauf ist er so mager, besonders auf dem bei der Massage, und auf gar keinen Fall das aus der Kneipe. Da wirkt er so schmal zwischen den anderen Jungs, fast feminin. Geradezu mädchenhaft mit diesem Lächeln, als wolle er sich bei den Jungs einschmeicheln. Was nun wirklich nicht seine Absicht war. Die konnten ihn mal, diese Typen, die versuchten doch alle nur, unter die Haube zu kommen, als sei das der einzige Zweck im Leben, wurden langsam alt, die Ärmsten, hatten Angst um ihre Ausstrahlung. Er hat ihnen die Kommentare auf Facebook noch nicht verziehen, nicht ganz, obwohl er weiß, dass sie ihn nur aufziehen wollten. Sie hatten angedeutet, es sei irgendwie schräg, mit einem Mann zusammenzuwohnen, als wüssten sie nicht, dass Finnur sein Onkel ist. Eigentlich konnte er mit diesem primitiven Humor umgehen, aber das Schlimme war, dass sich die Kommentare überall verbreiteten, und Leute, die ihn gar nicht kannten, sich irgendeinen Schwachsinn vorstellten. Wodurch sie ihn irgendwie entwürdigten.

Er will nicht mit Finnur darüber reden. Sein Onkel wird das Getratsche sowieso nie zu Gesicht bekommen, er ist nicht auf Facebook. Manchmal beneidet er Finnur darum, dass er so selbstgenügsam ist, nicht überall vernetzt sein muss. Er kann die Sache bei Gelegenheit natürlich Nanna gegenüber ansprechen, sie kann so gut zuhören und macht sich keine wilden Vorstellungen. Selbst wenn sie keine Lösung parat hat, würde es ihn befreien, ihr sein Herz auszuschütten.

Olli verschlingt den Keks, setzt sich dann Dúi zu Füßen und blickt tiefsinnig hinaus aufs Meer.

Dúi betrachtet noch einmal das Foto von sich mit der Sonnenbrille.

Nanna steht wie angewurzelt an der Hecke.

Aus ihrem Haus dringt Essensgeruch. Koriander oder Kümmel, sie ist sich nicht sicher, um welches Gewürz es sich handelt, vielleicht beide. Auch der Duft von Obst, es könnten Aprikosen oder Pflaumen sein. Sie hat noch nie Essensgerüche aus ihrem Haus wahrgenommen, kann sich jedenfalls nicht daran erinnern, es sei denn, sie befand sich selbst mitten in dem Duft. Er kocht, der Fotograf, daran besteht kein Zweifel. Etwas Orientalisches oder Mediterranes, sie hätte nichts dagegen, einen Blick in seinen Kochtopf zu werfen.

Nachdem sie ausgiebig geschnuppert hat, steigt sie die Treppe zum Haupteingang hinauf, ohne zum Keller zu schauen. Sie hat kaum die Tasche abgestellt, als es an der Tür klingelt. Davor steht der Fotograf, im T-Shirt, es ist warm draußen, höflich lächelnd wie üblich, und fragt, ob ihr Ausflug in die Stadt schön gewesen sei. Sie bejaht.

Es ist richtig warm draußen, sagt er. Sie entgegnet, dass sich das Wetter hier im Norden durch die Erwärmung der Erdatmosphäre verändert habe, was an und für sich gut sei, aber andererseits diverse Käfer anlocke, die ihrer Meinung nach nicht wünschenswert seien. Aha, sagt er, ohne ihre ökologische Einschätzung zu kommentieren, ich glaube, deine Gartenstühle sind bald getrocknet.

Da erinnert sie sich wieder an die Gartenstühle, sie ist ein bisschen verwirrt, dreht sich einmal um sich selber und geht dann hinaus auf die Veranda. Er folgt ihr ungebeten. Die Gartenstühle stehen in einer Reihe wie Stühle an Deck eines Kreuzfahrtschiffes, frisch gestrichen und elegant. Sie bedankt sich bei ihm, bestaunt seine gute Arbeit. Er ist ebenfalls stolz auf sein Werk, sagt aber, das sei doch das mindeste, was er für sie und ihren Mann tun könne, bei all der Liebenswürdigkeit, die sie ihm entgegenbrächten. Bevor sie das Gespräch in diesem Tonfall weiterführen können, sagt er, er habe gekocht und wolle sie gerne zum Essen einladen, ob sie die Einladung annehme.

Sie hat eigentlich etwas anderes vor, kann sein Angebot aber nicht ausschlagen. Schon immer haben die Menschen sich gegenseitig mit Essen eine Freude gemacht, und es wäre unhöflich, seine Einladung abzulehnen. Außerdem hat der Mann alle ihre Gartenstühle gestrichen. Also lässt sie sich darauf ein. Er sagt, er werde sie rufen, wenn alles fertig sei.

Der Küchentisch in der kleinen Kellerwohnung ist mit farbenfrohen Gerichten beladen, gelben, grünen, roten, violetten, so hübsch, dass Nanna kaum ein Wort herausbringt. Ganz viele kleine Gerichte, wie ihr scheint. Er erklärt, in Nordafrika serviere man alles gleichzeitig, Suppen, Salate, Hauptspeisen, er habe Lust gehabt, das

Essen zu kochen, das es zu Hause bei seiner Mutter immer gab, und es sei zum Glück überhaupt kein Problem gewesen, die richtigen Zutaten zu finden, Möhren, Kohl, Gurken, Tomaten, Paprika, Radieschen, Frühlingszwiebeln und Knoblauch für den Salat, und für das Hauptgericht Lammfleisch, Nüsse, Zimt, Auberginen, Kardamom, bloß das richtige Brot habe er nicht gefunden, sie müsse sich mit Baguette begnügen.

Ach, dann war es also Zimt und Kardamom, sagt sie nur, als er sie bittet, sich zu setzen. Sie schaut sich verstohlen um, ist erleichtert, als sie sieht, dass ihre Kellerwohnung pfleglich behandelt wurde. Die Bettwäsche ist an ihrem Platz auf dem Schlafsofa. Nannas größte Angst war, ein ungemachtes Bett sehen zu müssen, denn dann hätte sich ihr dieses Bild eingeprägt und würde sie immer heimsuchen, wenn sie sich um ihre Topfpflanzen kümmerte.

Auf der Arbeitsfläche neben der Spüle, wo sich ihre Pflanzen immer nach dem Umtopfen erholten durften, ist auch alles sauber und ordentlich. Auf dem Tisch in der Ecke beim Sofa hat er sich einen Platz für den Computer, den Drucker, die Kamera, Papier und diversen Kleinkram eingerichtet.

Er reicht ihr ein Gericht nach dem anderen: Das musst du probieren, bitte nimm dir etwas davon, schmeckt dir der Salat? Er wirbelt um sie herum, möchte ihr alles recht machen, hält dabei ein interessantes Gespräch über französische und afrikanische Esskultur in Gang. Ihr fällt auf, dass er zum Essen keinen Wein serviert, nur Wasser mit Eiswürfeln und frisch gepressten Fruchtsaft.

Er redet, sie hört zu. Die Sonne scheint nicht mehr

durchs Kellerfenster, sondern steht im Westen. Nanna denkt, wenn die Gartenstühle nicht frisch gestrichen wären, hätten sie draußen auf der Veranda in der Sonne sitzen können. Aber dann hätte sie nicht bestimmen können, wann das Essen beendet ist, hätte keinen Einfluss darauf gehabt und ihrem Gast kaum sagen können, er solle gehen, während sie als Gast aufstehen und gehen konnte, wann sie wollte.

Sie findet es merkwürdig, in ihrem eigenen Keller zu sitzen und mit einem Ausländer exotisch zu speisen, und weiß nicht recht, wie sie sich verhalten soll. Er scheint es zu spüren, reagiert einfühlsam, schaut sie mit heißen, dunklen Augen an, so dass sie sich fast geniert.

Er fragt sie, selbstsicher und freiheraus, wann und wie sie die französische Kultur kennengelernt habe. Sie erzählt, sie sei als junges Mädchen als Au-pair in Österreich bei einem Dirigenten und einer französischen Pianistin gewesen. Und will es darauf beruhen lassen, doch er möchte die Fortsetzung hören, also fügt sie hinzu, sie sei nach Paris gefahren, als das Musikerehepaar in die USA gezogen sei. Belässt es dabei und lenkt das Gespräch auf seine Familie. Erzähl mir von ihr, sagt sie aufmunternd. Er erzählt, seine Eltern hätten ein kleines Restaurant in Algier gehabt, seine Mutter habe gekocht und sei berühmt für ihr Essen gewesen, doch als sein Vater starb, hätten sie das Lokal verloren, und da habe seine Großmutter, die französischer und polnischer Abstammung sei, es am besten gefunden, nach Paris zu ziehen. Sie habe immer dorthin zurückgewollt. Und sie sei sich sicher gewesen, dass seine Mutter Arbeit in einem Restaurant finden und für sie und die Brüder sorgen und sie in eine französische

Schule schicken könne, was ihr sehr wichtig gewesen sei. Doch seine Mutter habe keine Arbeit als Köchin gefunden, sondern als Kassiererin in einem Supermarkt, und da arbeite sie immer noch. Sie habe die Familie ernährt, sie hätten nicht viel gehabt, aber die Jungen seien zur Schule gegangen, wie die Großmutter es gewollt hatte. Seine Mutter habe jedoch immer von einem besseren Leben geträumt, und er bedauere es, dass sie ihr Talent als Köchin nicht unter Beweis habe stellen können.

Glaubst du, dass sie hier Arbeit finden könnte?, fragt er anschließend lächelnd. Nanna entgegnet, das sei durchaus möglich, aber was willst du dann mit deiner Großmutter machen?

Sie lachen beide, und sie lobt das Essen. Es ist ausgezeichnet. Dann fragt sie, ohne von ihrem Teller aufzuschauen, wo in Paris er wohne. Er sagt es ihr, zögernd, weil er weiß, dass sie die Stadtviertel kennen muss, was sie auch tut. Sie entgegnet, sie wisse, wo das sei, sagt aber nichts weiter über den Ort.

Plötzlich hat er eine Idee und fragt, ob sie vielleicht Musik aus seinem Heimatland hören wolle. Sie hat nichts dagegen, fragt sich jedoch, was nun genau sein Heimatland ist, spricht es aber nicht an.

Er nimmt eine CD vom Arbeitstisch, steckt sie in den CD-Player, schaut sie eindringlich an und wartet auf ihre Reaktion. Die Musik erfüllt den Keller. Das ist arabische Musik, sagt sie und hält inne, ich hatte mit afrikanischer gerechnet.

Findest du das schlechter, fragt er schnell und abwehrend, dass es arabische ist? Nein, überhaupt nicht, sagt sie, ich kenne mich mit dieser Art Musik nicht gut aus, aber ich höre sie gerne, wenn ich die Gelegenheit habe. Ich habe nur nie verstanden, wie die Leute zu solcher Musik tanzen können, das muss eine Art Bauchtanz sein, oder?

Er sieht sie an mit einem Gesichtsausdruck, als hätte sie ihn beleidigt, und sagt dann leise, ich zeige dir, wie wir tanzen. Er nimmt ihre Hand, zieht sie hoch und drückt sie an sich, ohne dass sie etwas dagegen machen kann. Dann umfasst er ihre Taille und schiebt sie im Takt zur Musik nach links und rechts.

Sie findet ihn zu aufdringlich, zu dreist, sie einfach so vom Essen wegzuziehen, ohne vorher zu fragen, ob sie das möchte, nur um irgendeinen Bauchtanz zu tanzen. Als sie ihm in die Augen schaut, erkennt sie darin eine gewisse Unruhe, die ihr nicht gefällt. Obwohl sie weiß, dass ein solcher Blick meist von Nervosität herrührt, beginnt sie automatisch um ihre Sicherheit zu bangen. Sie befindet sich alleine mit einem fremden Mann im Keller, außer ihnen ist niemand im Haus. Und sie tanzt auch noch mit ihm, Tanzen kann der Vorbote weiterer Berührungen sein. Was auch in diesem Fall zutrifft, denn er drückt sie noch fester an sich, legt seine Hand auf ihre Hüfte, sein Atem geht schneller.

Sie überlegt fieberhaft, bleibt dann abrupt stehen, fasst sich an den Bauch und an die Stirn, sagt, mir ist so schwindelig. Trotzdem lässt er sie erst los, als sie anfängt zu würgen. Entschuldige bitte, sagt sie, ich muss rauf, mich übergeben. Sie reißt sich los und stürmt aus dem Keller nach oben. Dabei hört sie ihn hinauf zur Veranda rufen, sie müsse noch das Dessert und den Minztee probieren.

Nanna schließt alle Türen ab. Sie setzt sich auf einen Hocker im Ankleidezimmer und betrachtet ihre Kleider, die züchtig in einer einfachen Reihe hängen. Dann streckt sie die Hand aus und streicht über den Stoff der Röcke.

Die grellgelben Pullover spiegeln sich im schwarzen Lack des Jeeps.

Hjálmar sieht, dass die Mädchen ihm hinterherschauen und zögert einen Moment, bevor er die Autotür öffnet, muss erst ihr Erscheinungsbild in dem glänzenden Autolack begutachten. Sie stehen auf dem Bürgersteig vor dem Laden und schlecken Eis, beide in gelben Sommerpullis, glotzen ihm hinterher, junge und unschuldige Mädchen vom Land, er seufzt, bevor er sich in den Wagen schiebt.

Er hat den Arm voller Fastfood, das er runterschlingen wird, bevor er in die Stadt fährt. Die Aufnahmen waren ermüdend, ein paar Szenen mussten viele Male gedreht werden, und die Dreharbeiten gehen noch weiter, aber erst mal hat er frei. Kann in die Stadt fahren und hat den Abend für sich.

Das Sandwich ist mit Gemüse und Fleisch belegt, Senf tropft heraus, er nimmt einen großen Bissen, schaut beim Kauen in den Seitenspiegel, sieht die Mädchen nicht mehr, verstellt den Rückspiegel und versucht, sie ins Visier zu nehmen, sieht aber nur den Laden. Sie müssen sich woanders hingestellt haben oder weggegangen sein. Weil er sie beim Essen nicht mehr beobachten kann, stellt er das Radio lauter und starrt auf die grünen Wiesen vor sich. Da fällt ihm das Handy ein, er muss nachsehen, wer versucht hat, ihn während der Dreharbeiten zu erreichen, es liegt im Kofferraum zusammen mit dem Laptop und anderem Krempel. Der Wagen ist sein zweites Zuhause, er liebt ihn, ist stolz auf ihn und achtet darauf, dass er immer poliert ist, von außen glänzt, auch wenn drinnen ein heilloses Durcheinander herrscht.

Als er den Kofferraum öffnet und einen schwarzen Rucksack herausholt, fällt sein Blick auf die Fotos, die dieser Ausländer gemacht hat, sie liegen im Kofferraum verstreut. Er sammelt sie ein und nimmt sie auch mit nach vorne. Will sie sich ansehen, während er das Sandwich herunterschlingt.

Der Alltagskram dauert nur ein paar Minuten, die unbeantworteten Anrufe sind ihm nicht so wichtig, dass er zurückrufen muss, Internetempfang hat er nicht, also nimmt er die ausgedruckten Fotos in die Hand und betrachtet sie, während er den letzten Bissen verdaut. Er findet die Bilder nicht wirklich schlecht, vermisst aber einen gewissen künstlerischen Anspruch, die Perspektive, das Motiv, je genauer er sie betrachtet, desto unbedeutender findet er sie. Es ist leicht zu erkennen, dass der Fotograf nicht viel kann, wahrscheinlich ist er nur einer dieser Typen, die Promis knipsen, wenn sie über den roten Teppich stöckeln oder mit bis zum Schritt hochgerutschten Röcken aus Limousinen steigen. Wobei der Mann das ja auch erzählt hatte, dass er bei einer Zeitschrift arbeite, die vor allem über Prominente berichtet. Hjálmar findet trotzdem, dass Leute, die einen ganzen Fotoband machen wollen, talentierter und ehrgeiziger sein sollten.

Das Foto von ihm auf dem Pferd außerhalb der Stadt wirkt nahezu lächerlich, farblos, langweilig, das Pferd erstarrt, er selber stocksteif im Sattel, mit grimmigem Gesichtsausdruck, ein Bildaufbau wie vor hundert Jahren, als man noch Postboten zu Pferd ablichtete. Hätte der Mann ihn nicht fotografieren können, als er in Aktion war? Die Fotos aus der Kneipe, auf denen er mit seinen Kumpels Bier trinkt, wirken auch irgendwie unecht. Zwar erwischt der Fotograf eine gute Perspektive, lässt ihre Gesichter von den Wandspiegeln der Kneipe und dem schwarzen Glas der Bar reflektieren, aber er selbst wirkt hypercool, was er gar nicht von sich kennt.

Die Bilder, die er als Erstes von ihm gemacht hat, beim Schminken, sind vielleicht noch die besten. Oder vielmehr die Farben, schwarz und weiß, die hellen Lampen wie weiße Perlen, der weiße Schutzumhang neben der schwarzen Kleidung des Visagisten, sein eigenes blasses Gesicht, das aus der Dunkelheit des Spiegels hervorzudringen scheint. Es ist sein Blick, der ihm nicht gefällt, er schaut in die Kamera, mit eiskalten Augen.

Hjálmar klappt den Spiegel aus, der sich in der Blende an der Frontscheibe des Autos verbirgt, und schaut sich selbst in die Augen. Untersucht seinen Blick. Er findet ihn weder kalt noch leblos. Er entdeckt nichts Verhärmtes in seinem Gesicht. Aber Fotos lügen nicht.

Ob der Fotograf diesen Ausdruck bei seinem Modell hervorrief? Lag es an der Art des Mannes, dass er, das Modell, ihm nicht vertraute? Warum vertraute er ihm nicht?

Wer war dieser Mann, wer war dieser Ausländer?

Wie hatte seine Mutter ihn zum Spaß genannt? Loki? Loki aus Jötunheim, der Welt der Riesen, hübsch und verschlagen, der die Götter vernichten wollte.

Irgendwas war faul an der Sache, irgendein Theaterspiel.

Hjálmar schaut in den Seitenspiegel, blickt direkt auf die Tür des kleinen Bauernladens, die Mädchen in den gelben Pullovern sind immer noch drinnen. Da muss er an Nanna denken. Sie trägt immer gelbe Gartenhandschuhe. Er hat in den letzten Tagen oft an Nanna gedacht.

Die alleine in ihrem Haus ist. Hatte Finnur nicht erzählt, Gylfi sei im Ausland? Vielleicht hatte sie nichts vor, genau wie er. Er konnte sich ebenso gut mit ihr unterhalten wie mit seinen Kumpels in irgendeiner Kneipe. So wie er sie kannte, war sie bestimmt im Garten zugange.

Hjálmar fährt schneller, als das Tempolimit erlaubt, in die Stadt. Er stoppt den Wagen erst, als er bei Gylfis und Nannas Haus angekommen ist. Nannas Auto steht in der Einfahrt, und ihm kommt der Gedanke, dass sie bestimmt auf der Veranda ist, also geht er durch den Garten zum Haus, doch da ist niemand. Er bemerkt, dass die Gartenstühle frisch gestrichen sind, sie stehen vor den Fenstern aufgereiht, wo sie vor Nässe geschützt sind. Hjálmar geht zum Haupteingang und klingelt. Viele Male, aber niemand antwortet. Schließlich gibt er es auf und denkt sich, dass sie kurz rausgegangen ist.

Er sitzt schon wieder im Wagen und hat den Motor angelassen, als er merkt, dass er nicht glücklich mit der Situation ist, warum auch immer, schaltet den Motor wieder aus und geht noch einmal zum Haus.

Diesmal spaziert er um das Haus herum. Er steigt auf die Veranda, späht durch die Wohnzimmerfenster, geht zur Nordseite des Hauses, klopft leicht an die Schlafzimmerfenster, späht hinein und sieht, dass das große Doppelbett gemacht ist, die Kissen ordentlich auf der Überdecke drapiert. Die Tür zum Badezimmer steht offen, aber dort kommt er nicht ans Fenster. Er sieht, dass die Tür zum Ankleidezimmer ebenfalls halb offen steht. Hjálmar kennt das Haus seines Bruders und weiß, dass das Ankleidezimmer kein Fenster hat.

Nanna schlief im Dachgeschoss, in einer winzigen Kammer auf der linken Seite. Da war gerade genug Platz für das Bett und die Regale, in denen sie ihr Spielzeug aufbewahrte, nur das Puppenhaus passte nicht ins Regal und stand davor. Ihre Kleider hingen an Haken, die ihre Mutter gebastelt hatte, bevor sie zu Gott gegangen war. Nur ihre Unterwäsche lag in einer kleinen Kommode, von der ihr Vater sagte, das sei mal der Schubladenschrank unter seinem Schreibtisch gewesen. Er schlief in dem zweiten Zimmer im Dachgeschoss. Es hatte auch Dachschrägen, war aber viel größer, weil sie früher beide dort geschlafen hatten, er und ihre Mama, bevor sie zu Gott gegangen war. Jetzt schlief er dort alleine, aber manchmal schliefen die Frauen, die für ihn sangen, bei ihm. Sie waren immer sehr nett zu ihr, stanken aber aus dem Mund.

Nanna war aufgewacht und wusste nicht, ob es Morgen war oder noch Nacht, denn es war Sommer und die ganze Nacht hell. Sie wusste nicht genau, ob sie aufstehen sollte. Doch sie stand auf, weil alles so leise und seltsam war. Als sie eingeschlafen war, waren alle unten gewesen, ihr Papa und die Männer, die mit ihm in der Band spielten, sie schlief so gerne ein, während sie spielten. Dann war sie nicht alleine und dachte nicht an ihre Mama, die einfach zu Gott gegangen war, ohne sie mitzunehmen. Wann kommt Mama zurück?, hatte sie ihren Papa gefragt, und er hatte gesagt, das dauere noch sehr lange, ihre Mama bleibe furchtbar lange bei Gott, weil der es so schwer habe, der liebe Gott.

Sie stand auf und spähte zuerst in das Nachbarzimmer. Das Bett war leer, wirkte aber so, als hätte jemand darin gelegen. Als sie die Treppe hinunterschlich, hallte das Knarren durchs ganze Haus. Lange blieb sie in der Wohnzimmertür stehen und schaute hinein. Sah erst niemanden und bekam Herzklopfen, weil sie nicht gern alleine im Haus war. Dann entdeckte sie ihren Papa, der unter einer Decke auf dem Sofa lag, sah nur sein langes, hellbraunes Haar. Sie war erleichtert. Für einen Augenblick hatte sie gedacht, er habe ihre Mama und Gott besucht. Dann wäre er furchtbar lange weggeblieben, alle, die Gott besuchten, blieben so lange weg.

Sie betrachtete die vielen Flaschen und Gläser auf dem Couchtisch, sie war durstig, traute sich aber nicht, die durchsichtige Limonade zu trinken, die die Männer tranken, die schmeckte furchtbar. Da sah sie, dass der Mann mit den schwarzen Haaren seine riesengroße Gitarre dagelassen hatte, die war wahnsinnig groß, viel größer als sie. Die Gitarre kam ihr immer vor wie eine Frau, die man umarmen konnte. Sie ging zu ihr, umarmte sie aber nicht, sondern betastete sie nur, berührte die langen Saiten und zupfte daran. Da erklang ein dunkler Ton, viel dunkler als bei Papas Gitarren.

Ach, Nanna, sagte ihr Papa, und sie erschrak und zog die Hand zurück. Nanna, bist du wach? Er streckte den Arm aus, wollte, dass sie zu ihm kam. Sie ging zu ihm, und er zog sie zu sich aufs Sofa und breitete die Decke über sie. Es war so schön bei ihm in der Wärme, aber er roch nicht gut, weshalb sie ihr Gesicht von ihm wegdrehte. Nanna, sagte ihr Papa, hustete leicht und gab ihr einen Kuss auf den Hals. Weißt du was, Papa muss bald mit den anderen auf Tournee ins Ausland, und wir bleiben etwas länger, und deshalb bleibst du solange bei Tante Didda und Onkel Raggi und den Jungs, weißt du noch, wie du an Ostern mit ihnen gespielt hast, weißt du noch, als du das große Osterei bekommen hast, das wird schön für dich sein, und du darfst auch in dieselbe Schule gehen wie die Jungs, weißt du noch, die gelbe Schule?

Nanna bekam wieder Herzklopfen und konnte sehr lange nichts sagen, doch dann erklärte sie ihrem Papa, sie wolle lieber bei ihm sein, sie könne doch mit ihm auf Reisen gehen. Er meinte, das ginge nicht, leider. Da sagte sie, dann würde sie eben alleine zu Hause bleiben und auf ihn warten. Doch er meinte, das ginge auch nicht, weil ihr Vermieter das Haus selbst nutzen wolle, seine Tochter und deren Kinder würden einziehen.

Habe ich dann gar kein Zuhause mehr?, fragte Nanna ihren Papa, und er sagte: Doch, mein kleiner Goldschatz, du wirst immer in meinem Herzen zu Hause sein.

Obwohl Senna alle Fenster geöffnet hatte, während sie die Bettwäsche wechselte, kam es ihr so vor, als hätten sich Staubflusen in ihrer Nase festgesetzt. Sie lehnte sich aus dem Fenster und schnäuzte sich mehrmals kräftig, aber es brachte nichts, ihre Nase war verstopft. Wahrscheinlich hing der Staub nach jahrelanger Benutzung im Teppichboden, die Hautpartikel all der Leute, die darübergegangen waren. Sobald sie in Urlaub nach Hause führe, falls sie verdammt nochmal überhaupt Urlaub bekäme, würde sie ihren Vater auffordern, die Bodenbeläge in diesem scheiß Hotel zu erneuern. Den ganzen Mist rauszureißen und Parkett oder so was zu legen. Es war ihr völlig egal, was für ein Belag es wäre, sie würde den Laden sowieso nicht übernehmen, garantiert nicht, sie würde schreiben, fragte sich nur, wann und wie sie das ihren Eltern verklickern sollte. Sie wären total enttäuscht. Für Eltern war es furchtbar wichtig, dass die Kinder ihr Lebenswerk weiterführten.

Wie bei Nannas Eltern, die wollten natürlich auch, dass ihre Tochter alles übernahm. Und dann trat Gylfi in ihr Leben, so strahlend und charmant.

Doch obwohl Nanna bis über beide Ohren verliebt war, wollte sie auf Nummer sicher gehen, bevor die Beziehung enger wurde. Noch war sie nicht von Gylfis inneren Werten überzeugt, denn ihre Freunde hatten sich lediglich von seinem Äußeren blenden lassen, ohne dass er sich menschlich hätte beweisen müssen. Sie beschloss, ihn vor Gericht zu laden, wie Valerie, die Anwältin, es manchmal ausdrückte. Ihre Eltern und engsten Verwandten, Juden, die die Vergangenheit nicht vergessen hatten und sich von Süßholzraspelei oder gutem Aussehen nicht bezirzen ließen, sollten ihr höchstes Gericht sein. Sie organisierte eine Einladung zum Abendessen. Gylfi wusste, was die Uhr geschlagen hatte, dass das Abendessen ein getarntes Verhör war, und bereitete sich darauf vor wie auf eine mündliche Prüfung. Nannas Eltern empfingen ihn in dem ehrwürdigen Haus im Aristokratenviertel und stellten ihn den Schwestern der Mutter, einem Schwager sowie alten Freunden der Familie vor. Alle waren locker und vergnügt, doch Gylfi, sensibel wie er war, spürte den versteckten Ernst und merkte, dass jede Bewegung und jedes Wort von ihm beobachtet und beurteilt wurden. Er ging taktisch vor und gab sich als zurückhaltenden und schweigsamen Mann aus. Er lächelte nicht, schaute seinem jeweiligen Gesprächspartner nur fest in die Augen, weil er wusste, dass das vertrauenerweckend war und ältere Leute beeindruckte. Bevor man am Tisch Platz nahm, ließ er die anderen reden und von sich erzählen, und eine Zeitlang schien es so, als müssten sie sich vor ihm bewähren, anstatt er vor ihnen. Doch als der Hauptgang abgeräumt wurde, gab er vor, sich allmählich wohler zu fühlen, und beteiligte sich mehr an der Unterhaltung. Als Nanna erzählte, er wolle nach dem Studium Schriftsteller werden, wusste er, dass jetzt seine Gelegenheit gekommen war. Alle Aufmerksamkeit richtete sich auf ihn, die Richter blickten ihn erwartungsvoll an, und er begann bescheiden über die Literatur seines Landes zu sprechen, zitierte dann aus der nordischen Mythologie und der griechischen Philosophie, streifte die Gottesvorstellungen von Augustinus und Kierkegaard, kritisierte die Philosophie von Habermas und Cixous und toppte das Ganze mit einem selbstverfassten Gedicht auf Französisch über Habgier und die Zerstörungsgewalt der Natur. Er schlug ein wie eine Bombe, und zwar so gewaltig, dass man lange schwieg, bevor sich jemand traute, seine Meinung zu dem Plädoyer zu äußern. Es war offensichtlich, dass er die Prüfung mit Bravour bestanden hatte, und nach diesem inspirierenden Abendessen hinderte ihn nichts mehr am Zutritt zu Nannas Herz und Heim.

8

Die Stiefmütterchen lächeln einander an.

Sie fühlen sich äußerst wohl im Blumenkasten auf dem Balkon in der Sonne, haben genug zu trinken bekommen und sehen außerdem in Reichweite noch mehr Wasser, sollten sie gegen Abend nach einem sonnenreichen Tag wieder Durst bekommen. Das Wasser steht auf dem Tisch, in einer großen grünen Plastikgießkanne, eiskaltes Wasser. Die Frau, die sie immer gießt, sitzt am Tisch, macht zwar ein sauertöpfisches Gesicht, doch davon lassen sie sich nicht beirren, lächeln einfach die Sonne und einander an, gelbe, lilafarbene, rote.

Ingdís kann Sonntage nicht ausstehen. Das sind die einzigen Tage der Woche, an denen sie nicht weiß, was sie mit sich anfangen soll. Die Einsamkeit kann so bedrückend sein, dass sie es noch nicht einmal schafft, sich in ein Buch zu vertiefen, geschweige denn eine Zeitschrift durchzublättern, es ist, als entziehe ihr das Alleinsein jegliche Energie. Eine Frau, die zahlreiche Freunde und einen Sohn und dazu noch Enkelkinder hat – wie ist das möglich?

Die Enkelkinder sind mit ihrer Mutter zum Strandurlaub in den Süden gefahren, ausgerechnet jetzt, wo sie selbst genug Zeit hätte, mit ihnen in die Stadt Eis essen zu gehen, oder in den Park oder ins Schwimmbad. Vielleicht sollte sie ein paar Runden schwimmen, man konnte nie wissen, ob man nicht zufällig jemanden im Hot Pot traf, mit dem man sich unterhalten konnte. Dabei war sie nicht wirklich in der Stimmung für Schwimmen, sie hatte sich die Haare gewaschen, und der Nagellack an ihren Fingernägeln war gerade erst getrocknet. Sie hätte viel mehr Lust, shoppen zu gehen, sich Kleider oder Schuhe anzuschauen. Eine Freundin fiel ihr ein, die Lyrikerin, die war immer bereit, mit ihr shoppen zu gehen, doch da entsann sie sich, dass die meisten Geschäfte in der Innenstadt sonntags geschlossen hatten, sie müssten also in die Einkaufszentren in den Vororten fahren. Und besaßen beide kein Auto. Ingdís hatte keine Lust, auf den Bus zu warten.

Es wäre auch nett gewesen, an einem so schönen Tag aus der Stadt zu fahren, doch daran hinderte sie wieder einmal das fehlende Auto. Hjálmar kam ja nie auf die Idee, sie sonntags mal zu einem Ausflug aufs Land einzuladen, dabei hatte er diesen schicken Wagen. Er hatte sich seit Tagen kaum blicken lassen, war nur kurz reingesprungen, um zu duschen und sich umzuziehen. Sie wusste, dass er mitten in Dreharbeiten steckte, hatte aber dennoch das Gefühl, dass er bis in die Puppen um die Häuser zog. Da war bestimmt eine Frau im Spiel, hoffte sie jedenfalls. Eine, bei der er bald einziehen würde. Es war zwar ganz nett, den eigenen Sohn im Haus zu haben, aber auch ziemlich unangenehm, nie über seine Pläne informiert zu sein – wenn sie sich etwa gerade einen Schluck Wein genehmigte, stand er vielleicht urplötzlich vor ihr. Und schlussfolgerte natürlich, dass sie immer trank, wenn sie alleine war. Was keineswegs stimmte, sie genehmigte sich nur ab und zu am Wochenende ein Glas Wein.

Hjálmar hatte eine Neigung zur Herrschsucht, die er nicht in den Griff bekam. Vielleicht war diese Neigung charakteristisch für Männer, sein Vater war auch so gewesen. Oder sie war charakteristisch für Kinder gegenüber ihren Eltern. Ein Kontrollwahn, den sie nicht im Griff hatten. Eltern sollten am besten heilig sein, damit sie, die Kinder, zu ihnen aufschauen konnten. Woher kam dieses menschliche Bedürfnis, stets zu jemandem aufschauen zu wollen? Oder das Gegenteil, anderen immer überlegen sein zu wollen?

Geräusche aus dem Haus schräg gegenüber reißen sie aus ihren Grübeleien. Die alte Dame macht einen Spaziergang auf ihrem Balkon. Er ist lang und schmal, genau richtig, damit sie mit ihrem Rollator hin- und hergehen kann. Ihre Ausgehzeit. Ingdís weiß, dass ihr eigener Balkon nie für Spaziergänge reichen wird, er ist viel zu kurz. Wie das Leben. Das ist auch zu kurz. Und hier sitzt sie nun, eine Frau im besten Alter, hat sich nie etwas gegönnt, weil sie immer fürs Alter spart, um das sie sich so große Sorgen macht. Vielleicht nicht verwunderlich, es ist ja schon schwer genug, in diesem Land alt zu werden, da will man nicht auch noch mittellos und von anderen abhängig sein.

Sie hätte eine Woche in den Süden fahren sollen, auch wenn es da heiß ist, dann kann man sich ja im Meer abkühlen, aber mit wem? Im Geiste geht sie ihre Freundinnen durch, doch ihr fällt keine ein, die sich kurzfristig loseisen könnte. Oder keiner. Der einzige alleinstehende Mann, den sie kennt, ist ihr Schwager Finnur. Einer aus der Familie, es wäre ganz normal, wenn sie zusammen wegführen. Da fällt ihr ein, wie patzig sie letztens zu ihm war, als sie sich zufällig trafen, vielleicht hatte er ihr das noch nicht verziehen. Finnur konnte so merkwürdig sein. Da kommt ihr Nanna in den Sinn, warum eigentlich nicht Nanna? Gylfi sollte sich ja wohl damit abfinden, dass sie mal ein paar Tage wegfährt, wo er doch selbst ständig unterwegs ist. Ingdís' Laune bessert sich schlagartig.

Sie geht zu Fuß zu Nannas Haus zwei Straßen weiter, bleibt auf dem Bürgersteig stehen, um die Farben der mehrjährigen Pflanzen in den Beeten zu bewundern und hört dann in der sonntäglichen Stille Stimmen. Sie kommen von der Westseite des Hauses, von der Veranda. Gylfis Stimme, er ist also wieder zu Hause. Umso besser, dann kann sie mit ihm auch gleich reden. Als sie auch Nannas Stimme hört, fällt es ihr auf einmal schwer, weiterzugehen. Sie starrt nur die hübschen Pflanzen an und lauscht. Der Ton in ihren Stimmen ist zu persönlich. Als stritten sie sich, aber auf höfliche Art und Weise.

Ingdís zieht sich wieder zurück, sie weiß, wann ihre Anwesenheit unerwünscht ist.

Lange wandert sie durch die Straßen und denkt nach. Schließlich steuert sie auf Finnurs Haus zu. Verzweiflung treibt sie an, das ist ihr klar, doch sie kann nichts dagegen tun. Hat sich nicht unter Kontrolle. Sie nimmt all ihren Mut zusammen, bevor sie klingelt.

Nach einer Ewigkeit kommt Dúi zur Tür. Er ist blass, wirkt mürrisch. Ingdís platzt heraus, dass sie mit Finnur reden möchte. Mit Finnur?, wiederholt Dúi, als hätte sie nach Gott dem Allmächtigen gefragt. Finnur ist im Ausland, wollte zu irgendeinem Sommerfestival oder Konzert in Deutschland. Ingdís stutzt und fragt, mit wem er denn gefahren sei. Gefahren?, wiederholt Dúi erneut, er ist alleine gefahren, wie üblich, Finnur hat kein Problem damit, alleine zu verreisen. In den letzten Worten liegt ein Hauch von Ironie. Ingdís spürt, dass Dúi im Moment weder gesprächig noch gesellig ist, und beschließt, ihn in Ruhe zu lassen.

Nachdem sie schon eine ganze Weile auf dem Balkon gesessen und Kaffee mit Sahne getrunken hat, weil heute Sonntag ist, macht sie sich endlich daran, ihre Situation zu analysieren. Sie traut sich nicht, alleine eine kleine Reise zu unternehmen, aber warum kann Finnur das? Einfach nur, weil er ein Mann ist? Fällt es Männern leichter, alleine zu sein als Frauen, und wenn ja, warum ist das so? Liegt es an der Herkunft, der Erziehung, den Konventionen, liegt es in den Genen? Sie grübelt vor sich hin, bis sie fast Kopfschmerzen bekommt. Schließlich steht sie auf, streckt sich, fummelt an den Blumen im Blumenkasten herum, pflückt verwelkte Blätter ab, nimmt die Gießkanne vom Tisch und wässert die Stiefmütterchen. Sie schnappen nach Luft.

Einmal, als sie bei mir zur Behandlung war, fragte sie mich, ob ich ihr nicht irgendeine Wundermaske auftragen könne, sie sei anscheinend nicht hübsch genug für Fotografen. Daraufhin fragte ich, ob sie in ein Fotostudio wolle, und bot ihr an, sie auch zu schminken, aber sie meinte, nein, in ihrer Familie wohne nur gerade ein ausländischer Fotograf, und der würde alle fotografieren, nur sie nicht.

Tja, und dann quatschten wir so über alles Mögliche,

wie immer, wenn sie bei mir zur Fußpflege ist, sie kommt ja schon seit vielen Jahren, die Ingdís, achtet immer gut auf ihre Füße, und dann kommt das Gespräch wieder auf diesen Fotografen, sie bekam ihn gar nicht mehr aus dem Kopf. Sie erzählte, der Mann sei Araber oder jedenfalls dunkelhäutig, sie wisse auch nicht so genau, bei dem sei alles vermischt, und er sei von ihrem Stiefsohn eingeladen worden, habe wohl vor, ein Fotobuch über die Isländer zu machen, und wolle dafür alle fotografieren außer ihr und der Dame des Hauses. Jedenfalls ein totaler Macho, meinte sie. Und dann fing sie davon an, dass die ja alle so wären, diese Südländer, aber mit dem Kerl stimme was nicht, er tue so, als sei er Pariser, obwohl er eindeutig aus Afrika oder Asien oder Gott weiß woher stamme. Aber das Schlimmste sei, dass er sich so für ihren Sohn Hjálmar interessiere, richtig von ihm angetan sei, und es widerstrebe ihr einfach, dass ihr Sohn sich mit Männern wie ihm abgebe.

Dann habe ich ein bisschen für ihren Sohn geschwärmt und ihr gesagt, wie toll ich ihn als Schauspieler fände, man sehe ihn ja auch ständig in allen möglichen Zeitschriften, und das ging ihr runter wie Öl. Ich glaube, es ist ihr sehr wichtig, die Mutter eines so berühmten Schauspielers zu sein, wir sagen hier in der Praxis ja auch immer, ach, stimmt ja, heute hat die Mutter des Schauspielers wieder einen Termin.

Ingdís kritisiert gerne an anderen herum und zerbricht sich gleichzeitig den Kopf darüber, was die Leute über sie denken, so war sie schon immer. Wir sind ja schon seit dem Gymnasium befreundet, und weil ich Betriebswirtin bin, helfe ich ihr oft bei den Finanzen. Nicht, dass wir uns besonders nahestünden, aber wir treffen uns ein paarmal im Jahr und erzählen uns alles, weil wir uns schon so lange kennen. Letztens kam sie bei mir vorbei, und wir gingen zusammen mittagessen, da regte sie sich über irgendeinen Fotografen auf, der ginge ihr wahnsinnig auf die Nerven. Ich hatte keine Lust, mir beim Essen diesen Mist anzuhören, außerdem war schönes Wetter, wir saßen draußen, und ihre Geschichten über den Mann gingen mir zum einen Ohr rein und zum anderen wieder raus. Meistens ist sie sauer, wenn ihr Sohn eine schlechte Kritik bekommt, aber jetzt war sie sauer, weil dieser Fotograf nur ihren Sohn und nicht sie fotografieren wollte. Sie erzählte, er sei Ausländer, eher jünger, dunkelhäutig, aber gutaussehend. Ich glaube ja, ihr Problem liegt vor allem darin, dass sie keinen Kerl hat, das habe ich schon oft zu meinem Mann gesagt, sie hätte sich längst einen netten Mann suchen sollen, dieser eine, mit dem sie den Jungen hat, der trank ja so viel. Aber natürlich findet sie keinen neuen, Männer mögen nämlich keine Frauen, die eine klare Meinung haben, so wie sie. Die sind ihnen zu anstrengend. Ich habe ihr schon tausendmal gesagt, dass man, wenn man als Frau in dieser Gesellschaft Erfolg haben will, zuvorkommend und freundlich sein muss, nicht ständig Kritik äußern darf, sich lieber zurückhalten und einfach versuchen soll, anderen Leuten gegenüber liebenswürdig und nett zu sein. Frauen, die sich anders verhalten, laufen Gefahr, in den Hintergrund gedrängt oder sogar ausgegrenzt zu werden. In so kleinen Gesellschaften darf man sich nicht von der Masse abheben und sollte lieber versuchen, sich anzupassen und unterzuordnen. Jedenfalls war ich überrascht, dass sie sich so über diesen Fotografen aufgeregt hat, und dachte, da muss wohl etwas anderes dahinterstecken. Ich habe sogar vermutet, sie hätte sich in den Kerl verliebt und sei deshalb so verletzt, weil er sie nicht fotografieren wollte. Aber das habe ich ihr natürlich nicht gesagt, sondern einfach übers Wetter geredet, das war an dem Tag so wunderbar.

Olli ist erleichtert, als er sieht, dass Dúi den Handwagen herausholt.

Dann werden sie also doch einen Spaziergang machen, er hatte schon befürchtet, bei dem schönen Wetter drinnen bleiben zu müssen, eine Zeitlang hatte es ganz danach ausgesehen. Er wedelt eifrig mit dem Schwanz, weil das bei Dúi meistens ein Lächeln hervorruft. Was es diesmal nicht tut. Also versucht er, sich möglichst unauffällig zu verhalten, damit er die Entscheidung seines Herrchens, mit ihm Gassi zu gehen, auf gar keinen Fall gefährdet.

Auf der Straße dürfen ihn zwei kleine Mädchen, die Dúi kennt, im Handwagen streicheln. Olli springt an ihnen hoch, so weit er es aus dem Handwagen schafft. Die Mädchen wissen, dass er humpelt, das arme kleine Hündchen, haben immer furchtbares Mitleid mit ihm, möchten ihn verwöhnen und leihen ihm gerne ihre Spielsachen. Jetzt möchten sie ihm unbedingt ihre Seifenblasendose schenken, haben gerade nichts anderes dabei, und Dúi muss ihnen lang und breit erklären, dass Olli keine Seifenblasen pusten kann.

In den Gärten tragen die Leute kurze Hosen, Dúi ist ebenfalls sommerlich gekleidet. Olli hechelt, er erstickt fast vor Hitze und ist erleichtert, als er sieht, dass Dúi auf Nannas Haus zusteuert. Dort kann er sich im Schatten der Bäume abkühlen.

Beim Haus regt sich nichts, Schwüle liegt über dem Garten. Gylfis Auto ist nirgends zu sehen, aber Nanna könnte zu Hause sein, ihr Wagen steht am Straßenrand. Dúi zieht den Handwagen auf den Rasen und lässt den Hund in den Garten. Olli humpelt mit einem Affenzahn zu den Bäumen und pinkelt wie üblich in deren Schatten. Dúi marschiert zur Veranda, gibt sich gutgelaunt und ruft: Hallo, ist jemand zu Hause?

Er stutzt, als er sieht, dass die Gartenstühle zusammengestellt, der Tisch eingeklappt und die Sitzkissen unter einer Plastikfolie an der Tür aufgestapelt sind. Als wären sie weggefahren. Als wollten sie länger fortbleiben.

Nanna ist weg. Ausgerechnet jetzt, wo er sie braucht. Er spürt, wie die Einsamkeit heranschleicht. Dieses widerliche Gefühl, das in den letzten Tagen an seinem Körper gezehrt hat. Er ist ratlos und weiß nicht, was er machen soll.

Da entdeckt er ein feuerrotes Springseil am Rand der Terrasse, halb versteckt unter einem abgeschnittenen Kriechmispelzweig. Dúi schließt daraus, dass Hjálmars Kinder zu Besuch waren. Er zerbricht sich den Kopf darüber, ist tief in Gedanken und spürt, wie ihm in der brennend heißen Sonne der Schweiß auf der Stirn ausbricht.

Als ihn plötzlich eine Hand an der Schulter berührt, ist er so erschrocken, dass er nach Luft schnappt. In der Stille hat er keinen Laut gehört.

Es ist der ausländische Fotograf. Er lächelt, grüßt ihn kumpelhaft und sagt, die beiden seien ungefähr vor einer Stunde weggefahren. Was machst du denn hier?, fragt Dúi misstrauisch. Der Fotograf erzählt, sie hätten ihm für eine Weile die Kellerwohnung geliehen, Gylfi habe sie ihm angeboten.

Dúi ist völlig baff und fragt, wo Nanna denn nun ihre Pflanzen umtopfe? Doch der Fotograf zuckt nur lächelnd mit den Achseln und scheint nicht zu wissen, wovon Dúi redet. Weißt du, wo sie hingefahren sind?, fragt Dúi, nachdem er sich von der Neuigkeit erholt hat, und nur, um irgendetwas zu sagen, denn er vermutet, dass sie in den Westen gefahren sind. Es ist ihm nicht ganz geheuer, dass sich der Mann von hinten angeschlichen hat, aber er will ihm gegenüber nicht unhöflich sein.

Anstatt zu antworten, sieht der Fotograf sich rasch um und sagt: Bitte lass mich ein Foto von dir machen, warte, ich hole die Kamera. Dúi wischt sich über die Stirn, ratlos, ob er gehen oder bleiben soll. Während er noch darüber nachdenkt und nach Olli ruft, ist der Fotograf schon wieder zurück, geht bei einem der Beete in die Hocke und hebt die Kamera. Dúi weiß nicht, in welche Richtung er gucken soll.

Super Bilder, sagt der Fotograf, steht auf und betrachtet die Fotos auf dem Display. Sieh mal, er geht zu Dúi und zeigt ihm die Fotos. Dúi mustert sie, sie sind gut, das muss er zugeben, sogar ziemlich gut, findet er. Er sieht aus wie ein Filmschauspieler, der mit unergründlicher Miene darauf wartet, dass etwas Wichtiges geschieht, er erinnert ihn sogar an einen bestimmten Schauspieler, weiß nur gerade nicht, an wen. Die Angst, die in seiner

Brust festsaß, scheint sich allmählich zu lösen, und er kann wieder freier atmen.

Du bist ja doch nicht aufs Land gefahren, sagt er und wirft dem Mann einen anerkennenden Blick zu. Der Fotograf entgegnet, er bearbeite und sortiere gerade Bilder und wolle anschließend in die Stadt gehen, um das Menschengewimmel dort zu knipsen. Dann fragt er, ob Dúi kurz reinkommen und sich die anderen Fotos anschauen wolle. Dúi ist hin- und hergerissen, er möchte die Bilder, die ihn so gestört haben, nicht mehr sehen, doch seine Neugier ist stärker, vielleicht auch seine Eitelkeit, denn wer weiß, ob der Mann nicht doch noch mehr gute Fotos von ihm besitzt.

Während er nach Olli ruft, folgt er dem Fotografen zur Kellertür und betritt hinter ihm die Wohnung. Der Tisch ist mit Bildern bedeckt, sie sind sortiert, nach einem bestimmten System geordnet, das er nicht durchschaut. Der Fotograf nimmt einen der Stapel, breitet die Fotos aus und schaut Dúi erwartungsvoll an. Dúi beugt sich über die Bilder, viele davon hat er noch nicht gesehen. Sie sind alle von ihm, merkwürdig, so viele Bilder von sich selbst zu sehen, als sei er etwas Besonderes, ein toller Hecht.

Da spürt er die Hand des Fotografen auf seinem Rücken, spürt ihre Wärme durch das dünne Hemd, spürt, wie der Mann ihn kurz und fest streichelt.

Dúi versteift sich und merkt, wie ihm das Blut in den Kopf schießt. Der Mann gräbt ihn an, das ist eindeutig, er betatscht ihn, was bildet der sich eigentlich ein?!

Er schlägt die Hand des Fotografen weg und sagt laut: Wo ist Olli?! Stürzt zur Tür. Der Mann folgt ihm und sagt hastig, nein, ich will nicht, dass der Hund reinkommt.

Dúi reißt die Tür auf. Olli, der geduldig draußen auf sein Herrchen gewartet hat, schlüpft durch die Tür und landet genau auf dem Fuß des Fotografen, der ihn instinktiv wegstößt.

Dúis Gesicht wird aschfahl, er packt den Mann am Hemdkragen, schüttelt ihn, schubst ihn gegen die Wand und schreit ihn an, ob er etwa gerade seinen Hund getreten habe, trittst du etwa meinen Hund, du verdammtes Arschloch!

Der Fotograf ist entsetzt über die plötzlich veränderte Situation, versteht nicht, was er dem Mann getan hat und verteidigt sich nicht. Dúi ist wie im Wahn, er sieht rot, er sieht nichts mehr, weiß nur, dass er diesen Mann schlagen muss. Er greift nach dem erstbesten Gegenstand, einem alten Regenschirm, der im Flur steht, und prügelt mit voller Wucht auf den Mann ein, so dass die Schläge auf ihn niederprasseln und er sich schützend die Hand vors Gesicht halten muss. Er fleht Dúi an, damit aufzuhören, er habe doch gar nichts gemacht, geht dann in die Knie und stürzt fast zu Boden, doch Dúi hört nichts, schlägt weiter auf den Mann ein, bis er Blut an seinem Ohr sieht.

Da hört er auf, ringt nach Luft, schwankt, packt Olli, der sich verängstigt an die Wand gedrückt hat, stürmt mit ihm nach draußen, weiß nicht mehr, wer er ist, wohin er geht, steht zitternd mit dem Hund auf dem Arm vor der Kellertür, sieht den Handwagen in der Hitze auf dem Rasen stehen, reißt ihn mit, rennt davon, rennt vor sich selbst davon.

Nanna wollte ihrer Kinderfrau das Baby zeigen. Sie genoss es, die kleine Senna in dem schicken französischen

Kinderwagen vor sich herzuschieben, spähte verstohlen hinauf zu den Fenstern der Häuser und hoffte, dass alle sie beobachteten. Die Kinderfrau, die in dem Viertel wohnte, war schon lange in Rente und lebte alleine im Erdgeschoss eines kleinen Hauses. Nanna hatte sie seit vielen Jahren nicht mehr gesehen, seit sie ins Ausland gegangen war, hatte ihr aber immer geschrieben. Im letzten Brief hatte sie ihr erzählt, sie komme nach Hause und werde sie dann sofort besuchen und ihr das Kind zeigen. Die Kinderfrau saß in der Herbstsonne vor ihrem Haus und sah nicht, wie Nanna ihr zuwinkte, starrte nur vor sich hin, die Krücken im Schoß fest umkrallt.

Nanna erschrak, als sie sah, wie alt ihre gute Amme geworden war, das weiße Haar, der krumme Rücken. Als Nanna ihren Namen rief, schaute sie langsam auf, betrachtete verwundert den sich nähernden Kinderwagen, schien die Frau, die ihn schob, jedoch gar nicht wahrzunehmen. Nanna schmerzte es, sie so zu sehen. Sie hatte diese gute Frau sehr gern. Sie hatte Nanna auf die Welt geholt und sie später als Pflegekind bei ihrer Tante regelmäßig besucht und nach dem Rechten gesehen. Dann kam sie immer, setzte sich auf den Küchenhocker, zog Nanna zu sich, strich ihr sanft über die Wange, schaute ihr mit eindringlichem Blick in die Augen und flüsterte, wie geht es dir, meine süße, kleine Nanna, und wie läuft es in der Schule? Dann wollte sie Nanna am liebsten die ganze Zeit auf dem Schoß haben, während sie mit der Tante Kaffee trank. Im Frühling wollte sie immer ihr Zeugnis sehen und war stolz wie eine Mutter, wenn Nanna gute Noten hatte. Sie hatte selbst einen Sohn bekommen, doch der war auf See ertrunken.

Jetzt umarmte und küsste Nanna ihre Kinderfrau, bis die Alte sie endlich erkannte und sagte, ich erkenne dich immer am Geruch, liebste Nanna, aber ich kann nicht mehr so gut sehen.

Wie rieche ich denn?, fragte Nanna und lachte, obwohl sie fürchtete, seltsam zu riechen. Das ist ein Geheimnis, das ich mit ins Grab nehmen werde, entgegnete die Amme, und wie du siehst, bin ich schon auf dem Weg dorthin. Ich habe mir im Winter das Bein gebrochen, und der Bruch will nicht heilen. Meine Körperzellen haben aufgegeben und sich vielleicht irgendwie infiziert, aber ich möchte mich von den Ärzten nicht auf den Kopf stellen lassen.

Sie unterhielten sich kurz über Körperzellen, ein Thema, das sie beide interessierte. Dann bekam Senna Schluckauf, und Nanna erinnerte sich an sie. Das ist mein Kind, von dem ich dir in dem Brief erzählt habe, sagte sie und drehte den Kinderwagen so, dass die Amme dem Baby ins Gesicht schauen konnte. Sie beugte sich vor, musterte es lange und sagte schließlich, was für ein hübsches kleines Mädchen du da hast, Nanna, und dieses pechschwarze Haar. Sie lächelte Mutter und Kind abwechselnd an und kniff dabei ein Auge zu, denn die Herbstsonne war sehr penetrant.

Nanna setzte sich zu ihr auf den Bürgersteig und wollte wissen, was alles geschehen war, seit sie sich zuletzt gesehen hatten. Die Kinderfrau antwortete ihr bestmöglich, ohne viele Worte über ihre Lebensumstände zu verlieren, so wie in den wenigen Briefen, die sie Nanna ins Ausland geschickt hatte. Sie war zerstreut und unterbrach ihren lückenhaften Bericht mit Bemerkungen über den Kinderwagen. Sie war hingerissen von ihm und betrachtete ihn lange. Nach einer Weile sagte sie schließlich, ich hatte auch mal einen schönen Kinderwagen für meinen kleinen Sohn.

In diesem Moment wusste Nanna, dass die Amme ihren Sohn bald wiedersehen würde, und wurde traurig. Wenn ihre Kinderfrau starb, gab es niemanden mehr, der sie gern gehabt hatte, als sie klein war. Ihren Vater schloss sie aus. Der konnte ihr gestohlen bleiben, er lebte mit seiner Familie im Ausland. Sie hatte das letzte Mal mit ihm telefoniert, als sie auf dem Gymnasium gewesen war. Danach hatte sie beschlossen, nie wieder mit ihm zu reden.

Die Frau hatte sich geschminkt und danach nicht aufgeräumt, die Schminksachen nicht zurück in ihren Kulturbeutel gesteckt. Wahrscheinlich ging sie davon aus, dass das Zimmermädchen das schon machen würde. Außerdem hatte sie Make-up im Waschbecken verschmiert. Und das bekam man kaum weg, man brauchte ewig dafür, dabei musste Senna noch massenweise Zimmer saubermachen. Sie hasste Leute, die so viel Dreck hinterließen. Zu allem Überfluss war der Mülleimer randvoll mit benutzten Tampons. Und sie musste das alles putzen – die Erbin höchstpersönlich! Ihre Eltern würden es noch bereuen, ihr diese wertvolle Zeit geraubt zu haben, in der sie sich selbstredend mit Literatur hätte beschäftigen sollen. Wenn die nur wüssten, was für eine gute Geschichte sie gerade schrieb. Aber sie wussten es natürlich nicht, es gab so vieles, was sie nicht von ihr wussten. Sie ahnten nicht, für welchen Weg sie sich entscheiden würde.

Zum Erstaunen aller fand Nanna nicht so leicht Zugang zu Gylfis Familie wie umgekehrt.

Damit hatte niemand gerechnet, aber wahrscheinlich waren die beiden selbst schuld daran, hatten seine Familie vielleicht zu stiefmütterlich behandelt. Nanna war Gylfis große Liebe, und er wollte sie nie mehr loslassen. Nach drei Monaten hielt er um ihre Hand an. Und als sie ja gesagt hatte, wollte er möglichst schnell heiraten. Diese Pläne kamen der französischen Familie sehr gelegen. Nannas Eltern wollten sich schon lange beruflich zurückziehen, ihrer Tochter die Leitung der Firmen übergeben und in ihre Villa an der Riviera ziehen. Doch der Gedanke, ihr einziges Kind in der Luxuswohnung in dem schicken Stadtviertel zurückzulassen, hatte sie bisher davon abgehalten. Mit einem zuverlässigen Schwiegersohn an Nannas Seite sah die Sache schon ganz anders aus. Die Hochzeit wurde vereinbart, und Gylfi rief zu Hause an. Seine Mutter war keineswegs erfreut, als sie von den Plänen hörte, im Gegenteil. Sie stellte nur trocken fest, sie habe sich etwas anderes gewünscht, als dass er eine Französin heiraten würde. Außerdem hätte sie die Frau gerne besser kennengelernt, er hätte sie mal mit nach Hause bringen sollen, bevor er einen so großen Schritt machte. Denn obwohl Gylfis Eltern, denen die Leidenschaft ihres Sohnes für Literatur durchaus bekannt war, nie damit gerechnet hatten, dass er mal den großen Hof übernehmen würde, hatten sie zumindest immer gehofft, ihn im Alter in ihrer Nähe zu haben. Gylfis Vater hatte sich bei einer Auseinandersetzung mit einem gemeingefährlichen Hengst das Rückgrat gebrochen, war schon lange bettlägerig und konnte nicht zur Hochzeitsfeier kommen, doch seine Mutter gab klein bei und fuhr hin. Die eigentliche Hochzeit war schlicht, doch anschließend wurde prunkvoll und groß gefeiert. Nanna versuchte, in ihrer charmanten Art Kontakt zu ihrer Schwiegermutter zu knüpfen, war aber wenig erfolgreich. Dasselbe galt für ihre Eltern und Verwandten, sie versuchten vergeblich, das Eis zu brechen, doch die hochgewachsene, stämmige blonde Frau, die eiskalt verkündete, sie könne mit dem ganzen Prunk nichts anfangen, war ihnen geradezu unheimlich. Nanna ließ der Auftritt ihrer Schwiegermutter jedoch unbeeindruckt. Ich habe nicht sie, sondern dich geheiratet, sagte sie zu Gylfi. Und dann gehörte die Luxuswohnung mit den sieben Zimmern ihnen, zudem leisteten sie sich noch eine Haushälterin und ein ausländisches Au-pair-Mädchen, die beide im Dachgeschoss wohnten. Gylfis Arbeitszimmer ging zu dem ruhigen Garten hinaus, damit er die Magnolienbäume blühen und in der Ferne den Eiffelturm sehen konnte, wenn er nachdachte. Während sich sein Computer allmählich mit Literatur, Theaterstücken und Gedichten füllte, häufte Nanna Geld an und wurde immer aktiver in der Finanzwelt. Beide mochten ihre Arbeitsbereiche, und wenn Nanna abends nach Hause kam, nahmen sie gemeinsam eine leichte Mahlzeit ein, falls nichts anderes anstand, sie nannte ihm ihren Tagesumsatz, und er las ihr laut vor, was er geschrieben hatte. Sie vergötterten einander. Oft dankten sie dem Schöpfer dafür, dass er sie zusammengeführt hatte. Ein harmonischeres Paar konnte man sich kaum vorstellen, das wussten sie selbst und auch alle anderen, die sie kannten.

9

Der Birkenwald ist außer Kontrolle geraten.

Er hat einen guten Standort für seine Wurzeln mit Schutz vor dem Nordwind gefunden, wo er nicht von Schafen behelligt wird, hat sich kurzerhand in der Heide ausgebreitet, die Hügel gefressen, die zuvor das Land formten. Vor lauter Ästen sieht man keinen kahlen Fleck mehr, sie sind überall ausgetrieben, gewachsen und gewuchert, haben Fußwege und Landmarken verschlungen. Hjálmar hat sich mit den Kindern im Wald verirrt.

Sie quengeln und fragen, ob sie nicht bald beim Wasserfall seien, und Hjálmar murmelt immer nur, gleich, gleich. Er wollte eine Abkürzung durch den Wald nehmen, die er schon als Junge gegangen war, stellte sich einen netten, kurzen Waldspaziergang mit den Kindern vor, ohne sich darüber im Klaren zu sein, wie stark der Wald gewachsen war. Er hätte nie gedacht, dass er sich mal in einem Birkenwäldchen verlaufen würde, doch jetzt weiß er tatsächlich nicht, welche Richtung er einschlagen soll.

Der Himmel ist unergründlich, bedeckt, das Licht scheint von überallher zu kommen. Hjálmar verflucht den Wald, verflucht die Leute, die sich nicht darum gekümmert haben, ihn zu lichten. Er bleibt stehen, während er nachdenkt, legt den Arm um die Kinder, die sich fest an ihn drücken, nirgendwo ein Hügel in Sicht, auf dem sie eine Verschnaufpause einlegen können. Er versucht, Ruhe zu bewahren, sagt schleppend, er verstehe das einfach nicht, schaut sich suchend um, der Wasserfall müsse hier irgendwo sein, ob sie nichts hören würden? Sie lauschen, hören aber nur den Ruf einer Bekassine.

Sie gehen weiter, Hjálmar macht den Weg frei und schiebt Zweige zur Seite, die ihm die Sicht versperren. Die Angst nagt an ihm, wahrscheinlich geht er im Kreis, er hält verzweifelt Ausschau nach Orientierungspunkten, bittet Gott den Allmächtigen, ihm aus diesem undurchdringlichen Wald zu helfen.

Dabei geht ihm durch den Kopf, dass Gott ihn womöglich testet, ihn für seinen Egoismus bestraft, er presst die Lippen zusammen und betet mit Inbrunst. Wie hätte er denn ahnen können, dass er sich in einem lächerlichen Birkenwäldchen verläuft? Die Bäume gehen ihm gerade mal bis kurz über den Kopf, sind aber hoch genug, dass er nicht über sie hinwegschauen kann.

Die Kinder klagen über Durst. Er hat vergessen, etwas zu trinken mitzunehmen, geschweige denn Butterbrote, das sollte ja nur ein kurzer Ausflug werden. Endlich entdecken sie eine freie Stelle, zwei Hügel, an denen die Äste aus irgendeinem Grund vorbeigewachsen sind. Sie setzen sich und schnappen nach Luft. Die Kinder sitzen zusammen auf einem Hügel und starren ihn an.

Er versucht, locker zu wirken, tja, Kinder, da haben wir uns wohl im Wald verlaufen wie Hänsel und Gretel, seht ihr irgendwo Brotkrumen? Sie schauen sich um, und er erkennt an ihrem Gesichtsausdruck, dass sie das Märchen entweder vergessen oder noch nie gehört haben.

Zwei wehrlose Kinder auf einem Hügel. Gestraft mit einem Vater, der sie mit ins Ungewisse schleppt, der kein großes Interesse am Vatersein hat, der glaubt, dass sich die Dinge immer von selbst lösen, der ein genauso schlechter Vater ist wie sein eigener. Was wohl aus ihnen wird, wenn sie groß sind? Was wohl aus ihm wird?

Da fällt ihm der Fluss ein. Irgendwo hat er kurz nach dem Losgehen einen Fluss durch die Bäume schimmern sehen. Wenn er den fände, könnte er die Anhöhe sehen, auf der er den Wagen geparkt hat.

Hört ihr den Fluss rauschen?, fragt er, und alle lauschen und schauen dabei in den Himmel. Hören nur die Bekassine. Tropfen fallen ihnen ins Gesicht, es hat angefangen zu regnen. Zieht eure Windjacken an, sagt Hjálmar. Immerhin war er so schlau, ihnen die Windjacken um die Hüften zu binden, bevor sie losgegangen sind.

Durch den Regen marschieren sie hinter ihrem Vater her. Er weiß nicht, was sie denken, glaubt aber, dass sie das Vertrauen in ihn verloren haben, das Vertrauen in ihren Papa. Der sie noch nicht einmal aus einem lächerlichen Birkenwäldchen führen kann, sie durch den Regen irren lässt, so dass sie schon klatschnass sind.

Später werden sie sich an ihn erinnern, ach ja, der Papa, der war ein berühmter Künstler, von allen bewundert, aber er konnte uns nichts bieten, hatte nie Zeit, wollte immer Abkürzungen nehmen, aber wohin die führen sollten, wissen wir auch nicht, er besaß nichts, noch nicht einmal ein Haus, sondern wohnte bei seiner Mutter, er hat uns nichts vererbt und starb mittellos, einsam und alt.

Papa, sagt seine Tochter, ich glaube, da ist der Fluss. Sie hat recht, da ist der Fluss, er hätte ihn wahrscheinlich gar nicht bemerkt, weil er in diese deprimierenden Gedanken vertieft war.

Der Fluss entpuppt sich als ziemlich breit. Auf den ersten Blick ist keine Furt zu sehen. Hjálmar geht am Ufer hin und her, späht ins Wasser und sucht nach einer Stelle, wo es am flachsten ist. Ich trage euch einzeln rüber, sagt er dann und will zuerst seinen Sohn huckepack nehmen, weil er der Jüngere ist. Aber deine Schuhe werden ganz nass, sorgt sich der Kleine. Hjálmar geht gar nicht darauf ein, hievt ihn auf seine Schultern, watet über den Fluss und setzt ihn am anderen Ufer wieder ab. Als er ihn runterlässt, hat es seinem Sohn die Sprache verschlagen, und die Bewunderung in seinem Blick ist unübersehbar. Der große, starke Papa, der alle rettet. Hjálmar watet wieder zurück, um seine Tochter zu holen, und während er sie über den Fluss trägt, fällt er die Entscheidung, dass seine Kinder sich einmal mit Respekt an ihn erinnern sollen, wenn er tot ist.

Der Regen trommelt gegen die Kirchenfenster.

Doch seine Kompositionen werden von Boccherinis Sonaten erstickt, die durch die Kirche hallen. Nur ab und zu in den Pausen zwischen den Sätzen hört man den Regen, stupide und monoton. Ein Sommerregen, mit dem niemand gerechnet hat, die meisten Konzertbesucher haben keine Jacken dabei und spähen immer wieder zum Fenster in der Hoffnung, dass es bald aufklart.

Die Luft ist warm, aber Finnur hat sich auf Schauer eingestellt. Die Erfahrung hat ihn gelehrt, sich auf alle

Eventualitäten einzustellen, und der sandbraune Regenschirm liegt neben ihm. Er hatte ihn auch bei dem Sommerkonzert in Deutschland dabei, war auch dort auf alles vorbereitet, zumal das Konzert unter freiem Himmel stattfand. Da fiel hingegen kein Tropfen vom Himmel. Aber er traf einen Komponisten, der ihm erzählte, er ahme die Geräusche des Regens in seiner elektronischen Musik nach. Ein netter Kerl, mit dem man gut plaudern konnte, aber seine Musik wollte Finnur nun wirklich nicht hören. Und sie wurde diesmal auch nicht gespielt, zum Glück.

Mit geschlossenen Augen erkennt er die Klänge der Bratsche besser. Er lauscht ihrem besonderen Charakter, sehnt sich danach, anschließend mit jemandem darüber reden zu können. Immer gehe ich alleine zu Konzerten, denkt er verdrossen.

Es hätte beispielsweise Spaß gemacht, mit Nanna über die Bratsche zu diskutieren. Sie hätte bestimmt etwas zu ihr zu sagen gehabt. Erst hätte sie sich seine Meinung angehört, sie halbwegs mit einem kurzen Kopfnicken gebilligt und dann ihre Sichtweise in die Waagschale geworfen. Hätte sich höflich, aber bestimmt geäußert, und damit die Grundlage für ein langes Gespräch über Musik geschaffen. Da fallen ihm die CDs ein, die er in Deutschland für sie gekauft hat. Er hat sie ihr noch nicht gegeben. Dúi hatte erzählt, sie sei nicht zu Hause, Nanna und Gylfi seien wahrscheinlich angeln gefahren. Nanna und angeln? Was für ein Blödsinn. Und warum hatte Gylfi ihn nicht eingeladen, mitzukommen? So viele angelfreie Wochenenden, und das im Hochsommer?

Finnur seufzt schwer, als er an das Verhalten seines

Neffen denkt. Lange Zeit war es ein ungeschriebenes Gesetz, dass sie im Sommer an den meisten Wochenenden angeln fuhren. Deshalb planten Hjálmar und er zu dieser Jahreszeit auch keine längeren Reisen, selbst wenn sie vielleicht hin und wieder mal wegfuhren, so wie er letztens, weil Gylfi im Ausland gewesen war und an dem Wochenende keine Aussicht auf Angeln bestanden hatte. Und da Gylfi sich nicht meldete, hatte er einfach beschlossen, zu diesem Sommerkonzert aufs Land zu fahren. Woraufhin Hjálmar mit den Kindern einen Ausflug unternommen hatte, genauso verwundert über Gylfi wie er. Natürlich hätten sie ihn einfach darauf ansprechen sollen, ihn direkt fragen sollen, ob sie nicht bald zum Angeln führen. Einfach darauf beharren. Es war wirklich seltsam, wie schwer es ihnen fiel, Gylfi auf etwas anzusprechen.

Als nach dem zweiten Satz eine kurze Pause eintritt, schreckt er aus seinen Gedanken hoch und hört ganz kurz den Regen, der wie erwartet nachgelassen hat.

Mit den Gedanken bei dem sanften Sommerregen wird er noch trauriger. Ein Traumwetter für Angler, er ist einfach nicht am richtigen Ort.

Er räuspert sich und richtet sich auf seinem Platz auf. Es bringt nichts, in Selbstmitleid zu versinken, er muss sich auf die Musik konzentrieren und schließt wieder die Augen.

Die Musik trägt ihn über Ozeane und Gebirge, in bewaldete Täler, wo Menschen vor einem kleinen Landgasthof ein Streichkonzert geben. Vier gutaussehende junge Leute, zwei Geiger, ein Cellist und – eine Bratschistin. Mit zarten Gesichtszügen und wunderschönem Haar.

Wo sie wohl jetzt sein mag? Er ruft sich ihr Bild ins Gedächtnis, sieht den schlanken Arm, der den Bogen hält. Ihr Gesicht und ihre Haare werden deutlicher, er will ihr in die Augen schauen, doch sie blickt nach unten auf ihr Instrument.

Da hört er einen falschen Ton. Registriert ihn sofort, reißt die Augen auf und schaut seine Sitznachbarn fragend an. Keine Reaktion, sie haben nichts gehört. Er lächelt bei sich, vielleicht waren die Noten nicht ganz eindeutig, ein kleiner Zusatzstrich an einer unglücklichen Stelle konnte einen großen Unterschied machen.

Doch sobald Finnur das Notenheft vor dem geistigen Auge hat, die Anweisungen des Komponisten an den Interpreten, sieht er andere Zeichen. Ziffern. Die Anweisungen des Eigentümers an den Buchhalter.

Da sieht er eine falsche Rechnung. Die hatte er noch gar nicht bemerkt. Er erschrickt, greift automatisch nach dem Regenschirm, der neben ihm liegt, wird unruhig und will sofort gehen, kann aber natürlich nicht mitten im Konzert aufstehen. Er knetet den Regenschirm mit beiden Händen, als würde er einen Lappen auswringen. Seine Unruhe stört die Frau neben ihm. Sie sieht ihn kühl an. Er hört auf mit dem Gefummel und starrt wie vom Donner gerührt vor sich hin.

Im Regen strömen die Cafés einen betörenden Duft aus.

Sie sind brechend voll, davor schlendern Touristen mit bunten Regenschirmen auf und ab und warten darauf, dass jemand rauskommt, damit sie reinkönnen.

Ingdís quetscht sich zum zweiten Mal in ein Café und lässt den Blick rasch über die Gäste schweifen, in der

Hoffnung, dass sie einen Bekannten sieht, zu dem sie sich setzen kann. Wenn sie am Wochenende endlich mal nicht die Enkelkinder bespaßen muss, weiß sie nichts mit sich anzufangen. Langweilt sich alleine zu Tode und hat dazu noch Gewissensbisse, die ihr unerklärlich sind.

Sie hebt die Augenbraue, als sie Dúi sichtet. Der Kellner serviert ihm gerade eine Tasse Kaffee. Dúi wirkt zerstreut und sieht nicht besonders glücklich aus, doch davon will sie sich nicht abschrecken lassen, sie sehnt sich nach Gesellschaft. Sie lächelt Dúi an, winkt fröhlich und steuert geradewegs auf seinen Tisch zu. Das schüttet ja vielleicht, sagt sie, pellt sich aus der nassen Jacke und fragt, ob sie sich kurz zu ihm setzen dürfe. Ohne auf eine Antwort zu warten, winkt sie den Kellner heran. Dúi verzieht keine Miene, aber Olli, der ihm zu Füßen sitzt, begrüßt Ingdís wie eine alte Freundin. Sie streichelt den Hund und schwärmt, er sei so niedlich. Dúis Laune bessert sich schlagartig. Was sie nicht anders erwartet hat.

Sie erkundigen sich beim anderen, was es Neues gebe, und Ingdís erzählt, sie sei gerade in der Nähe in einem Laden gewesen und habe auf einmal Riesenlust auf einen Kaffee gehabt, woraufhin Dúi erklärt, er wolle noch einen Kaffee trinken, bevor er zur Arbeit müsse. Er sei auch shoppen gewesen, eine Angelrute und so.

Sie hat den Eindruck, dass er sich auf seinen Unternehmungsgeist etwas einbildet, und fragt, mit wem er denn angeln gehen wolle. Dúi kommt ins Stocken und antwortet dann, wahrscheinlich mit Finnur und Hjálmar. Seinen Chef als zukünftigen Angelpartner zu nennen, bringt er nicht fertig.

Ingdís hebt die Augenbrauen und erzählt, Hjálmar

habe sich gerade noch darüber beschwert, dass er gar nicht zum Angeln komme, Gylfi mache wohl irgendwelche Mätzchen, als wolle er die anderen nicht dabeihaben. Dúi entgegnet, davon habe er nicht viel mitgekriegt, und rührt nachdenklich in seiner Tasse. Er ist so in Gedanken, dass Ingdís beschließt, sich lieber ein Glas Weißwein als einen Kaffee zu bestellen. Sie macht vorsichtig Smalltalk, hält sich ans Wetter und ans Angeln und fragt ihn dann beiläufig, ob er zufällig wisse, warum Nanna und Gylfi die anderen nicht mitgenommen hätten? Hjálmar habe sich ein bisschen darüber geärgert, das sei nun mal sein einziges Hobby, und er habe ja nicht oft frei, so sei das eben bei Prominenten, das könne man sich ja vorstellen.

Dúi überlegt und meint dann, dass die beiden vielleicht mal alleine sein wollten. Ingdís weist diese Erklärung entschieden zurück. Erstens interessiere sich Nanna nicht fürs Angeln, und zweitens habe sie oft genug erklärt, dass sie im Sommer ihren Garten nicht im Stich lassen wolle. Dúi nickt zustimmend, aber immer noch nachdenklich, und meint dann, vielleicht wolle sie nicht im Garten arbeiten mit dem ausländischen Fotografen am Hacken, ihm wäre das an ihrer Stelle jedenfalls unangenehm.

Ingdís verschluckt sich. Meinst du diesen Ausländer? Willst du damit sagen, dass der bei ihnen wohnt? Ja, ist in den Keller gezogen, antwortet Dúi mit düsterer Miene. Ingdís kann ihre Empörung nicht verbergen. Dieser Ausländer, dieser Macho, bei Nanna im Keller? Ja, ja, sagt Dúi, erfreut über ihre Reaktion, er hat mir selber erzählt, dass Gylfi es ihm angeboten hat. Aber wahrscheinlich ohne Nannas Wissen, dabei hockt der Mann ihr den ganzen Tag auf der Pelle und starrt sie durchs Kellerfenster an.

Sie wechseln wortlos einen Blick, und Ingdís kräuselt angewidert die Oberlippe. Daraufhin sagt Dúi: Er hat Olli getreten.

Ingdís holt mit offenem Mund tief Luft, neigt dann den Kopf, als sei sie der Wahrheit auf den Grund gegangen, und legt sich die Hand auf die Brust. Also doch, sagt sie, ich wusste es. Er ist also doch Muslim. Ich wusste es, auch wenn er nicht über seine Religion sprechen wollte. Die hassen Hunde. Sie werfen mit Schuhen nach Hunden, und wenn sie mit Schuhen nach Menschen werfen, geben sie damit zu erkennen, dass sie die genauso geringschätzen wie Hunde. Jetzt weißt du's. An deiner Stelle würde ich gut auf Olli aufpassen. Außerdem unterdrücken sie Frauen, fotografieren sie deshalb auch nicht und steinigen sie, wenn sie etwas verbrochen haben. Und ich habe gehört, dass sie Homosexuelle töten. Das ist ja allseits bekannt. Aber sie sind wohl sehr kinderlieb.

Dann fällt ihr auf, dass sie als Spezialistin für die Weltreligionen natürlich noch einiges mehr weiß. Sie räuspert sich und fügt hinzu: Aber natürlich gibt es auch gute Muslime, genau wie bei den Christen, und es ist ein himmelhoher Unterschied zwischen Muslimen und fanatischen Islamisten, ich habe nur wiedergegeben, was man so erzählt.

Dennoch bleiben die Worte hängen, wie immer, wenn jemand öffentlich seine Meinung herausposaunt.

Erfreut, wie gut sich der Tag in Bezug auf Geselligkeit und Abwechslung doch noch entwickelt hat, schöpft Ingdís aus den Tiefen ihres Wissens über diverse Weltreligionen, nippt dabei eifrig an ihrem Wein und lenkt das Interesse ihres Zuhörers besonders auf den Islam mit Verweisen auf die Suren des Koran, von denen sie einige auswendig kann.

Dúi hört beeindruckt zu. Er schafft es nicht, auch nur eine einzige Frage einzuwerfen. Schließlich beendet sie ihren Vortrag mit einem Seufzen und sagt mit belehrender Stimme: Dir muss also klar sein, dass zwischen radikalen Islamisten und normalen Muslimen ein langer Weg liegt.

Die Belehrung geht Dúi zum einen Ohr rein und zum anderen wieder raus. Nur ein Wort ist hängengeblieben, und über das hat er während ihres gesamten Vortrags nachgedacht. Hastig fragt er, ob sie ihn feminin fände.

Ingdís stutzt, sie hatte mit einer bewundernden Reaktion auf ihr Fachwissen gerechnet, aber nicht mit einer ichbezogenen Frage, die zu allem Überfluss überhaupt nichts mit ihrer Erörterung zu tun hat, weshalb sie entgegnet, ja, allerdings. Sie sieht Angst in seinen Augen, will ihre Worte abmildern und kommt ins Philosophieren, na ja, du bist halt so ein Typ, wie man sich einen sensiblen Dichter oder Komponisten vorstellt.

Am Ende löst der Wein ihre Zungen.

Nach der Szene vor dem Haus sind sie beide bestürzt und niedergeschlagen. Hjálmar hat kein Wort gesagt, seit sie sich an den Tisch gesetzt haben, noch nicht einmal das Essen seiner Mutter gelobt, was er sonst immer tut, wenn es gut schmeckt.

Sein Streit mit Ása vor dem Haus geht ihm nicht aus dem Kopf. Es ärgert ihn, dass die Emotionen mit ihm durchgegangen sind. Es wäre besser gelaufen, wenn er ruhig geblieben wäre, souverän und vernünftig reagiert hätte. Ausgerechnet er, der vor der unerbittlichen Kamera die gesamte Gefühlspalette spielen oder völlige Abgeklärtheit demonstrieren konnte, hatte seine eigenen Gefühle in Wirklichkeit nicht im Griff. Die Kinder steuerten seine Gefühle. Das hatte er gemerkt, als er vor ihrer Mutter stand und sie anschrie, innerlich vor Wut zitternd. Sie hätte ihn niemals so auf die Palme gebracht, wenn die Kinder ihnen nicht zugehört hätten. Ása war die Schuldige, fand er. Erst überließ sie ihm die Kinder, obwohl kein Papa-Wochenende war, weil es ihr zufällig in den Kram passte, dann wollte sie sie wiederhaben, weil sie spontan zu einer Grillparty eingeladen worden war, zu der alle ihre Kinder mitbrachten und wo es gut aussah, wenn man seine Kinder auch dabeihatte. Als wären sie Stofftiere – heute sollen alle ihre Stofftiere mit in den Kindergarten bringen, deshalb bringe ich meine auch mit.

Er hatte den Kindern gerade aus dem Jeep geholfen, als Ása in ihrer kleinen Pupskarre angerauscht kam und sie mitnehmen wollte. Als die Kinder ihre Mutter sahen, erzählten sie ihr sofort aufgeregt, sie hätten sich im Wald verirrt und der Papa hätte sie über den Fluss getragen. Ásas Gesicht verhärtete sich. Eiskalt und ohne Hjálmar eines Blickes zu würdigen befahl sie den Kindern, in ihren Wagen zu steigen, sie führen zu einer Grillparty. Da musste er eingreifen. Er fand das ungerecht, weil er selber für die Kinder grillen wollte. Also sagte er, sie habe doch versprochen, dass er die Kinder bis Sonntagmittag haben könne, wenn er sich recht erinnere, habe sie ihn sogar gebeten, sie zu nehmen.

Er hatte sogar darüber nachgedacht, Grillgut zu kaufen und es mit zu Nanna zu nehmen, denn nach dem Schauer schien die Abendsonne, und die Kinder waren so gerne bei ihr. Sie hätte bestimmt nichts gegen ein bisschen Gesellschaft gehabt, zumal Gylfi nicht zu Hause war.

Ása hatte ihn angezischt. Ihm vorgeworfen, er denke immer nur an seinen eigenen Scheiß und an seine Karriere. Dabei hatte seine Karriere nun wirklich gar nichts damit zu tun. Aber er musste sich nun mal verteidigen, weil die Kinder dabei waren. Sonst hätte er sich das gar nicht erst angehört, wäre einfach reingegangen und hätte ihr die Tür vor der Nase zugeknallt. Er empfand nichts mehr für diese Frau, und verstand nicht, was er damals an ihr gefunden hatte. Er war ein Idiot gewesen, hatte sich von ihrem tollen Körper narren lassen, war fast durchgedreht vor Geilheit, wenn er nur neben ihr stand. Er hatte mal von einem Mann gehört, der die Brüste einer Frau mehr liebte als die Frau, der die Brüste gehörten. Vielleicht war das bei ihm auch so gewesen, jedenfalls am Anfang.

Es ärgert ihn, dass er sich draußen auf dem Bürgersteig von ihr hat provozieren lassen, vor den Kindern. Obwohl sie nach der Trennung einvernehmlich beschlossen hatten, immer höflich zueinander zu sein, ja, sogar liebenswürdig, wenn die Kinder dabei waren. Doch jetzt war alles aus dem Ruder gelaufen, nur weil er nicht so reagiert hatte wie sonst, wenn sie die beleidigte Leberwurst spielte. Womit sie meistens Verachtung für seine Erziehungsmethoden oder seine knapp bemessene Zeit demonstrieren wollte. Normalerweise hätte er vor ihr auf die Knie fallen müssen, wenn sie sich über ihn beklagte oder ihn dafür kritisierte, dieses oder jenes mit den Kindern gemacht zu haben, anstatt etwas anderem, das sie für besser und pädagogisch wertvoller für »ihre Kinder« hielt. Es waren immer »ihre Kinder«, wenn sie mit ihm über sie sprach, besonders wenn er mal wieder viel im Rampenlicht gestanden hatte. Hjálmar hätte nicken und zugeben sollen, dass er etwas falsch gemacht hatte, tat es aber nicht. In seinem Inneren hatte sich etwas verändert, ein Gefühl war geboren, als er seine Kinder über den Fluss getragen hatte. Äußere Ereignisse verändern den Menschen. Hjálmar wird sich nicht mehr damit zufriedengeben, als Elternteil immer an zweiter Stelle zu stehen. Seine Ehre ist angegriffen. Das sind seine Kinder, seine Erben. Er wird für sein Recht kämpfen, für ihr Recht, für seine Würde, er weiß nur noch nicht, mit welchen Waffen.

Sie stritten sich heftig auf dem Bürgersteig, bis seine Mutter auf den Balkon trat und sagte, sie sollten leiser sein, die ganze Straße würde sie hören. Sie hatten sich darüber gestritten, wer von ihnen der bessere Elternteil sei, als stünde das überhaupt zur Debatte. Und die Kinder hatten bedrückt zugehört.

Hjálmar stochert schweigend in den Fleischstücken herum, während Ingdís fieberhaft nach einem Thema sucht, das ihn interessieren und aus seiner Höhle locken könnte, in die er sich gerade zurückzieht. Sie kennt dieses Verhalten, so saß er früher auch immer da, wenn sein Vater durch die Tür polterte, besoffen und streitsüchtig. Dann schaute Hjálmar wie paralysiert auf seinen Teller und verzog sich dann in seine imaginäre Höhle wie ein Fuchswelpe, der von einem Jäger verfolgt wird. Anschließend brauchte sie oft mehrere Tage, um ihn wieder herauszuzerren. Darauf folgte eine mehrwöchige Therapie, die darin bestand, sein Selbstbewusstsein wieder aufzubauen, ihn zu stärken, seine Vorzüge aufzuzählen, ihn zu lobhudeln. Das hatte schließlich auch zum Erfolg geführt, inzwischen war er ein gefragter Filmschauspieler und konnte weltberühmt werden, wenn er sich nur anstrengte, da war sie sich ganz sicher. Wenn er nur nicht so nachlässig mit dem Geld umgehen würde … dabei hatte sein Halbbruder doch ein goldenes Händchen.

Da muss sie an Gylfis und Nannas Haus denken. Vielleicht kann sie Hjálmar ja mit den neusten Neuigkeiten auf andere Gedanken bringen. Sie leert ihr Glas in einem Zug und sagt dann ganz beiläufig, sie habe vorhin Dúi getroffen. Hjálmar interessiert das nicht besonders. Ja, sagt sie und wippt leicht mit dem Kopf, und der meinte, es müsse doch schwierig für Nanna sein, diesen ausländischen Fotografen bei sich im Keller zu haben, der sie die ganze Zeit anglotzt, wenn sie im Garten arbeitet.

Wie Fotograf im Keller?, wiederholt Hjálmar und starrt seine Mutter an, als sei sie nicht ganz bei Trost.

Während sie im Stillen dem Alkohol für seine unfehlbare Wirkung dankt, sagt sie bedächtig, Gylfi habe dem Mann wohl die Wohnung angeboten. Doch dieser Dunkelhäutige sei offenbar ein Fanatiker, der Hunde trete, er habe nämlich Olli getreten, aber diese Leute hätten natürlich ihre Sitten und Gebräuche, schließlich wolle nicht jeder mit einem Hund im Bett schlafen, und bei dem Wort Bett muss sie automatisch an das Verhältnis zwischen Mann und Frau denken, woraufhin sie auf die

Unterdrückung von Frauen zu sprechen kommt, über die sie eifrig philosophiert und einfach alles rauslässt.

Ihr Sohn starrt auf sein Weinglas, während sie große Reden schwingt.

Als sie keinen Anklang findet, kommt sie wieder zu sich, merkt, dass sie sich vielleicht zu sehr in Rage geredet hat, lächelt entschuldigend und will Wein nachschenken.

Da stürzt er vom Tisch, so dass sie ihn nur noch von hinten sieht.

Erst als Ingdís die Tür ins Schloss fallen hört, wird ihr klar, dass er weg ist. Einfach abgehauen. Hat noch nicht mal diesen köstlichen indischen Eintopf aufgegessen, mit dem sie ihm und den Kindern nach dem Ausflug eine Freude machen wollte.

Es ist nicht der Alkohol, der ihn antreibt, nicht der Wind, der ihn vorwärtsträgt, denn der bläst launisch in höheren Gefilden, weder der Alkohol noch der Wind, sondern eine Vorahnung oder Unruhe, wie sie Tiere vor einem Vulkanausbruch erfasst, er meint, sich beeilen, am besten laufen zu müssen. Dabei redet er sich ein, das sei nur die Anspannung nach dem Stress mit Ása und den Kindern, Vorahnungen gehören nicht in die Welt eines intelligenten Menschen, es sei denn, er ist eifersüchtig, trotzdem steuert er in Richtung Gylfi und Nanna.

Die Regenpause, die für den Rest des Tages Hoffnung auf Sonne gemacht hat, hält nicht lange an, und er ist durchnässt, als er bei ihrem Haus ankommt.

Es strahlt Leere aus.

Doch Hjálmar denkt nicht mehr, überlegt nicht mehr, was er tun soll, er strotzt vor Tatkraft und wird sich davon überzeugen, dass Nanna unversehrt ist, dass kein Ausländer sie belästigt hat, weiter denkt er nicht.

Als niemand auf sein Türklingeln reagiert, stockt er plötzlich, schiebt die Hände in die Hosentaschen und schaut auf seine Füße, unentschlossen, wie der nächste Schritt aussehen soll. Da schießt ihm ein neuer Gedanke durch den Kopf, er ist so entsetzt, dass er die Hand aus der Tasche reißt und sich damit fest übers Kinn streicht. Sind Nanna und der Ausländer womöglich zusammen da drinnen und machen sich nicht bemerkbar? Hat er es geschafft, sie zu bezirzen, dieser Schuft? Attraktiv ist er ja. Hjálmar tastet in der Hosentasche nach seinem Handy und ruft im Haus an. Er hört das Telefon drinnen schrillen und denkt, sie gehen nicht ran. Er fühlt sich schlapp, geradezu hilflos, als hätte sich die ganze Welt gegen ihn verschworen, und bevor er sich versieht, steht er vor den Schlafzimmerfenstern. Diesmal sind die Gardinen zugezogen. Er geht am Haus entlang, wirft einen kurzen Blick auf die verlassene, regennasse Veranda, marschiert geradewegs zur Kellertür, klopft, bis ihm die Knöchel wehtun, rüttelt ungestüm an der Türklinke. Dann schaut er durchs Fenster, sieht niemanden.

Vor Erregung keuchend stürmt er um das Haus herum, entdeckt dann zu seiner Erleichterung, dass das Fenster zur Waschküche halb offen steht. Ohne über die Ursachen oder Folgen seines Tuns nachzudenken, quetscht er sich mühsam durch das Fenster.

Als er aus der Waschküche tritt, ist alles still, doch er lässt sich von der Stille nicht täuschen, geht sofort zum Schlafzimmer und reißt die Tür auf. Das Bett ist gemacht, keine Menschenseele im Raum, trotzdem geht er rein, dann weiter ins Ankleidezimmer, schiebt die Kleidungsstücke auf der Stange zur Seite, um sicherzugehen, dass sie sich dort nicht verstecken, weil sie ihn gehört haben. Hastet durchs Haus, von einem Zimmer ins nächste, bis er vor Nannas Schreibtisch steht und sich eingestehen muss, dass das Haus leer ist. Erst da kommt er wieder zu sich.

Er wird melancholisch, steht da und starrt die Dinge in Nannas Regalen und auf ihrem Schreibtisch an. Viele merkwürdige Dinge, sie sammelt alles Mögliche. Er bemerkt die Mappe, die neben dem Computer liegt, und kann sich nicht beherrschen, sie aufzumachen. Sie enthält Blätter mit Texten, Übersetzungen, auf denen hier und da eine Anmerkung steht, außerdem ausgedruckte Fotos von Insekten und Kräutern, Details, die keine Aufgabe haben, nur farbenfroh sind. Er betrachtet die Fotos, während er versucht, wieder runterzukommen, seinen Atem zu beruhigen, und ist ziemlich perplex, als er ein Bild von sich selbst entdeckt. Ein großes ausgedrucktes Foto. Er starrt es an, eine Großaufnahme, auf der er bei Nanna am Tisch sitzt, sein Gesichtsausdruck ironisch, der Blick, den er dem Fotografen zuwirft, hitzig.

Hjálmar vertieft sich in das Bild.

Da klingelt es an der Tür.

Ohne hektisch zu werden legt er das Foto zurück an seinen Platz und geht mit gemächlichen Schritten zur Tür, als seien er und das Haus gemeinsam gealtert, als wohne er schon lange dort. In seinem Kopf haben sich zwei Frauenbilder eingeprägt, beide am selben Tag. Sie rufen unterschiedliche Empfindungen in ihm hervor.

Das dritte Frauenbild steht draußen auf dem Bürgersteig. Seine Mutter in Hausschlappen mit einem roten Regenschirm und beunruhigtem Gesicht. Was machst du hier, Hjálmar?, flüstert sie.

Sie gehen unter ihrem Regenschirm nach Hause und bringen beide kein Wort über die Lippen.

Die Sonntagmorgen sind heilig.

Dann schläft sich die Stadt von den Ausschweifungen des Wochenendes aus, und die Vögel vergnügen sich in der Stille, singen Duette für Finnur, der alle Fenster öffnet, damit er ihren Gesang besser hören kann.

Das sonntägliche Frühstück bereitet er stets penibel vor, kauft am Tag vorher diverse Käsesorten und Marmelade im Feinkostladen, nimmt hübsches Geschirr, legt eine Stoffserviette über die Brötchen, damit sie warm bleiben, und setzt sich so hin, dass die Sonne ihm ins Gesicht scheint und er das Treiben der Vögel in dem kleinen Garten beobachten kann. So früh sonntagmorgens wird er von seinem Neffen nie gestört, und meistens auch von sonst niemandem, er rechnet auch gar nicht damit, und es stört ihn nicht, Olli für einen Moment rauszulassen, damit er sein morgendliches Geschäft verrichten kann.

Sorgfältig schmiert er sein Brötchen, überfliegt dabei die Schlagzeilen in der Zeitung, die links neben ihm liegt, freut sich darauf, sie zu lesen, und weiß gar nicht, wie er reagieren soll, als Dúi in Unterhosen in die Küche stapft und die Kühlschranktür aufreißt. Schweigend verfolgt Finnur, wie sein Neffe aus einer Zweiliterflasche gierig Limonade trinkt. Als Dúi seinen Durst gestillt hat, sieht er seinen Onkel nervös an. Da rutscht es Finnur heraus, wohl weil er aus diversen Gründen pikiert ist: Warum schläfst du nicht im Schlafanzug, Junge?

Es nervt ihn, wenn die Leute sich nicht um ihre Kleidung kümmern oder nicht darauf achten, welche Sachen bei bestimmten Anlässen angemessen sind, doch als er die hoffnungslosen Augen seines Neffen sieht, bekommt er Mitleid und fragt teilnahmsvoll, was denn los sei. Mitleid kann Dúi nicht widerstehen, schließlich hat er einen Kater, unter dem sein Selbstbewusstsein leidet, also setzt er sich mit der Limoflasche in der Hand seinem Onkel gegenüber und erzählt ihm, nachdem er sich fest über Stirn und Nacken gestrichen, auf den Boden gestarrt und deprimiert den Kopf geschüttelt hat, von seinem Ausrutscher. Berichtet hastig von der Auseinandersetzung mit dem Fotografen im Keller.

Finnur hört zu, lässt ihn zu Ende erzählen und fragt dann nach Details, möchte mehr über die Gründe und die genaue zeitliche Abfolge wissen. Er lädt dich also ein, Fotos anzuschauen, streicht dir über den Rücken, dann will er Olli nicht reinlassen und versetzt ihm einen Tritt, daraufhin packst du den alten Regenschirm und schlägst zu, zeig mir doch mal, wie er dir über den Rücken gestrichen hat.

Dúi muss Finnur zeigen, wie sie bei dem besagten Streicheln gestanden haben, er und der Fotograf, zeigt es ihm ein paarmal, und Finnur schaut nachdenklich vor sich hin. Dann erklärt er, man müsse diese Berührung unter kulturellen Gesichtspunkten betrachten, denn in Ländern, in denen Frauen sich im Hintergrund halten müssten, seien Berührungen zwischen Männern vermutlich üblicher, es sei ja schließlich ganz menschlich und normal, einander zu berühren, und wenn die Männer die Frauen nur zu Hause berühren dürften, könne es ja sein, dass die Männer einander unabsichtlich berührten, wobei er sich mit den Geschlechterverhältnissen in südländischen und orientalischen Gesellschaften nicht auskenne. Aber zeig mir doch mal genau, wie er Olli getreten hat.

Sie nehmen die Tür zum Garten als Anschauungsobjekt, und Dúi muss ihm mehrmals zeigen, wie der Fotograf den Hund mit der Fußspitze getreten und ihm dann die Tür vor der Schnauze zugeknallt hat. Finnur überlegt, zweifelt die Aussage seines Neffen nicht an, meint aber, er habe mal gehört, dass das Verhältnis zu Hunden in gewissen Ländern anders sei als bei ihnen. Da unten betrachte man Hunde nicht als Haustiere, sondern als Nutztiere, die draußen gehalten werden müssten. So ähnlich wie früher auf dem Land, als er klein war, da durfte der Hund nie in die Küche. Außerdem habe er gehört, ohne sich ein Urteil darüber anmaßen zu wollen, dass man da unten auf Hunde herabschaue und grundlos mit Schuhen nach ihnen werfen dürfe. Aber wie konntest du nur so gewalttätig werden, Junge?

Damit hat er den wunden Punkt getroffen, Dúi will und kann es nicht erklären und schüttelt nur resigniert den Kopf. Finnur sieht ihn eindringlich an, legt ihm den Arm um die Schulter und zwingt ihn, ihm ins Gesicht zu schauen. Er wiederholt den Ablauf der Ereignisse noch einmal, du schlägst ihn also mit einem alten Regenschirm, wirfst den Schirm dann weg, rennst raus, weißt nicht, ob du ihn am Kopf getroffen hast, er vielleicht gegen die Wand geknallt ist, wie hast du den Mann denn zurückgelassen? Jetzt zieh dir mal eine Hose an, Junge!

Olli scheint den Ernst der Lage zu verstehen, er hat kaum einen Mucks von sich gegeben, seit er am Morgen in den Garten gelassen wurde.

Im Handwagen kauert er sich zusammen, als sei ihm kalt, obwohl es an diesem Sonntagmorgen überdurchschnittlich warm ist. Dúi schiebt den Wagen, während Finnur ernst neben ihm hergeht. Die Straße schläft, sie begegnen keinem einzigen Menschen, nur zwei Katzen laufen ihnen über den Weg, aber Olli hält es für überflüssig, sie anzubellen.

Dúi zögert, als sie bei Gylfis und Nannas leerer Einfahrt angelangt sind, doch Finnur schiebt ihn mit ausdrucksloser Miene vorwärts. Olli macht keine Anstalten, in Nannas Garten zu wollen, bleibt still im Handwagen sitzen und tut so, als döse er. Dúi ist leichenblass. Finnur geht zur Kellertür und klopft mehrmals höflich an. Er greift nach der Türklinke, doch von innen ist abgeschlossen. Daraufhin späht er durchs Fenster, das zum Garten liegt, erkennt das Schlafsofa und davor den Tisch, alles wirkt friedlich, aber der Flur, in dem der Vorfall stattfand, ist vom Fenster aus nicht einsehbar.

Er fragt Dúi, ob ihn an dem besagten Tag jemand gesehen habe, was Dúi nicht glaubt. Dann fragt er, ob der Fotograf ein Auto gehabt hätte, aber Dúi kann sich nicht erinnern, in der Einfahrt habe jedenfalls kein Auto gestanden, aber er hätte es ja auch anderswo in der Straße parken können. Allerdings, sagt Finnur und sieht Dúi finster an, dir ist ja wohl klar, dass das jetzt schon Tage her ist und da drinnen eine Leiche liegen könnte, bist du bereit, dir das anzusehen?

Für Dúi gilt dasselbe wie für jeden anderen: Er möchte

dem Tod nicht auf jene Weise begegnen, die sein Onkel ihm soeben vor Augen führt. Ihm wird schlecht, er lässt sich auf die Wiese fallen und starrt in die Baumkronen.

Finnur nimmt einen Schlüsselbund aus der Tasche, einen Ersatzschlüssel für das Haus seines Neffen, einen Universalschlüssel, der auf alle Türen passt. Dúi sieht ihn verwundert an und schnappt nach Luft, als Finnur einfach die Kellertür aufschließt und reingeht.

Falls der Fotograf bewusstlos oder tot im Flur gelegen hat, wurde seine Leiche weggeschafft. An der Wand und auf dem Fußboden sind keine Anzeichen eines Kampfes zu sehen. Die Wohnung ist leer. Finnur sucht nach Hinweisen auf den Bewohner. Der Raum, der als Wohnzimmer, Schlafzimmer und Küche in einem dient, ist sauber und ordentlich, kein Bettzeug und keine herumliegenden Klamotten, der Küchentisch ist sauber, das Spülbecken trocken, der Kühlschrank halbleer. Er wirft einen Blick in die kleine Toilette, sieht weder Zahnbürste noch Rasierschaum auf der Glasablage über dem Waschbecken. Der Mann hat seine Siebensachen zusammengepackt, wohin er auch gegangen sein mag. Auch der alte Regenschirm ist nirgends zu sehen.

Da fällt Finnurs Blick auf einen Stapel Papier neben dem Drucker auf dem kleinen Arbeitstisch beim Schlafsofa. Dann hat der Mann das Land also doch noch nicht verlassen.

Finnur fällt ein, dass Nanna ihre Bücher über Gartenpflanzen immer auf diesem Tisch liegen hatte.

Er blättert den Stapel durch, eher gedankenlos als interessiert. Ausgedruckte Fotos von Menschen, Häusern, Seen, Flüssen, Booten in Häfen, weiter unten in dem

Stapel Bilder von ihm, von Dúi, Gylfi, Hjálmar, und ganz unten ein Foto in einer Plastikhülle. Damit es geschützt ist. Die Qualität des Fotos ist schlecht, und Finnur vermutet, dass es mit einem Handy aufgenommen wurde.

Er starrt das Bild lange an und traut seinen eigenen Augen nicht.

Was die Leute sich in fremden Häusern oder Hotels erlaubten! Zu Hause würden sie sich niemals so benehmen, wahrscheinlich aus dem einfachen Grund, weil sie da selber saubermachen mussten. Kackten die ganze Kloschüssel voll und zogen danach nicht mal richtig ab. Was sollte das, lebten die noch in Lehmhütten?

Eigentlich hätte Senna ein Handyfoto von dieser Sauerei machen und es ihren Eltern schicken sollen, damit sie schwarz auf weiß sahen – ja, in der Tat schwarz auf weiß! –, was sie alles ertragen musste, während sie ihre Hotels putzte. Sennas Freundinnen hatten tolle Restaurant-Jobs, servierten ausländischen Gästen in Nussöl gebratenen Fisch mit Balsamico und Chardonnay in großen, dünnen Weingläsern und wurden dabei angeglotzt, weil sie so blond und sexy waren. Die würden sich vor ihr ekeln, wenn sie ihnen ein Bild von der Kloschüssel schickte. Würden bestimmt lachen oder sie bemitleiden, was noch schlimmer wäre, weil sie als Tochter des Hotelbesitzers diesen Drecksjob machen musste. Dabei sollte sie eigentlich an einem hübschen Schreibtisch mit Blick auf den Eiffelturm sitzen und an einem Roman schreiben. Schließlich hatte sie die ganzen Philosophen studiert, selbst die steinalten, um sich auf ihren Beruf vorzubereiten. Sie musste so vieles wissen, um eine gute

Schriftstellerin zu werden. Genau wie Gylfi, bevor er Nanna kennengelernt hatte. Wenn sie abends aus der Finanzwelt nach Hause kam, erklärte er ihr alles Mögliche über Philosophie und Literatur. Er las ihr laut seine Gedichte oder einen Akt aus einem Theaterstück vor, das er tagsüber geschrieben hatte. Sie waren glücklich verheiratet.

Senna zieht die Gummihandschuhe an und schaut an die Decke, während sie die Schweinerei der Hotelgäste wegspült, ja, sie waren glücklich verheiratet, dieser Gestank bringt sie noch bei lebendigem Leib um, aber wie soll die Geschichte weitergehen, was kann noch passieren, nachdem man die Liebe gefunden hat und verheiratet ist? Kann überhaupt noch etwas passieren, versinkt man nicht einfach im Alltag, in jener Wirklichkeit, in der sie sich selbst auch befindet? Aber sie muss mit der Geschichte weitermachen, muss weitermachen, sonst kann sie das Leben nicht ertragen, was soll sie jetzt geschehen lassen, was nur?

Sie weicht von der Kloschüssel zurück, kann in dieser Situation nicht in eine andere Welt hinübergleiten, schafft es einfach nicht, ihr Kopf weigert sich, ist zu sehr mit dem Gestank der Scheiße beschäftigt. Also beißt sie die Zähne zusammen, schrubbt, desinfiziert und wischt den Boden, bis sie kurz vorm Kollabieren ist. Steht dann mit den Händen in den Gummihandschuhen an der Tür, betrachtet ihr Werk, das blitzsaubere Badezimmer, und denkt bei sich, dass das nicht jeder hingekriegt hätte. Als sie die Tür der ehemals stinkenden Zelle zuzieht, kommt ihr Geist wieder zur Ruhe. Die Fortsetzung ist da, zwar nicht viel, nur ein kurzes Stück, aber es reicht, um ihre

Laune zu bessern und ihr den Glauben an sich selbst zurückzugeben.

Sie feierten jedes Jahr den Tag, an dem sie sich zum ersten Mal begegnet waren. Nahmen am selben Ort wie damals die Metro, fuhren bis zur Endstation und wieder zurück. In den ersten beiden Jahren standen sie eng beieinander an der Haltestange und sagten kein Wort, aber danach wurden sie etwas lockerer, setzten sich, wenn Plätze frei waren, und unterhielten sich über Gott und die Welt.

Senna deponiert die Gummihandschuhe, die Putzmittel und Lappen auf dem Wagen, der im Flur steht, schließt die Zimmertür und holt tief Luft, bevor sie ihn zum nächsten Zimmer schiebt, inständig hoffend, dass die Übernachtungsgäste dort nicht solche Schweine sind.

Am Ende des Flurs sieht sie drei Männer, den Hoteldirektor und zwei andere, die in ihre Richtung kommen, dann abrupt stehen bleiben und über irgendein Thema diskutieren, Golf oder so was. Da schießt ihr zum wiederholten Mal der Gedanke durch den Kopf, den Hoteldirektor zu fragen, ob sie nicht eine andere Aufgabe im Hotel übernehmen könne, zum Beispiel das Frühstück vorbereiten oder in der Küche helfen, schließlich habe sie inzwischen ausreichend Erfahrung als Zimmermädchen gesammelt.

Sie geht langsam auf die Männer zu, möchte den Direktor nur kurz um ein Gespräch bitten, sobald er Zeit hat, und tritt lächelnd näher. Seine beiden Begleiter, gutaussehende junge Männer in teuren Anzügen, verstummen, als sie bei ihnen angelangt ist. Der Direktor wirft ihr einen raschen Blick zu und unterhält sich dann weiter, möchte offenbar nicht unterbrochen werden, doch da fällt ihm der eine Mann ins Wort, nickt mit dem Kopf in ihre Richtung und sagt: Will das Schlitzauge jetzt hier putzen?

10

Die Gumpe ist voller Fische.

Der Fluss ist friedlich und sanft. Gylfi kennt jeden Fels, jeden Stein, jede einzelne Biegung des Flusses, weiß, wo sich das Wasser bricht, weiß, wo die Fische sind. Am liebsten steht er in den oberen Gumpen in der Nähe des Nebenflusses. Er benutzt eine kleine Trockenfliege, damit er das Anbeißen mitverfolgen kann, will den Lachs oberhalb der Stromschnelle halten.

Der Himmel ist verhangen, es nieselt, ist dabei warm und windstill. Gylfi merkt, dass einer anbeißt, spürt die Spannung in sich aufwallen, jetzt gibt es nichts Wichtigeres auf der Welt als diesen Fisch. Er tippt auf achtzehn Pfund. Aus Erfahrung weiß er, dass der Kampf beim Frühjahrsangeln am größten ist, und dieser hier ist keine leichte Beute. Was ihn freut, denn je heftiger die Auseinandersetzung, desto besser kann er abschalten. Der Kampf löscht alles andere aus seinem Kopf.

Er kann den Fisch von der Seite gut halten, so dass er schnell müde wird.

Der Wind dreht sich, und innerhalb einer Dreiviertelstunde fängt er vier Lachse, die er wieder zurücksetzt.

Die Fliegensammlung steht am Ufer. Er legt die Angelrute beiseite und mustert die Fliegen. Als er eine von

Finnurs Lieblingsfliegen entdeckt, gerät sein stoischer Geist in Aufruhr, und er bekommt ein schlechtes Gewissen, weil er die Jungs nicht mitgenommen hat. Er ist einfach so in den Westen gefahren, ohne sie einzuladen. Nanna wollte sie nicht dabeihaben, auch wenn sie es nicht offen gesagt hat. Aber sie hatte durchblicken lassen, dass sie gerne mal wegfahren und eine Zeitlang ohne andere Leute im Angelhaus verbringen würde. Was ihr gar nicht ähnlich sah, normalerweise war sie so gesellig, hatte immer Lust auf Gäste und sich vor allem noch nie besonders für das Angelhaus interessiert, geschweige denn fürs Angeln.

Womöglich hatte ihr Sinneswandel etwas mit dem Aufenthalt des Ausländers in der Kellerwohnung zu tun. Wahrscheinlich war es ein Fehler gewesen, dem Jungen die Wohnung anzubieten, Nanna hätte das vielleicht nicht gewollt. Gylfi hat es ihr irgendwie angemerkt, sie hatte so ein Gesicht gezogen, allerdings nichts gesagt. Dabei hatte er dem Mann nur einen Gefallen getan, weil er sich nicht von ihm beim Fluss fotografieren lassen wollte. Und deshalb die Schuld auf sich genommen und keinen Ton gesagt, als Nanna meinte, sie sollten diesmal nur zu zweit fahren. Er wollte den häuslichen Frieden nicht gefährden, das mussten die Jungs doch verstehen.

Trotzdem fürchtet er sich vor ihrer nächsten Begegnung, sie werden nie glauben, dass es Nanna war, die sie nicht dabeihaben wollte. Wo sie doch immer so nett zu ihnen ist und um sie herumscharwenzelt. Manchmal versteht er Nanna einfach nicht, obwohl sie sich von Kindesbeinen an kennen. Er kann es nicht fassen, dass sie es ihm auf diese Weise heimzahlen will. Das sieht ihr überhaupt nicht ähnlich. Und sie hat auch gar nicht erwähnt, wie lange sie im Angelhaus bleiben möchte.

Er vermisst die Jungs. Er wird ihnen einfach sagen, Nanna hätte im Angelhaus Großputz machen wollen oder so. Das war noch nicht mal gelogen, vorhin war sie an den Schlafzimmerfenstern zugange, hatte die Vorhänge ausgewechselt, wenn ihn nicht alles täuscht.

Während er eine Fliege auswählt, denkt er darüber nach, wie lange sie wohl im Angelhaus bleiben will, versucht aber dann, die Menschen aus seinem Kopf auszusperren und sich auf die Landschaft zu konzentrieren.

Da taucht Nanna auf. Er erkennt ihre hellgrüne Regenjacke im Nieselregen.

Als sie näher kommt, sieht er, dass sie eine Thermoskanne in der Hand hält. Einen Kaffee kann er jetzt gut gebrauchen, wobei er hofft, dass sie ihn nicht lange stören wird. Sie setzt sich zu ihm ans Ufer, zieht zwei Plastikbecher aus ihrer Jackentasche, schenkt Kaffee ein und fragt, ob er vor der nächsten Schlacht nicht einen ordentlichen Schluck gebrauchen könne. Gedankenverloren bejaht er.

Sie trinken schweigend. Nanna inhaliert den heißen, feuchten Kaffeedampf und sagt plötzlich, wenn wir wieder in der Stadt sind, kümmern wir uns um die Sache mit dem Fluss und lassen ihn auf meinen Namen überschreiben, damit Senna ihn auch sicher erbt. Dann kann ihr nichts passieren, wenn es mit den Hotels nicht klappt.

Sie will also zurück in die Stadt, ist das Erste, was er denkt. Darüber, dass der Fluss in ihren Besitz übergehen soll, macht er sich keine Gedanken, zumal das nicht aktuell ist, denn er hat andere Pläne. Sie trinken den Kaffee aus, und als sie ihm einen Kuss auf die Stirn drückt, sagt sie, sie werde im Bett ein bisschen lesen, er solle beim Reinkommen leise sein und auf gar keinen Fall wie üblich alle Lampen einschalten, es sei ja abends noch hell.

Nachdem sie gegangen ist, kämpft er eine weitere Stunde. Alleine im Fluss bei den Fischen und der abendsanften Natur, während das Glück durch seine Adern strömt.

Die Biene landet im Hot Pot. Schlägt verzweifelt mit den Flügeln, hatte das Wasser gesehen und wollte davon trinken, ohne zu wissen, dass es heiß ist – wie soll sie auch wissen, dass das Wasser in diesem Land kochend heiß aus der Erde kommen kann, sie ist ja nur eine Einwanderin wie viele ihrer Gattung und lebt noch nicht lange hier.

Nanna nimmt die Schöpfkelle, die immer am Poolrand bereitliegt, um Fliegen herauszufischen, die versehentlich ins Wasser getappt sind. Sie steigt aus dem Pool, schöpft die nasse Biene in die Kelle und will sie zusammen mit dem Wasser in die Büsche schleudern in der Hoffnung, dass sie in ihrer vertrauten Umgebung wieder zurechtkommt. Dabei stellt sie sich jedoch so ungeschickt an, dass die Biene aus der Kelle fällt und auf der Terrasse beim Windschutz landet. Dort zuckt sie ein paarmal und bleibt dann still liegen. Etwas frustriert über das Ergebnis lässt Nanna sich wieder in den Pool gleiten. Dann betrachtet sie lange den gelbbraunen Rumpf dieses armen kleinen Teufels, der von morgens bis abends um seine Existenz kämpft, und beschließt, ihn später mit einer Fliegenklatsche zu entfernen.

Nachdem das Bienensummen verstummt ist, hört sie wieder das Rauschen des Flusses. Gylfi ist seit dem frühen

Morgen an der Flussbiegung, hat weder Verpflegung noch sein Handy dabei, denn er will es nicht anders. Er könnte tot da unten liegen, ohne dass sie es wüsste. Alleine am Fluss. Normalerweise wären sein Bruder und sein Onkel dabei oder zumindest irgendwo in der Nähe. Nanna wird unruhig, wenn sie ihn mehrere Stunden lang nicht gesehen hat, möchte ihn aber auch nicht ständig mit unerwarteten Kaffeebesuchen stören, weil sie gemerkt hat, dass ihn das nervt. Aber vielleicht wäre es gar nicht so dumm, sich unauffällig und ohne dass er es bemerkt, runter zum Fluss zu schleichen und nach ihm Ausschau zu halten. Er würde überhaupt nicht mitkriegen, dass sie sich nach ihm umsieht. Das fände er nämlich kindisch, was es natürlich auch ist, denn in diesem Land sind Männer es gewohnt, sich alleine draußen in der Natur aufzuhalten. Trotzdem würde sie kurz nach ihm schauen, sobald die Arbeiten drinnen erledigt wären, sie wollte ohnehin noch ein paar Fotos von Kräutern und Insekten machen.

Nanna bleibt noch eine Weile im Hot Pot, legt den Hinterkopf auf den Poolrand und beobachtet das Spiel der Wolken, die über den klaren Himmel ziehen, fixiert eine von ihnen, um genau zu verfolgen, wie sie sich verändert. Das tun sie nämlich, wenn man sie aus dem Auge lässt, als legten sie es darauf an, einen zu überlisten. Als sie für einen Moment unaufmerksam ist, den Kopf nach links dreht und zu der Biene beim Windfang schaut, nur ganz kurz und dann wieder hinauf zu den Wolken, da hat sich deren Form natürlich schon verändert. Wie immer kapituliert sie und gibt dem Wasser die Schuld für ihre Unaufmerksamkeit.

Knapp zwei Stunden später tritt sie mit der Kamera

auf die Terrasse und knipst ein paar Fotos von der Biene. Setzt sich dann auf einen Stuhl und betrachtet gerade die Bilder in der Kamera, als sie sieht, wie die Biene sich rührt. Nanna traut ihren eigenen Augen nicht. Die Biene lebt noch, nachdem sie in neununddreißig Grad heißem Wasser herumgepaddelt ist. Musste sich nur kurz erholen. Sie flattert mit den Flügeln, schwankt ein wenig, bereitet den Abflug vor und steigt in die Lüfte, blitzschnell, als sei überhaupt nichts geschehen, als hätte sie nie ein Problem gehabt.

Lange sitzt Nanna grübelnd mit der Kamera im Schoß auf dem Stuhl.

In der Heide oberhalb des Flusses, aus der Birken und Weiden ragen wie kleine Elfen, wachsen Blaubeeren und Krähenbeeren, dazwischen verbirgt sich ein reges Insektenleben, eine ganz eigene Welt, die man nur mit Geduld kennenlernen kann. Nanna liegt ausgestreckt zwischen den Hügeln und fotografiert mit dem Teleobjektiv. Ein paarmal wechselt sie den Ort, geht näher zum Fluss und dem kleinen Nebenarm, wo sie Gylfi vermutet, und schaut sich beim Aufstehen jedes Mal um. Gerade will sie ihre Position wechseln, als ihr Blick auf das Nest fällt.

Ein verlassenes Nest, halb versteckt zwischen Steinen in einer Mulde bei einem Birkenstrauch, gut geschützt vor übellaunigen Frühlingsstürmen und gierigen Raubvögeln. Das Nest ist geschickt gebaut, sie streicht darüber und versucht zu erraten, welchem Heidevogel es gehört. Nanna ist nicht sehr bewandert in Ornithologie und bewundert die einstigen Bewohner des Nestes dafür, einen so sicheren Schutz für ihre Jungen gebaut zu haben, ein gutes Heim.

Das Nest war in seinem Haus.

Es war ein großes, stattliches Holzhaus mit einem gemauerten Keller. Eine geschnitzte Balustrade umgab das Haus zwischen Keller und Erdgeschoss und war besonders prunkvoll an den Ecken, wo sie in einem sanften Bogen nach außen schwang.

An der südlichen Hausecke nistete ein Drosselpärchen.

Nanna und Gylfi beobachteten den Nestbau akribisch und freuten sich mit den Drosseln, als die Jungen aus den Eiern schlüpften. Dann begann die Nahrungssuche, das Drosselpärchen flog unermüdlich mit Würmern im Schnabel hin und her, war vollauf beschäftigt mit den Jungen, die nie genug kriegten, weshalb die Kinder sie nach Kräften unterstützten. Sie sammelten in Gylfis und manchmal auch in den Nachbargärten Würmer in Plastikbechern, krochen durch sämtliche Gärten, denn es war schwierig, die Würmer zu finden, wenn es nicht gerade geregnet hatte. Um sie zu den Jungen zu bringen, brauchten sie eine Leiter, weil sie sonst nicht an das Nest herankamen. Den ganzen Tag waren sie damit beschäftigt. Während der eine mit einer Handvoll Würmer die Leiter hinaufkletterte, stand der andere mit dem Becher unten und hielt die Leiter fest, anschließend tauschten sie. Das Drosselpärchen hatte nichts gegen ihre Hilfe einzuwenden, nahm sie dankbar an und setzte die eigene Nahrungssuche unbeirrt fort.

Zum Entsetzen der Kinder begannen die Jungen bald, aus dem Nest zu hüpfen und schlingerten durch den Garten, noch flugunfähig. Sie machten sich große Sorgen, denn es gab sehr viele Katzen in der Straße, und es war anstrengend, diese vom Garten fernzuhalten, besonders von der Südecke, zumal gleichzeitig die Jungen gerettet und wieder ins Nest gesetzt werden mussten. Eine richtige Schufterei, weil sie nicht vergessen durften, die Leiter zwischendurch wegzustellen, damit die Katzen die Situation nicht ausnutzten.

Eines Tages, als sie die Leiter aufgestellt hatten und ins Nest schauten, waren die Jungen verschwunden. Auch im Garten waren sie nirgends zu sehen. Die Kinder gerieten in Panik, dachten, die Jungen seien in der Nacht, während sie schliefen, aus dem Nest gehüpft, und die Katzen hätten alle aufgefressen. Doch dann beruhigte sie Gylfis Mutter und sagte, die Jungen könnten jetzt fliegen und würden ganz weit oben in den Bäumen wohnen.

Die Fliege kräuselt die Wasseroberfläche.

Eine helle Fliege, neu in der Sammlung, der gute alte Fliegenbinder hatte sie mit einem Düsenjäger aus dem Zweiten Weltkrieg verglichen und knüpfte große Hoffnungen an sie. Er hatte sie Gylfi mit vor Erwartung zitternder Stimme gegeben, als würde auch er den Fluss erleben, dabei erlebte er ihn nur noch durch Gylfis anschließende Erzählungen. Er war nämlich an den Rollstuhl gefesselt und kam nicht weg.

Gylfi hat die Schnauze voll, ist schon den ganzen Morgen auf den Beinen, und die Gumpe ist immer noch voller Fische. Nach diesem Trip würde er dem Fliegenbinder keine saftigen Geschichten erzählen können. Wo der arme Kerl doch so gerne mit ihm übers Angeln plauderte. Auf ihn wartete, mit dem Rollstuhl vorbeigefahren kam, sobald Gylfi wieder in der Stadt war, der alte Türsteher, früher einer der verwegensten Angler im ganzen Land, mit dem man stundenlang über das Verhalten der Lachse philosophieren konnte. Vor dem Autounfall hatte er zusammen mit Gylfi geangelt und ihm sämtliche Kniffe beigebracht.

Die bringen ihm jetzt nichts. Manchmal vermisst er seinen alten Angelkameraden, vermisst auch Finnur und Hjálmar, weil es dazugehört, seine Erlebnisse nach einem schönen Tag mit anderen zu teilen. Mit Nanna kann man nicht übers Angeln reden. Er hat es einmal versucht, wollte ihr die Aufregung vermitteln, die einen packt, wenn man einen fetten Lachs an der Angel hat. Sie sah ihn nur an und meinte, weißt du, wie sehr sie sich quälen, wenn sie mit dem Kopf schlagen und versuchen, von der Angel loszukommen? Woraufhin er es aufgab, mit ihr über sein Hobby zu sprechen. Sie probierte noch nicht einmal den Fisch und sagte, sie habe als Kind einen Sommer lang jeden Tag hellroten Fisch essen müssen, weil der Mann ihrer Tante Angler gewesen sei. Gylfi setzte die Fische meistens zurück und tötete sie nur, wenn sie ohnehin nicht überlebt hätten, weil sie zu tief geschluckt hatten, so dass es aus den Kiemenrändern blutete.

Hinter ihm duftet das Heidekraut, ein Goldregenpfeifer singt, der Fluss rauscht, die Luft ist schneidend klar, die Pracht der Natur rührt ihn zu Tränen. Er ist dankbar für das Privileg, mit ihr alleine sein zu dürfen. Dabei meint er manchmal, er sei gar nicht alleine, als beobachte ihn jemand, stehe hinter seinem Rücken, so dass er sich immer wieder umschaut, wenn dieses Gefühl ihn überkommt. Ob Nanna da irgendwo herumstreift, ihn sieht, aber nicht stören will? Er weiß, dass sie Käfer beobachten wollte, Fotos machen wollte, falls sie eine neue Art entdeckt, manchmal spricht sie über neue Arten, die sich angeblich vermehrt haben, und wartet darauf, dass sich in Island Ameisen ansiedeln.

Die Krabbelviecher waren vielleicht der Grund dafür, dass sie nur zu zweit in den Westen gefahren waren. Sie beide. Das hatte sie sehr deutlich gefordert. Und noch hinzugefügt, sie müsse die Natur beobachten. Mit Betonung auf dem Wort beobachten. Deshalb hatte er es nicht gewagt, Finnur und Hjálmar anzurufen. Dabei wusste sie genau, dass sie zu dieser Zeit immer gemeinsam fuhren, doch der Ton in ihrer Stimme ließ ihn davor zurückschrecken, die Jungs zusammenzutrommeln. Vielleicht hatte sie die Männer ja auch nicht dabeihaben wollen, weil sie sie dann alle hätte versorgen und bekochen müssen. Was natürlich völliger Quatsch war. Als könnten sie sich nicht selbst versorgen, das hatten sie ja sonst auch gemacht. Irgendwie ergab es sich nur immer so, dass sich alle verdrückten, sobald Nanna die Küche betrat. Das war ihr offenbar bewusst. Bei näherer Überlegung fand er jedoch, dass das mit dem Essen viel zu unwichtig war, um eine große Sache daraus zu machen.

Als er ein Platschen im Fluss hört, macht sein Herz einen kleinen Sprung. Im selben Moment hört er im Gebüsch weiter oben am Ufer ein Rascheln, dreht sich schnell um und rechnet damit, Nannas Gesicht zu sehen. Er hat das Gefühl, dass sie ihn beobachtet, er weiß es, merkt es, spürt es mit jeder Faser seines Körpers.

Die Natur hält den Atem an, die Stille ist allumfassend, dann fliegt ein Regenbrachvogel auf.

Als er wegfliegt, bekommt eine neue Idee in Gylfis Kopf Flügel.

Beobachten, hatte sie gesagt, sie wollte beobachten, nicht beobachtet werden. Hatte der Fotograf in der Kellerwohnung sie beobachtet? Hatte er vielleicht ohne ihr Wissen Fotos von ihr gemacht? Jedenfalls hatte sie ein sehr merkwürdiges Gesicht aufgesetzt, als Gylfi ihr erzählt hatte, er habe dem Mann die Kellerwohnung angeboten. Ein beleidigtes Gesicht, sie hatte wortlos ihre Töpfe und Gartenbücher weggeräumt, und Gylfi hatte selber das Bettzeug holen müssen. Was er völlig in Ordnung gefunden hatte, eigentlich sogar ganz gut, denn es zeigte nur, dass sie den Mann nicht attraktiv fand. Wobei das im Grunde seltsam war, wenn er länger darüber nachdachte. Der Fotograf war nämlich genaugenommen sehr maskulin, gutaussehend, fänden Frauen wahrscheinlich. Gylfi hat bisher nur nicht darüber nachgedacht, das muss er zugeben, in seinen Augen war der Mann nur ein dunkelhäutiger Ausländer, irgendein armer Fotografenbengel, dem er einen Gefallen tun wollte.

Gylfi hat das Gefühl, dass er sich eine Weile ausruhen muss. Er holt die Angelschnur ein und hält die Fliege in der Hand, den Düsenjäger. Sie taugt nichts. Der Name taugt nichts. Der Lachs schert sich nicht um Düsenjäger. Er möchte etwas Sanfteres, Schöneres.

Nanna liegt auf dem Bauch am Rande der Schlucht. Sie könnte endlos in das klare vorbeiströmende Wasser schauen, endlos in den Fluss starren und davon träumen, darin zu baden. Dabei weiß sie, dass der Fluss zu kalt ist.

Sie reckt den Hals und schaut in die Gumpe. Sie weiß,

dass jede Gumpe ihren eigenen Schwarm beherbergt, der um den besten Laichort kämpft, ein Wettkampf um Raum, Macht und Respekt. Nach der großen Freiheit im offenen Meer fällt es den Lachsen bestimmt schwer, in die Enge des Flusses zu kommen.

Nanna sieht heftige Bewegungen unten im Wasser, ein Fischschwarm, wenn sie nicht alles täuscht. Die Fische scheinen aufgescheucht worden zu sein und schwimmen sehr schnell flussaufwärts. Sie versucht, ein Foto davon zu machen, und überlegt, ob der Schwarm in Gylfis Richtung schwimmt, der weiter oben steht, sie hat eben noch durch das Fernglas seine Schirmmütze gesehen.

Sie fühlt sich besser, wenn sie weiß, wo er ist. Die Natur ist unberechenbar und nimmt sich, was sie will und wann es ihr passt, ohne vorherige Ankündigung. Nanna bewundert die Ausdauer der Angler, die stundenlang im Fluss an derselben Stelle stehen. So eine Geduld kann sie sich überhaupt nicht vorstellen. Sie müsste sich bewegen, ihr täte alles weh, wenn sie lange am selben Fleck stünde.

Dann dreht sie sich im Heidekraut, das in der Sonne duftet, lächelt zu den Berggipfeln, die sich in der Ferne vom Himmel abzeichnen, und spürt pures Glück durch ihren Körper strömen. Dabei krallen sich ihre Finger unabsichtlich ins Heidekraut, und sie merkt, dass es sich leicht von dem Erdhügel ablösen lässt, als wäre es an manchen Stellen nur lose hineingesteckt. Nanna hat Lust, es an einer Stelle herauszureißen, um zu sehen, was darunter kreucht und fleucht. Wie wenn man das Dach von einem Haus abhebt, das Zuhause einer Familie oder ganzen Sippschaft sieht, die unschuldig da unten herumspaziert und nicht weiß, dass man sie von oben anschaut.

Nanna richtet die Kamera aus, denn sobald man das Hügeldach abnimmt, bricht darunter Chaos aus, und man muss in den ersten Sekunden reagieren, wenn man ein gutes Foto schießen will.

Während sie die Kamera in Position hält, reißt sie mit einer schnellen Handbewegung das Heidekraut weg und schaut durch die Linse. Keine Bewegung. Sie blickt über die Linse hinweg und traut ihren Augen nicht, der Boden ist sauber, kein Tier zu sehen, nur die schöne, braune Farbe. Sie meint, sie müsste den Herzschlag der Welt spüren, wenn sie ihre Hand in die saubere, braune Erde drückt. Sie legt ihre Handfläche auf die Erde.

Der Boden unter dem Heidekraut ist lauwarm.

Die Maulwurfsküche war in ihrem Haus.

Dort waren immer alle Vorhänge zugezogen. Ein Geruch, der an Erde oder Alkohol erinnerte, erfüllte die Küche. Offene Töpfe, aus denen es dampfte, randvoll mit fettem Hammelfleisch und Rüben, standen auf dem pechschwarzen Herd, Sud spritzte auf die Kochplatten und weiter runter auf die Besen, die am Herd lehnten. Auf dem Fußboden stand ein gusseiserner Topf mit gekochten Kartoffeln, in den die Katzen ihre Schnauzen steckten. Die Frau, die mit dem Kochlöffel in der Küche stand, war untersetzt, grobschlächtig und halbblind, das Weiße in ihren Augen war nicht zu sehen. Wenn sie sich bewegte, schwankte sie.

Gylfi traute sich nicht über die Türschwelle, senkte verängstigt den Blick und flüsterte Nanna, die ihn wegzog, ins Ohr, das sei wie die Maulwurfsküche in dem Buch. Sie hatte das Buch auch gelesen und wusste, von welcher Küche er sprach. Dann schob sie ihn in das Zimmer des Kaufmanns, der sein Büro zu Hause hatte und ein guter Mann war, allen Geld gab, die zu ihm kamen, Kindern wie Erwachsenen, und nie betrunken war. Zu ihm wollten sie. Sie brauchten Geld für Luftballons.

Aber der Kaufmann hatte Söhne, die Schnaps tranken wie ihre Mutter, die Gylfi an den Maulwurf erinnerte. Einer wohnte im Keller und war immer besoffen, der andere, der ein Stockwerk über dem Kaufmann wohnte, trank nur am Wochenende Schnaps. Er war mit der Tante verheiratet, die Nanna zu sich genommen hatte. Deren Jungs machten solchen Radau, dass Nanna meist nach unten zum Kaufmann floh, wenn sie in Ruhe lernen und lesen wollte. Eines Tages, als sie in der Ecke beim Kaufmann lernen wollte, holte er seine Pfeife heraus und sagte, ohne von seinen Papieren aufzuschauen, wenn sie später mal mehr lernen wolle, werde er ihr das bezahlen. Und er hielt sein Wort.

Sie spielten öfter im Garten in dem anderen Haus, Gylfis Haus. Manchmal auch drinnen, wenn es regnete, aber nicht oft, denn seine Mutter war so etepetete und lächelte nie. Einmal fragte sie Nanna nach ihren Eltern.

Nanna wollte von Gylfis Mutter gemocht werden und versuchte daher, es ihr so gut wie möglich zu erklären. Als Erstes sei ihre Mutter jung an einer Krankheit gestorben, kurz nachdem sie sie zur Welt gebracht habe, und dann musste ihr Vater zum Arbeiten ins Ausland ziehen, er sei nämlich Musiker, doch als sie noch mehr von ihm erzählen wollte, dass er sie an ihrem Geburtstag und an Weihnachten immer anrief, fing sie an zu stottern und konnte nichts mehr sagen. Sie fühlte sich plötzlich so minderwertig, weil sie keine Mutter hatte und einen Vater, der nicht da war. Gylfis Mutter hob mitleidig die Augenbrauen, als sie vom Tod ihrer Mutter erfuhr, doch als Nanna sagte, sie wohne im Haus des Kaufmanns, schob sie das Kinn vor und blähte die Nasenflügel, als rieche sie etwas.

Von diesem Zeitpunkt an fand Nanna es traurig, in einem Haus zu wohnen, in dem immer alle Vorhänge zugezogen waren.

Die Angelrute liegt im Heidekraut.

Nicht weit von ihr liegt die Schirmmütze. Beide werden nicht wegwehen, selbst wenn sich ihr Besitzer entfernen sollte, denn es ist windstill. Die Sonne lullt das Land ein, es wird ruhig und still wie ein Kind, das nach langem Weinen endlich einschläft, Wind und Regen werden außer Landes gehalten.

Gylfi ist beunruhigt. Er findet es seltsam, dass Nanna nicht kurz am Fluss bei ihm vorbeigeschaut hat, sie ist schon stundenlang allein, hat ihm noch nicht einmal aus der Ferne zugewinkt. Vielleicht war sie bei ihrer Kraxelei durchs Gebüsch und über Abhänge gestürzt, Leute mit Fotoapparaten sind oft unachtsam, weil sie so damit beschäftigt sind, ein gutes Foto zu schießen.

Auf dem Weg zum Angelhaus macht er ein paar Umwege, kontrolliert Plätze, die sie kennt und an denen sie sich aufhalten könnte, schaut sich suchend um, entdeckt sie aber nirgends. Er schwitzt beim Laufen, ist zu dick angezogen, mit solcher Hitze hat er nicht gerechnet, als er am Morgen losging, da war es noch bewölkt und kühl.

Die Tür zum Angelhaus steht offen, er geht über die Terrasse, sieht im Wasser des Hot Pots tote Fliegen schwimmen, auf einem Stuhl daneben ein gelbes Handtuch. Er geht rein, ruft leise ihren Namen, falls sie sich hingelegt hat, tippelt vorsichtig zum Schlafzimmer und stößt die Tür auf. Nanna ist nicht im Haus. Er zieht die Wathose, die Weste und den Pulli aus, selbst im T-Shirt ist ihm noch warm. Sie wird schon zurückkommen, sagt er zu sich selbst, und muss dann wieder daran denken, wie wichtig es ihr war, dass sie diesmal nur zu zweit hochfahren. Fand sie vielleicht, er habe sich in den letzten Monaten nicht genug um ihre Beziehung gekümmert, meinte sie das, als sie gesagt hatte »nur zu zweit«, ohne den ganzen Aufwand, wenn Finnur und Hjálmar mitgekommen wären? Er fand es nie aufwendig, die beiden mitzunehmen, man war ja ohnehin den ganzen Tag draußen beim Angeln, teilweise bis spät in die Nacht hinein. Oder hatte er in letzter Zeit seine ehelichen Pflichten vernachlässigt, hatte sie das mit »nur zu zweit« gemeint? Er hatte in den letzten Monaten viel Stress mit den Hotels gehabt.

Gylfi geht wieder raus, späht in alle Richtungen und beschließt dann, mit dem Grübeln aufzuhören, das bringt einfach nichts.

Plötzlich hat er den Fluss vor Augen. Vielleicht war sie über die Felsen geklettert und gestürzt, hatte den Halt verloren, war in den Fluss gefallen. Die Strömung weiter unten im Fluss ist stark und kann leicht einen Menschen mitreißen. Aber natürlich konnte sie schwimmen und sich retten, falls sie nicht vorher mit dem Kopf auf einen Stein geprallt war.

Er hastet runter zum Fluss. Das Herz schlägt ihm bis

zum Hals. Er rennt zu der Uferstelle, die sich in direkter Linie zum Haus befindet, bleibt dort japsend stehen, schaut den Fluss hinauf und hinunter, unentschlossen, welche Richtung er einschlagen soll, zu den Angelstellen flussabwärts oder zu denen flussaufwärts, doch einer Eingebung folgend geht er flussaufwärts, vielleicht weil er ihre Nähe dort gespürt hat, ohne sie zu sehen.

Das Flussufer ist vielgestaltig, mit Gestrüpp bewachsene Hügel, Felsen und Sandbänke wechseln einander ab. Gylfi stürmt am Ufer entlang, stolpert immer wieder, in seinem Kopf rauscht es.

Er entdeckt sie am Rand der Schlucht.

Sie liegt mit geschlossenen Augen auf dem Rücken, als sei sie in der Sonne eingeschlafen. Gylfi ist so erleichtert, dass ihm die Kräfte schwinden und er sich für einen Moment auf einen Erdhügel setzen muss, bevor er zu ihr geht.

Als er sich neben sie hockt, schlägt sie die Augen auf und sagt: Warum hat er mich nicht mitgenommen?

Gylfi braucht eine Weile, bis er begreift, dass sie ihren Vater meint.

Bevor er weiß, wie ihm geschieht, hat er die Rolle des Seelsorgers übernommen, der Mitgefühl zeigt, tröstet und das Verhalten anderer erklärt, obwohl er es selbst überhaupt nicht versteht. Er führt ihr die Geschichte vor Augen, so wie sie tatsächlich war, ihr Vater habe eine bessere Arbeit im Ausland gefunden, er sei damals jung gewesen, und junge Männer wollten nun mal die Welt erobern, er habe bestimmt gewusst, dass er als Musiker ständig unterwegs sein würde und dass das für ein kleines Kind nicht gut sei. So sei es gewesen. Doch Nanna lässt sich nicht überzeugen und stößt seufzend hervor, eine Frau hätte ihr Kind mitgenommen, sie habe Senna ja auch mitgenommen.

Gylfi weiß das, und es entsteht eine lange Pause. Dann gibt er zu bedenken, ihr Vater habe doch vor ein paar Jahren Kontakt zu ihr aufgenommen und sie eingeladen, ihn zu besuchen, vielleicht hätte sie die Einladung ja annehmen sollen. Es fällt ihm schwer, zu verstehen, dass Nannas Gedanken nach so langer Zeit immer noch um ihren Vater kreisen. Dabei sollte sie doch mit den Gedanken bei ihm sein, ihrem Ehemann, der sie schon viel länger durchs Leben begleitet.

Du bist doch mein bester Freund, nicht wahr Gylfi?, fragt sie nach langem Schweigen. Sie scheint etwas auf dem Herzen zu haben, möchte etwas sagen, doch da streicht er ihr übers Haar. Und sie lässt es bleiben.

Sie betrachten die Umgebung, bestaunen die Schönheit des Flusses, die duftende Vegetation. Nanna spricht von der Erderwärmung der letzten Jahre, deshalb seien Pflanzen gewachsen, wo zuvor nur kahle Hügel waren. Darauf fragt Gylfi, ob sie schon Ameisen gesichtet habe, ob die sich inzwischen angesiedelt hätten. Er sagt es ironisch, findet es ziemlich witzig, dass sie nach Ameisen sucht, und sie findet das auch, wenn sie genauer darüber nachdenkt. Sie entgegnet, sie habe keine Ameisen gesehen, aber stattdessen einen ganzen Schwarm von Lachsen, die mit einem Affenzahn den Fluss hinaufgeschwommen seien, wie aufgescheucht.

Gylfi macht ein verwundertes Gesicht. Er ahnt, was passiert ist, wer die Lachse aufgescheucht hat. Er ist hin- und hergerissen, will unbedingt wieder runter zum Fluss, einen Lachs an die Angel kriegen, wird von Jagdlust gepackt, doch da ist noch eine andere Lust, genauso heftig, die er nicht kontrollieren kann. Lass uns ins Haus gehen, ein bisschen ausruhen, ich gehe dann heute Abend noch mal raus zum Angeln, sagt er zu Nanna. Sie ist anschmiegsamer als der Fluss.

Die Fliegen schlüpfen durch die offenen Fenster ins Haus.

Das Angelhaus brütet in der Hitze und rührt sich nicht, obwohl Senna die Tür aufreißt. Als ein Windstoß durchs Haus weht, stieben die Fliegen vom Küchentisch. Sennas Miene ist finster, sie geht mit entschlossenen Schritten durchs Haus, wie üblich mit knallenden Absätzen, aber niemand reagiert. Die Tür zum Schlafzimmer ist angelehnt, und sie tritt ein.

Ihre Eltern schlafen. Sie liegen einander zugewandt, Vater und Mutter, sie umfasst sein Handgelenk, als wolle sie sichergehen, dass er sie nicht verlässt, während sie schläft. Sein Oberkörper ist nackt, sie trägt ein T-Shirt, vielleicht waren sie im Hot Pot und halten anschließend ein Nickerchen. Faulenzen einfach rum, während Senna sich für sie in diesem schrecklichen Hotel abschuftet. Sie lieben sie einfach nicht genug, das ist das Problem. Sie ist ja auch nur ein Adoptivkind. Gehört nicht zu ihrer weißen, hochnäsigen Rasse, weshalb sie es ganz okay finden, dass sie putzt und Dreck wegmacht. Dabei hat sie eine so tolle Geschichte über sie geschrieben. Das hätte sie besser gelassen. Zumal die Geschichte tot ist, mausetot. Und daran sind nur die beiden schuld.

Senna ist so frustriert, dass sie keine Gnade kennt, und

ihre Eltern mit lauter Stimme weckt: Wisst ihr eigentlich, wie man mich in eurem scheiß Hotel nennt?

Sie schlagen die Augen auf, schauen Senna benommen an.

Sie schiebt die Hände in die Hosentaschen, verlagert das Gewicht auf das rechte Bein und tippt mit dem Fuß des linken locker und rhythmisch auf den Fußboden, während sie ihnen eine Standpauke hält. Der erste Teil besteht in erster Linie aus der Jobbeschreibung eines Zimmermädchens in einem guten Hotel auf dem Land, unter Hervorhebung des Anblicks, den das Zimmermädchen erwartet, wenn es ein Zimmer betritt, aus dem die Gäste ausgecheckt haben. Verschmierte Schokolade auf den Kopfkissen, Rotweinflecken auf dem Boden, Nagellackstreifen auf den Tischen, Lippenstift an den Gardinen, Bierdosen in den Papierkörben, Schminke in den Waschbecken, Kondome und Sperma auf den Bettlaken, Kot und Sauerei in den Kloschüsseln, überall ansteckende Bakterien von diesem Dreckspack, hinter dem sie herputzen müsse, und das Schlimmste sei, dass dieses Gesocks sie behandele, als sei sie selbst eine Bakterie. Der zweite Teil handelt von ihrer Begegnung mit den drei Männern im Hotelflur, dem Direktor und diesen neureichen Arschlöchern, jedes Detail wird ausgewalzt, und am Ende als Krönung der Satz, den man zu ihr gesagt hat: Will das Schlitzauge jetzt hier putzen? Die Schilderungen lassen nicht lange auf eine Reaktion warten.

Ihre Eltern setzen sich auf, starren sie an, völlig verdutzt.

Schließlich fragt ihr Vater ruhig, ob sie diesen Kerlen nichts entgegnet habe, ihnen gesagt habe, sie könne ruhig dastehen, auch mit einem Putzeimer in der Hand, und sie sollten gefälligst höflich zu ihr sein und die Herkunft der Leute respektieren, egal woher sie stammten?

Senna fällt in sich zusammen, sagt dann nein, sie sei so perplex gewesen. Du musst lernen, auf dein Recht zu bestehen, fährt ihr Vater fort, das übernimmt niemand für dich.

Der Hoteldirektor wird gefeuert, wirft ihre Mutter ein. Er hat nicht für unsere Tochter Partei ergriffen, als er es hätte tun sollen.

Vater und Tochter schauen gleichzeitig zu Nanna, fest davon überzeugt, dass der Hoteldirektor wirklich gefeuert wird. Sie wissen, dass Nanna nur selten Entscheidungen trifft, aber wenn sie es tut, dann sind sie endgültig.

Ihr Vater macht hm und sagt dann schleppend, sie bekomme ein paar Tage frei, um sich zu berappeln, aber anschließend müsse sie die Zähne zusammenbeißen und wieder zur Arbeit gehen. Ihre Mutter bittet sie, sich zur Beruhigung für einen Moment zwischen sie zu legen.

Senna wird wieder zu einem ganz kleinen Kind, das sich bei Mama und Papa ankuscheln will und sinkt in die Wärme zwischen ihnen. Nanna umfasst ihren Kopf, streichelt ihr pechschwarzes Haar und schnuppert daran. Sennas Haar riecht immer gleich, nach Kirschen. Schon als Nanna sie zum ersten Mal auf den Arm nahm, roch sie diesen wundervollen exotischen Duft. Kirschen sind nicht heimisch in Island. Aber hoffentlich werden sie es mit der zunehmenden Erwärmung der Erdoberfläche, denkt sie.

Wenn Guðrún Senna ein Stück spielte, das ich ihr als Hausaufgabe aufgegeben hatte, hörte sie manchmal mittendrin auf und erzählte mir von etwas, das sie gelesen oder gehört hatte. Sie erzählte so lebhaft, dass ich ihr das Desinteresse an der Musik verzieh. Ihre Mutter wollte, dass sie Klavierspielen lernte, sie meinte, es würde sie stärken, wenn sie ein Instrument spielen könne, Musik lasse die Menschen ihre Sorgen und den täglichen Stress vergessen. Senna ist asiatischer Abstammung und wurde manchmal für ihr Aussehen gehänselt, nicht richtig gemobbt, jedenfalls nicht dass ich wüsste, aber Bemerkungen können sehr verletzend sein, das kommt ganz auf den Ton an. Mit sechs Jahren kam sie zur ersten Unterrichtsstunde zu mir und hörte dann mit fünfzehn wieder auf, weil sie meinte, sie habe genug von den Noten. Nanna nahm ihr das übel, aber ich sagte ihr, sie solle es nicht so schwernehmen, das Mädchen habe bestimmt andere Talente. Die sie auch hatte, sie konnte nämlich Geschichten erzählen. Obwohl Nanna selbst kein Instrument spielt, ist sie sehr musikalisch. Als wir uns als junge Mädchen in Österreich kennenlernten, arbeitete sie bei einer französischen Pianistin, die mit einem berühmten Dirigenten verheiratet war. In den Jahren, die sie bei ihnen lebte, war sie ständig von Musik umgeben. Nanna studierte nicht, dafür blieb keine Zeit, das Ehepaar hatte nämlich zwei Kinder, aber sie besuchte Abendkurse in Deutsch und Französisch und interessierte sich für alles, was mit der Natur zu tun hatte. Das Musikerehepaar zog später von Österreich in die USA, besorgte Nanna aber vorher noch einen Job bei einem reichen jüdischen Ehepaar in Paris, Freunden von ihnen, und man vereinbarte, dass Nanna neben der

Arbeit zur Uni gehen konnte. Sie schrieb sich in Biologie ein, machte aber nie einen Abschluss, weil sie Senna zu sich nahm. Das Ehepaar, bei dem sie arbeitete, besaß ein sehr gutes Klavier, ich habe einmal heimlich darauf gespielt, als sie nicht zu Hause waren. Da war ich bei Nanna zu Besuch, bevor ich nach Hause fuhr, und übernachtete bei ihr in dem kleinen Dienstbotenzimmer. Nanna hatte keine verantwortliche Position im Haus, und es gab keine Kinder, sie half nur der Haushälterin und bediente bei Tisch, wenn das Ehepaar Gäste hatte. Was wohl ziemlich häufig vorkam. Die Haushälterin stammte aus Asien und bekam Senna mit einem Afrikaner oder Araber, ich weiß nicht genau, was das für ein Kerl war, mit dem sie geschlafen hatte, aber sie war schon im fortgeschrittenen Alter. Anscheinend dachte sie, sie könne keine Kinder mehr bekommen, und bemerkte die Schwangerschaft erst, als es schon zu spät war. Der Vater des Kindes wollte nichts mit ihr zu tun haben, aber das Ehepaar, bei dem sie arbeitete, wollte sie auf keinen Fall verlieren, unterstützte sie und versprach ihr, sie könne das Kind behalten. Doch dann stellte sich heraus, dass sie unheilbar an Krebs erkrankt war und nicht mehr lange zu leben hatte, und da kam Nanna ins Spiel. Sie war mit der Haushälterin befreundet, und irgendwie drehten die beiden es so, dass Nanna das Kind adoptieren konnte. Gylfi und sie heirateten sogar noch schnell standesamtlich, damit die Adoption schneller durchging. Sie waren zu dem Zeitpunkt schon länger zusammen, zumindest hatten sie schon seit ein paar Monaten eine gemeinsame Wohnung, als Guðrún Senna zu ihnen kam. Den zweiten Namen hat sie von ihrer leiblichen Mutter, die hieß nämlich auch Senna.

11

Am Bademeisterturm tickt die Uhr.

Schon zwanzig Minuten zügig gekrault, und noch keine Lösung in Sicht. Finnur dreht sich auf den Rücken und schaut in den blauen Himmel – Blau kühlt den Geist und stimuliert die Ratio.

Er reckt die Arme über den Kopf, versucht, sie so lange wie möglich oben zu halten, und macht dann ein paar Schwimmzüge. Das Wasser ist ihm zu heiß, das machen sie natürlich wegen der Weiber, denkt er, die sind immer so fröstelig, aber wenn das Wasser zu heiß ist, wird man beim Schwimmen schneller müde, was blöd ist, weil er diesmal lange schwimmen muss, damit das Ergebnis stimmt, damit die Rechnung aufgeht. Die Zahlen sind offensichtlich, aber er begreift sie einfach nicht. Die Dimensionen, mit denen er ringt, sind menschlicher Natur. Das Schicksal der Menschen liegt in seiner Hand.

Ein einziges Foto kann ihr Leben verändern.

Er ist es, der bestimmt, wie das Foto beurteilt wird.

Er schwimmt zweihundert Meter Rücken, schaut dabei in den blauen Himmel und überlegt, wie er seine Arbeitsweise als spitzfindiger Rechnungsprüfer auf menschliche Dimensionen übertragen soll, wie er diese in Zahlen verwandeln kann, die dann anschließend auch stimmen.

Er erkennt, dass er sich jede einzelne Dimension vornehmen und deren Umfang, Fläche und Volumen berechnen muss, um sie als Zahl definieren zu können.

Er wechselt zum Brustschwimmen. Schwimmt ruhig, während er in Gedanken Fakten aneinanderreiht. Zuerst überlegt er, warum der Fotograf sie in der Metro fotografiert hat. Was wollte er mit einem Bild von Leuten, die er überhaupt nicht kannte? Oder kannte er Gylfi schon, bevor er nach Island kam? Wenn dem so war, warum hatte Gylfi ihm das dann nicht erzählt? Gab es einen Zusammenhang zwischen dem Fehler, den er in der Buchhaltung entdeckt hat, und dem Fotografen? Handelte es sich womöglich um Erpressung?

Als Rechnungsprüfer betraf ihn das natürlich. Die Zahlen mussten stimmen, darum ging es bei der Geschäftsführung nun mal. Man würde ihn persönlich für die Rechnungsprüfung verantwortlich machen. Das sollte Gylfi ihm erläutern, und zwar schleunigst, denn der Jahresabschluss für die Hotels musste bald vorliegen. Wann das Foto wohl gemacht worden war? Es schien relativ neu zu sein, das konnte er an Gylfis Frisur erkennen. Ein Handyfoto, wahrscheinlich ohne dass sie es bemerkt hatten. Und was hatten sie eigentlich in Paris gemacht?

Was würde Nanna sagen, wenn sie das Foto sah?

Finnur wird ganz heiß bei dem Gedanken an Nannas Reaktion. Plötzlich krault er wieder zügig, seine geschlossenen Finger durchpflügen das Wasser wie harte Messerhiebe, während er sich vorstellt, wie Nanna reagieren könnte. Er sieht viele Möglichkeiten vor sich, eine davon ganz deutlich, und triumphiert innerlich, während er mit ihr liebäugelt. Er hat sich nicht unter Kontrolle. Er möchte diese Möglichkeit weiterdenken. Andere vorstellbare Szenarien verdrängt er.

Er wechselt zum Rückenschwimmen, um sich etwas zu beruhigen und die Fakten wieder in den Griff zu bekommen. Was für ein Mensch ist dieser Fotograf? Ein Mann von undurchsichtiger Herkunft, der sich bei seinem Neffen eingeschleimt hat, sich in dessen Kellerwohnung eingenistet hat. Will er Gylfi nur erpressen, oder steckt mehr dahinter? Gehört er vielleicht irgendeiner ausländischen Gruppierung an, die still und heimlich die Macht im Land an sich reißen will?

Da muss er an Hjálmar denken und schluckt aus Versehen Wasser, so dass er husten muss. Hjálmars Reaktion könnte den entscheidenden Ausschlag geben.

Finnur hält es für ratsam, aus dem Becken zu steigen, denn über manche Dinge denkt man besser im Dampfbad nach, wo der feuchte Dunst die Sinne schärft.

Die Nacht ist seidenweich. Schlaftrunkene Stiefmütterchen saugen die Feuchtigkeit aus der Luft ein und sind dabei auf der Hut, denn die Frau ist wach. Sie sind es nicht gewohnt, sie um sich zu haben, wenn es dunkel ist, und wissen aus Erfahrung, dass sie zu allem fähig ist. Sie sitzt unter der Markise, die Hjálmar angebracht hat, als er plötzlich die Idee hatte, Mütter sollten ihren Lebensabend draußen auf dem Balkon in der Sonne mit dem Buch eines klassischen Schriftstellers verbringen. Er war nicht davon ausgegangen, dass sie nachts im Bademantel mit dem Laptop auf dem Schoß dort säßen.

Ingdís surft im Internet und checkt, ob jemand schlecht über sie oder ihren Hjálmar redet, sie weiß, wie gehässig die Leute sein können, wenn sie von Eifersucht zerfressen sind. Das Licht des Bildschirms erhellt ihr Gesicht, lässt es gespenstisch aussehen, und die Stiefmütterchen senken die Köpfe, damit sie sie nicht anschauen müssen. Ingdís sitzt lieber auf dem Balkon, drinnen hatte sie das Gefühl, zu ersticken, als hätte man sie in eine Zelle gesperrt. Mit einem unguten Gefühl im Magen durchpflügt sie Facebook, findet jedoch nichts, das sie beunruhigen sollte.

Dann klickt sie die Seiten von Reisebüros und Autovermietungen durch, in der Hoffnung, auf ein Topangebot zu stoßen, das ihr den Weg in die Freiheit weist. Eine Gruppenreise mit Kunstliebhabern nach Italien oder ein günstiger Mietwagen, mit dem sie durch die Fjorde fahren kann, doch als es nach langem Hin und Her so weit ist, eine Entscheidung zu treffen, nagt die Unsicherheit an ihr. Sie kann sich nicht vorstellen, alleine zu verreisen.

Die Welt da draußen ist gefährlich, sie sieht alle möglichen Hürden. Da draußen, hier drinnen, denkt sie laut. Dann wird ihr klar, dass sie nicht geübt ist für die Welt da draußen. Sie hat immer nur drinnen geübt. Ihre Komfortzone ist das Heim, dort findet sie sich zurecht, dort hat sie die Macht, dort hält sie sich seit ewigen Zeiten auf. Die Welt da draußen hat schon immer Finnur gehört, der alleine zu Sommerkonzerten nach Deutschland reist, und Hjálmar, der mit seinem schwarzen Jeep über steile Pässe fährt. Wenn sie in deren Fußstapfen treten will, sieht sie überall Gespenster.

Sie sitzt träge in ihrer Zelle und tut so, als könnte sie alles.

Dabei hat sie ja versucht, sich draußen zurechtzufinden, oder? Fühlt sie sich etwa nicht sicher in Geschäften, Theatern, Universitäten, Museen, überall dort, wo Menschen im Namen der Kultur zusammenkommen? Die Gefahrenzonen liegen weiter oben und weiter draußen, in den Jagdgebieten der Jungs. Dort jagen sie, kennen die Methoden, die Kampftechniken, die Sprache. Sie kennt sich damit nicht aus, hat nicht viel Erfahrung, keine Übung. Wenn es darauf ankommt, macht sie alles falsch und hält nicht zu den Frauen. Sie lässt sie nicht in Bereiche vordringen, die einem Macht und Respekt verschaffen, ist eifersüchtig, als nähme man ihr ständig etwas weg.

Die Fahrzeuge flackern über den Bildschirm, weiß, schwarz, grau, rot. Morgen wird sie das rote kaufen. Nach Westen Norden Osten Süden fahren, aus ihrer Zelle ausbrechen, die Gefahrenzonen erkunden.

Als sie eine Tür zuknallen hört, zuckt sie zusammen. Türknallen zu dieser Zeit, wenn die meisten schon schlafen, lässt darauf schließen, dass der Türknaller seine Bewegungen nicht mehr richtig unter Kontrolle hat. Ihr Sohn war bestimmt mit seinen Kumpels saufen, das macht er öfter nach einem langen Arbeitstag. Außerdem ist er gerade mit seinem Leben unzufrieden, das spürt sie. Sie kennt den Grund dafür nicht, möchte ihn auch nicht erfahren und hofft, dass das vorübergeht.

Alles geht vorüber, wenn man nur lange genug wartet.

Sie hört ihn lärmend ins Bad poltern, bleibt ruhig sitzen und betrachtet die Fahrzeuge auf dem Bildschirm. Hört ihn in sein Zimmer gehen, etwas fällt auf den Boden, sie hofft, dass es nichts Zerbrechliches war. Dann geht das Radio an, Musik, die sie nervig findet, strömt in jeden Winkel der Wohnung. Sie ist beunruhigt, wartet trotzdem, ihr ist schon ganz kalt im Bademantel auf dem Balkon. Schließlich hält sie es nicht länger aus, die Musik ist unerträglich und könnte die Nachbarn wecken, sie schleicht zur Tür ihres Sohnes und öffnet sie behutsam.

Er liegt bei eingeschaltetem Licht auf der linken Seite, mit nacktem Oberkörper, in Jeans, barfuß, und ist eingeschlafen. Sie breitet die Decke über ihren kleinen hübschen Jungen. Streicht ihm übers Haar, schaltet das Radio aus, löscht das Licht, öffnet das Fenster einen Spalt, damit frische Luft ihn in seine Träume geleitet, verlässt das Zimmer und zieht leise die Tür hinter sich zu.

Sie eilt auf den Balkon, klappt den Laptop zu, blickt rasch zu den Lichtern in den Fenstern der Nachbarn. Dann zu den Stiefmütterchen. Die versuchen, sich möglichst unauffällig zu verhalten, wohl wissend, dass die Pläne wahrscheinlich nicht umgesetzt werden. Und man bestimmt ihnen die Schuld daran gibt.

Die Laufkäfer krabbeln langsam umher.

Von einer Ecke in die andere, halten sich an die strikten Anweisungen der Natur, ständig in Bewegung zu sein, obwohl das nichts bringt und im Grunde sinnlos ist, wenn man es genau betrachtet.

Sie sind aufgedeckt worden. Die Frau mit dem Löffel und dem Messer hat ein Stück aus der Grasnarbe geschnitten und ihr Dach abgehoben, sie sind schutzlos. Nanna beobachtet sie ziemlich teilnahmslos, sie kannte sie schon als Kind, mustert sie einfach nur, während sie nachdenkt. Sie hatte gehofft, neue Arten zu finden, sie war sich so sicher gewesen, dass die Klimaerwärmung ihr eine neue Fauna an Insekten bescheren würde.

Sie stößt den Löffel in den Boden, hebt einen Laufkäfer mit etwas Erde hoch, hält ihn sich vor die Augen und kneift sie zusammen, während sie ihn betrachtet. Er verharrt reglos, vertraut auf seine dunklen Tarnfarben, sich der Gefahr wohlbewusst.

Da hört Nanna Motorengeräusche, hört, dass jemand über die schmale, gewundene Schotterstraße fährt, die zum Angelhaus führt. Erst denkt sie, Senna sei zurückgekommen, hätte etwas vergessen. Aus der Mulde sieht sie das Auto heranfahren, und als es näherkommt, erkennt sie, dass es Hjálmars schwarzer Jeep ist.

Sie versteckt sich hinter einem flachen Gebüsch. Der Laufkäfer auf dem Löffel bewegt sich nicht.

Sie sind zu zweit, Hjálmar und Finnur, parken den Wagen neben Gylfis Jeep, steigen aus, mit energischen Bewegungen. Sie öffnen den Kofferraum, holen ihr Gepäck heraus, Nanna erkennt die Angelruten. Finnur sieht aus wie ein englischer Lord, in einem Tweedjackett mit grüner Wollkrawatte und einem weichen Hut – das ist seine Angelkleidung. Sie hat seinen Kleidungsstil schon immer bewundert, vielleicht in erster Linie seinen Mut, einfach das anzuziehen, was ihm gefällt. Hjálmar trägt beim Angeln dasselbe wie Gylfi, einen speziellen Anglerpullover, eine Weste und eine Schirmmütze auf dem Kopf. Nanna beobachtet, wie sie die Sachen aus dem Wagen auf die Terrasse an der Nordseite des Hauses tragen, dann verschwinden sie aus ihrem Blickfeld. Noch hat sie die Männer kein Wort sprechen hören, dabei weiß sie, dass menschliche Stimmen aus dieser Entfernung hörbar sein müssten, vielleicht murmeln sie ja nur.

Etwas später sieht sie die beiden in Wathosen mit Angelruten in der Hand runter zum Fluss gehen.

Sie sind zum Angeln gekommen. Gylfi freut sich bestimmt über ihre Ankunft.

Nanna lässt sich in die Mulde sinken, wobei sie aufpasst, dass nichts von ihrem Löffel fällt. Sie überlegt und versucht, sich den Fortlauf der Ereignisse vorzustellen. Die Sache gefällt ihr nicht. Jetzt werden Gylfi und sie bestimmt nicht mehr miteinander reden, wie sie gehofft hatte. Sie hatte ihm etwas Zeit gelassen, bevor sie ihn auf gewisse Themen ansprechen wollte, hatte ihn erst nach Herzenslust angeln lassen. Es war eine Kunst, mit Gylfi unter vier Augen ein Gespräch über Familienangelegenheiten oder auch nur über ihre Beziehung zu führen. Er hatte ständig Termine und fand solche Gespräche überdies unnötig. Jetzt war es zu spät, sie musste den Tatsachen ins Auge sehen.

Finnur und Hjálmar würden seine gesamte Aufmerksamkeit in Anspruch nehmen. Und sie musste sie bekochen und sich um sie kümmern, wenn sie schon mal da war. Es war zwar kein großes Ding, etwas zu essen für sie auf den Tisch zu zaubern, das war nicht das Problem, sondern etwas anderes. Ihre Anwesenheit. Besonders Hjálmars Anwesenheit. Nanna weiß, dass er sie ständig anschauen wird, aber sie weiß nicht, ob sie das aushält, ob sie sich normal verhalten kann. Es ist, als hätte sich zwischen ihnen etwas geändert oder ändere sich gerade. Sie weiß es nicht genau.

Dem Laufkäfer ist auf dem Löffel langweilig geworden, er hat sich bewegt. Nanna betrachtet ihn noch einmal, untersucht genau, ob er sich äußerlich irgendwie verändert hat, und legt den Löffel dann wieder auf den Boden.

Sie steht auf, starrt auf Gylfis Jeep und überlegt fieberhaft.

Die stahlgrauen Wolken verdichten sich und pressen Regentropfen hervor.

Der Sprühregen benetzt Gylfis Gesicht, er wird wieder munter, hoffnungsvoller, bindet eine rote Frances an und wirft aus. Die Fische sind zögerlich, der Wasserstand gefällt ihnen nicht, der Luftdruck ist zu hoch oder zu niedrig, der Säuregehalt nicht richtig – Gylfi zerbricht sich schon seit Stunden den Kopf über die Verhältnisse, kann die Fliegen ja schlecht für die Sturheit der Fische verantwortlich machen. Er sieht und hört nicht, wie sein Onkel und sein Bruder sich dem Ufer nähern.

Sie schleichen am Ufer entlang, leicht gebeugt. Die Sonne scheint nicht, weshalb sie nicht befürchten müssen, dass ihre Schatten die Fische verscheuchen, sie schleichen einfach aus alter Gewohnheit und beugen sich dabei instinktiv etwas vor. Sie wollen Gylfi nicht erschrecken, auch wenn sie sich anschleichen, er soll sie sehen, wenn er vom Fluss aufschaut.

Finnur will sich jedoch in übertragenem Sinne an ihn heranschleichen. Das Foto liegt zusammengefaltet in seiner Jackentasche. Er will den Tag nicht ruinieren, indem er sofort darauf zu sprechen kommt, das hat Zeit, bis es Abend wird und die Augustdämmerung den Fluss geschluckt hat.

Als gerade einer anbeißt, erblickt Gylfi seine Angelfreunde. Sie sehen, was passiert, und eilen wortlos zum

Ufer, genauso gespannt wie der Angler. Gylfi zieht den Fisch geschickt an Land, er liegt seitlich auf den Steinen am Ufer, Finnur packt ihn an der Schwanzflosse und hält ihn einen Moment fest wie ein kleines Kind. Hjálmar legt das Maßband an, es ist ein siebzig Zentimeter großer Milchner. Gylfi kann vor Freude nichts sagen, schöner Bauch, seufzt er schließlich. Sie nehmen den Fisch vom Haken und setzen ihn wieder zurück. Schauen ihm begeistert nach, wie er in die Freiheit schwimmt.

Im Grunde verlieren sie nicht viele Worte über den unerwarteten Besuch, sie sind einfach da, und Gylfi weiß, dass sie jetzt eben da sind, als hätte er die ganze Zeit mit ihnen gerechnet, und alle sind froh, wieder zusammen zu sein und nicht groß darüber reden zu müssen.

Sie teilen die Angelgebiete auf, Hjálmar geht zu der Flussenge am kleinen Wasserfall, Finnur zu der breiten Stelle unterhalb der Schlucht, und Gylfi bleibt dort, wo er war.

Die Steine klackern am Ufer, wenn das Wasser sie umspielt, der Wasserfall wird stärker, der Fluss schlägt leicht gegen die Felsen in der Schlucht. In der Dämmerung beißen die Fische an.

In der Ferne ruft ein Eistaucher.

Das Landhotel liegt auf der rechten Seite, nachdem man die Brücke überquert hat.

Nanna fährt ganz langsam auf die Brücke zu und denkt darüber nach, ob sie direkt nach Hause fahren oder einen Abstecher ins Hotel machen soll. Sie muss den Hoteldirektor zur Ordnung rufen, weiß aber noch nicht, wie. Ob sie ihn sofort rausschmeißen soll, was sie am liebsten tun würde, ihm fristgerecht kündigen oder ihn verwarnen soll. Sie will nicht nach Hause, will dort nicht alleine sein, während der Fotograf sich in der Kellerwohnung aufhält, eigentlich weiß sie nicht, wohin, es ist, als hätte sie keinen Rückzugsort.

Vor lauter Einsamkeit biegt sie nach rechts und fährt den Abzweig zu ihrem Landhotel hinauf. Sie bezeichnet es als ihr Hotel, weil sie es ein paar Sommer lang geführt hat, als sie wieder in Island waren, nachdem sie Senna mit nach Hause gebracht hatte. Damals war es ein kleines Sommerhotel, inzwischen hat Gylfi es vergrößert und umgebaut, es zu einer beliebten Location für Golfer gemacht. Heute spielen viele Golf, der Parkplatz ist voll. Nur blöd, dass Senna nicht da ist.

Nanna bleibt ziemlich lange im Auto sitzen und kämpft mit einer lähmenden Trägheit, sie fühlt sich nirgends zu Hause, muss dieses Gefühl, das plötzlich über sie gekommen ist, wieder abschütteln. Endlich hievt sie sich aus dem Wagen, geht aber anstatt in die Lobby an der Südseite des Hauses vorbei direkt in die Küche.

Die Köchin erschrickt, als sie Nanna sieht, lächelt gekünstelt und tut so, als freue sie sich. Fragt, ob sie den Hoteldirektor suche, doch Nanna entgegnet, sie suche nach etwas Essbarem, ob sie nicht etwas für sie habe. Die Köchin hat nur Kuchen, der vom Nachmittagskaffee übrig geblieben ist, sie backt gerne und steckt ihren ganzen Ehrgeiz in leckere und ungewöhnliche Torten. Das Kochen ist bei ihr eher traditionell, zum Abendessen gibt es meistens Lachs und Lamm. Dann können die Gäste wählen, sagt sie mit herablassender Miene und hält sich für besonders innovativ. Sie bereitet gerade das Abendessen vor, es gibt Lachs in Brokkolisoße und Lamm in Portweinsoße, aber von der Baisertorte ist noch genug da. Als sie merkt, dass Nanna keinen Kuchen will, fragt sie mit antrainierter Heuchelei, ob sie vielleicht auf das Abendessen warten wolle. Nanna sieht, wie eine Fliege am dicken Oberarm der Köchin hochkrabbelt, die das jedoch nicht kümmert, beobachtet sie eine Weile und sagt dann, sie werde sich das mit dem Essen überlegen.

Am Empfang arbeitet eine freundliche junge Frau. Nanna marschiert auf sie zu und bittet sie um die Schlüssel für einige Zimmer, die sie sich anschauen wolle. Das Mädchen kennt Nanna und händigt ihr die Schlüssel unverzüglich aus.

Es gibt nur zwei freie Zimmer, und Nanna steht in einem davon und lässt ihre wachsamen Augen über die Einrichtung schweifen. Das Zimmer ist sauber und ordentlich, nichts erinnert an die drastischen und übertriebenen Beschreibungen ihrer Tochter, doch sie sieht, wie abgelebt alles ist, die Möbel, der Teppichboden, die Vorhänge.

Sie geht zum Fenster, vor dem sich der Golfplatz erstreckt, künstlich grüner Rasen auf sanften Hügeln zwischen Erdbuckeln und flachen Felsen. Die alte Farbe der Hauswiese ist verschwunden, denkt sie, alles wird immer künstlicher, damit die Touristen das Land besser nutzen können. Sie denkt an ihre alte Wiese hinter dem Haus, in dem sie mit ihrem Vater gewohnt hat, bevor er das Land verließ, erinnert sich gut an die Wiese, die hatte eine andere Farbe. Alles verändert sich, und bevor sie sich versieht, wird sie selbst nicht mehr auf einer Wiese stehen. Ohne noch einmal mit ihrem Vater gesprochen zu haben.

Ich bin eine Heulsuse, sagt sie zu sich selbst. Da erst hört sie, dass es an der Tür klopft, es kommt ihr so vor, als wäre schon länger geklopft worden, ohne dass sie es gehört hätte. Außerdem werde ich langsam taub, fügt sie hinzu.

Sie öffnet die Tür und bittet den Hoteldirektor herein. Sie hat mit ihm gerechnet und weiß genau, dass bei ihrer Ankunft ein Raunen durch das Hotel gegangen ist.

Unterwürfig fragt er, ob er etwas für sie tun könne. Nanna entgegnet prompt, warum die Möbel in den Zimmern nicht erneuert worden seien, als er vor einem Jahr das Geld dafür bekommen habe. Sie habe ihm zusätzliche Mittel zukommen lassen, um das Hotel zu renovieren. Der Hoteldirektor stutzt und bemüht sich dann, ihr wild gestikulierend die Welt der Wirtschaft zu erklären, beteuert, während er Luft holt, die Flachbildschirme mit allen verfügbaren Kanälen inklusive Zoll- und Einfuhrgebühren seien auch nicht gerade billig gewesen. Wie viele Zimmermädchen arbeiten hier?, hält Nanna dagegen. Er braucht ziemlich lange für die Antwort, als sei sie ihm entfallen, und benutzt beim Aufzählen die Finger. Das sind viel zu wenige, stellt Nanna fest. Dann fügt sie hinzu: Gibt es viele Schlitzaugen?

Der Hoteldirektor kapituliert. Er kann seine aktuelle Lage nicht einschätzen und entscheidet sich fürs Warten, wie eine Spinne, die eine drohende Gefahr spürt. Ihre Unterredung dauert nicht lange, der Direktor weiß, dass er eine Verwarnung bekommen hat, ohne genau zu begreifen, worin sie bestand, und verschwindet lieber.

Nanna setzt sich auf den Bettrand. Warum habe ich den Mann nicht gefeuert?, denkt sie, warum bin ich so antriebslos, was denke ich eigentlich die ganze Zeit?

Ihr Blick fällt auf das Telefon. Sie grübelt darüber nach, ob sie im Ausland anrufen soll. Was soll sie sagen nach all den Jahren? Hallo, Papa, wie geht's? Wie ist das Wetter bei dir? Machst du noch Musik, aha, soso, und wo spielst du?

Sie denkt immer noch an ihn. Wird diese Gedanken nicht los.

Seine Nummer ist in ihrem Handy gespeichert. Sie möchte sie kurz überprüfen und greift in ihre Tasche, um es herauszuholen, aber es ist nicht in dem Fach, in dem sie es immer aufbewahrt. Sie wühlt in der Tasche, ertastet schließlich ein kleines Gerät, aber es ist ihr Fotoapparat.

Sie hat ihr Handy im Angelhaus vergessen.

12

In der Abenddämmerung gehen sie gemächlich hinauf zum Angelhaus.

Innerhalb einer Stunde haben insgesamt achtzehn Lachse angebissen, danach haben sie aufgehört zu zählen, ihnen schwanden auch langsam die Kräfte, und die Sicht wurde schlechter. Ein paar Fische nehmen sie mit nach Hause, die kommen in die Tiefkühltruhe. Hjálmar trägt die Fische, die sie essen wollen. Es ist ein gutes Gefühl, sein Essen selbst zu fangen.

Sobald Hjálmar in der Nähe ist, scheint der Fluss ihn zu wittern und die Fische anzustacheln, meint Gylfi. Die anderen pflichten ihm bei, es stimmt tatsächlich, schon bemerkenswert, wie viel sie fangen, wenn Hjálmar dabei ist. Das hat fast etwas Geheimnisvolles. Hjálmar sagt, das sei ganz einfach, er passe sich eben dem Fluss an, nicht umgekehrt.

Im Angelhaus brennt kein Licht. Hjálmar bleibt stehen und sagt kurzatmig: War Nanna nicht hier irgendwo? Gylfi entgegnet, davon sei er eigentlich ausgegangen, sie habe Insekten beobachtet. Sie schauen sich um. Vielleicht hat sie sich hingelegt, meint Finnur. Da bemerken sie, dass Gylfis Jeep nicht mehr da ist, und schließen daraus, dass Nanna in die Stadt gefahren ist.

Sie ziehen auf der Terrasse die Wathosen aus, pellen sich aus den Klamotten und merken, dass sie einen Bärenhunger haben. Es wird vereinbart, dass Hjálmar den Fisch grillt, Finnur Gurken und Tomaten schneidet und Gylfi Kartoffeln aufsetzt, immer die gleiche Arbeitsteilung, die sie dennoch jedes Mal aufs Neue absprechen.

Als sie reinkommen, entdecken sie den Zettel auf dem Tisch. Nanna hat geschrieben, sie müsse wegen des Gartens nach Hause fahren. Ohne weitere Erklärungen. Gylfi gibt sich damit zufrieden, streicht sich nur schnell mit dem Daumen über die Nase, Finnur ist ganz still, und Hjálmar wird von Enttäuschung gepackt. Mürrisch entfacht er den Grill, filetiert wortkarg den Fisch und legt ihn in das Grillgitter.

Er holt sich eine Dose Bier, die im Kofferraum seines Wagens vor sich hingedämmert hat, steht dann alleine auf der Terrasse und denkt nach, während der Grill heiß wird. Hört das Rauschen des Flusses und denkt an Nanna. Warum ist sie weggefahren, als sie gesehen hat, dass sie kommen? Als sie seinen Wagen gesehen hat? Sie hat sich noch nicht mal von ihnen verabschiedet, sie hätte zumindest runter zum Fluss kommen und ihnen einen Gruß zurufen können. Wich sie ihm aus, wich sie irgendwelchen Gefühlen aus, mit denen sie nicht klarkam? Warum verwahrte sie ein Foto von ihm, nur von ihm, zwischen ihren persönlichen Dingen? Ihre Beziehung hatte schon immer etwas Mystisches gehabt, seit er sich damals zu ihr ins Bett gelegt hatte, jung und verwirrt. Etwas veränderte sich zwischen ihnen, das wusste er, und er wusste auch, dass sie es wusste, obwohl keiner von ihnen diese Veränderung festmachen oder verstehen konnte, warum es ausgerechnet jetzt geschah, nach all den Jahren. Vielleicht war es immer da gewesen, ohne dass sie es sich eingestanden hatten. Eine lange Entwicklung, die schließlich zu einem neuen Anfang führen musste. Er hatte sich so darauf gefreut, sie zu sehen.

Finnur hat sich die Vorgehensweise genau zurechtgelegt, alles bis ins Detail geplant. Erst dachte er, er würde sich mit Gylfi in einem Café treffen, ihm dort das Foto zeigen und eine Erklärung verlangen. In der Öffentlichkeit möchte niemand großen Wirbel machen oder Gefühle zur Schau stellen, was angenehm für denjenigen ist, der den Aufruhr ausgelöst hat. Doch weil Gylfi gar nicht in der Stadt war, hatte er beschlossen, ihn am Fluss aufzusuchen, so zu tun, als hätte Hjálmar und ihn das Angelfieber gepackt – das konnte Gylfi gut nachvollziehen –, und ihm dann in aller Ruhe am Ende des Tages das Foto zu zeigen, der Sache auf den Grund zu gehen.

Er schält die Gurke mit einem Käsehobel und hält plötzlich inne, als wäre ihm etwas eingefallen, holt das Bild aus seiner Jackentasche, das zusammengefaltete ausgedruckte Foto, streicht es glatt und hält es Gylfi unter die Nase. Kennst du das?, fragt er.

Gylfi schaut auf das Foto, ohne es in die Hand zu nehmen, legt den Deckel auf den Topf, schaut noch einmal auf das Foto, schaltet die Herdplatte ein und blickt aus dem Fenster zu Hjálmar. Dann fängt er an, in Schränken zu wühlen und Schubladen herauszuziehen. Finnur legt das Foto weg, schält seelenruhig weiter die Gurke und fragt beiläufig, suchst du was? Ich dachte, ich hätte hier irgendwo Zigarren, sagt Gylfi.

Finnurs Miene verdunkelt sich. Er öffnet eine Flasche

Weißwein, die er mitgebracht und in den Kühlschrank gelegt hatte, wartet auf eine Antwort, holt Teller und Besteck und deckt sorgfältig den Tisch, stellt die Flasche auf den gedeckten Tisch und legt das Foto daneben. Streicht es glatt und schaut Gylfi fragend an.

In diesem Moment kommt Hjálmar herein. Er will etwas über das Essen sagen, stutzt jedoch, als er die angespannte Atmosphäre im Haus bemerkt. Sein Blick wandert von seinem Bruder zu seinem Onkel, dann sieht er das Foto auf dem Tisch und nimmt es vorsichtig in die Hand.

Ungläubig betrachtet er es. Gylfi und Ása zusammen in der Metro. Sie sitzt neben einem dunkelhäutigen Mann, Gylfi steht neben ihr und hält sich an einer Halteschlaufe fest, die von der Decke hängt, Ása lächelt ihn liebevoll an.

Gylfi findet keine Zigarren, er raucht ja auch schon lange nicht mehr, und sagt: Das war, als sie mit ihren Freundinnen einen Städtetrip gemacht hat, ich war beruflich dort und habe sie alle getroffen, ganz zufällig, habe ihnen gezeigt, wie man mit der Metro am besten zum Louvre kommt, die anderen sind da auch irgendwo in dem Wagen.

Finnur und Gylfi weichen Hjálmars Blick aus, während sie auf seine Reaktion warten.

Ása, seine Ex-Frau, mit Gylfi in der Metro in Paris? Hjálmar lässt das Foto wieder auf den Tisch fallen und fragt, was daran so besonders sein soll. Es scheint ihn nicht weiter zu beunruhigen.

Finnur und Gylfi sind überrascht. Damit haben sie nicht gerechnet.

Finnur räuspert sich und sagt, dieses Foto könne allerlei Wichtiges bedeuten, das sie vielleicht näher besprechen sollten, er halte es jedoch für ratsam, dass sie erst etwas zu sich nähmen, bevor sie das Thema vertieften.

Dann schenkt er sich Wein ein und erzählt, als er vorhin an der breiten Flussstelle zum ersten Mal eine Tubenfliege benutzt habe, habe beim ersten Wurf einer angebissen. Gylfi wirkt nachdenklich, als sei er mit den Gedanken ganz woanders, und schlägt dann mit besorgter Miene vor, sie sollten dem Fluss morgen Vormittag vielleicht ein bisschen Ruhe gönnen. Finnur sinniert über diesen Vorschlag, leicht verstimmt wegen Gylfis Reaktion, denn er hätte lieber weiter über die Tubenfliege geredet, doch Hjálmar pflichtet ihm entschieden bei, er habe auch gemerkt, dass der Fluss eine Ruhepause benötige.

Kalter Regen tröpfelt in das heiße Wasser. Gylfi hat den Pool auf fast vierzig Grad aufgeheizt, was alle drei am liebsten mögen. Dann entspannt sich die Muskulatur nach dem langen Stehen im Fluss am besten. Außerdem können sie immer mal kurz aus dem Pool steigen, wenn es ihnen zu heiß wird, einmal über die Terrasse spazieren und dann wieder reingehen.

Finnurs Körper dampft, als er über die Terrasse stapft, um sich abzukühlen. Als er wieder in den Pool steigt, sagt er, als sei ihm das gerade eingefallen, die Sache mit dem Foto gebe ihm zu denken, warum der Fotograf dieses Bild in Paris wohl mit einem Handy geknipst habe und dann hier in Island mit einer Spitzen-Fotoausrüstung aufkreuze?

Und er hat uns alle schon fotografiert, fügt Hjálmar hinzu.

Gylfi schweigt und betrachtet den auf die Wasseroberfläche tröpfelnden Regen. Da von ihm keine Erklärung kommt, fragt Hjálmar mit hektischem Atem, warum er den Mann eigentlich in seine Kellerwohnung gelassen habe?

Finnur wartet ebenfalls auf eine Antwort.

Gylfi grübelt schweigend. Er überlegt, ob er ihnen überhaupt antworten soll. Schließlich muss er das nicht, sie sind nämlich von ihm abhängig, und wenn er Lust hat, kann er sie sich vom Hals schaffen, kein Angeln mehr in seinem Fluss, kein Topgehalt mehr, keine Finanzspritzen, zumal es sie nichts angeht, was er macht und womit er sich abgibt. Doch er überlegt auch, ob er ihnen gestehen soll, dass es seiner Eitelkeit geschmeichelt hat, sich von dem Ausländer fotografieren zu lassen, seinen Unternehmergeist und sein Können durch die Fotos zur Schau zu stellen, sie für sich sprechen zu lassen. Was das betrifft, war er noch nie prahlerisch. Aber warum er den Mann in die Kellerwohnung gelassen hat, offenbar zum Unmut aller, kann er nicht richtig erklären, außer vielleicht aus Mitleid. Er weiß selber sehr genau, wie es ist, Ausländer zu sein, und dazu noch mittellos. Seine Mutter war immer knauserig, als er im Ausland studiert hat. Sie meinte, er müsse lernen, mit wenig auszukommen, sparsam und vorausschauend zu sein, dann werde er auch reich. Dummes Geschwätz, denn er war damals schon alleiniger Erbe des Vermögens gewesen. Trotzdem hatte er nie gehungert, weil er immer in irgendwelchen Hotels arbeitete, wo es genug zu essen gab, konnte sich aber nie schicke Klamotten leisten, was ihn oft nervte. Als er Nanna in Paris wiedertraf, völlig überraschend in der

Metro, sie hatten sich riesig gefreut, trug er einen alten Mantel und sie einen sauteuren Wollmantel. Als Hausangestellte. Allerdings war ihr Arbeitgeber ein generöser Textilproduzent, aber das war eine andere Geschichte, und es änderte nichts an der auffälligen Diskrepanz in ihrer Kleidung im Vergleich zu ihrer Herkunft und gesellschaftlichen Stellung. Geradezu erniedrigend, fand er. In der Metro. Ausgerechnet. Er kann sich beim besten Willen nicht erinnern, dass jemand Ása und ihn mit dem Handy fotografiert hat. Er hätte doch eine Bewegung wahrnehmen müssen. Aber es war natürlich entstanden, als er zu Ása hinuntergeschaut hatte. Warum hatte der Mann sie fotografiert? Was zum Teufel wollte er?

Laut sagt er: Was zum Teufel will der Mann hier?

Gylfi schwingt das Bein über den Poolrand, weil er sich abkühlen muss. Finnur denkt angestrengt nach, aber die Rechnung geht nicht auf, dabei möchte irgendein Nerv in seinem Gehirn das Foto mit den Zahlen in der Buchhaltung verknüpfen, die nicht stimmen, irgendeine vage Ahnung, die er nicht mehr aus dem Kopf kriegt. Doch wie konnte ein Fremder wissen, dass Gylfi reich war, und dass es sich bei der Frau neben ihm um die Ex-Frau seines Bruders handelte? Wobei das vielleicht auch gar keine Rolle spielte, denn trafen Männer nicht ständig Frauen und umgekehrt, war das heutzutage nicht normal? Hierbei ging es allerdings um etwas Ernsteres.

Gylfi fröstelt, er steigt wieder in das heiße Wasser und mutmaßt, der Ausländer sei womöglich ein Handlanger irgendeines Interessenverbandes, der sich ihr Land und dessen Wasservorräte unter den Nagel reißen wolle, vielleicht sondiere er nur das Terrain für etwas Größeres, schleime sich bei jemandem ein, der über Landbesitz und Geld verfüge?

Das Rauschen des Flusses wirkt laut in der Stille, die auf seine Mutmaßung folgt.

Bisher haben sie die Sache noch nicht in internationalem Zusammenhang betrachtet. Mit Finnur geht die Phantasie durch, sie übersteigt die Zahlen in der Buchhaltung, dringt in andere Dimensionen und nähert sich dem Diffusen, das dieser Mann an sich hat und das er sich nicht erklären kann. Er schaut seine Neffen eindringlich an und sagt, wenn sie schon bei Verschwörungstheorien seien, an denen durchaus etwas Wahres dran sein könne, schließlich habe der Mensch schon immer ein Faible für Verschwörungen gehabt, schon zu Zeiten des Römischen Reichs, worauf er jetzt aber nicht näher eingehen wolle, jedenfalls solle man doch mal überlegen, ob Religion und Macht in diesem speziellen Fall eine Rolle spielen könnten.

Die Brüder starren ihren Onkel unverwandt an. Als er merkt, dass sie offenbar nicht dieselben Überlegungen angestellt haben wie er, spricht er weiter: Es gibt immer noch Religionskriege, immer noch opfern sich Menschen, um ihren Glauben in möglichst viele Länder zu tragen, weil ihnen das Macht verleiht. Die Brüder schauen ihren Onkel verständnislos an oder tun so, als würden sie ihn nicht verstehen, damit er ihnen das genauer erklärt, bevor sie selber ihre Meinung äußern. Also fügt Finnur hinzu: Dieser Ausländer hat Olli getreten, wahrscheinlich ist er Moslem, und es gibt so einiges, was Muslime nicht mögen und lieber anders hätten. Viele Leute glauben, dass die Zukunftsvision der Muslime darin besteht, die westliche

Welt ihrem Glauben zu unterwerfen und christliche Länder zu unterwandern, um sich dort langsam aber sicher zu vermehren und die Macht an sich zu reißen.

Halbmondzüge anstelle von Kreuzzügen, sagt Hjálmar todernst.

Finnur findet nicht, dass man darüber Witze machen sollte.

Gylfi sinniert über diese Mutmaßungen, die plötzlich über das Wasser geflogen sind, und sagt dann, er habe dem armen Kerl doch nur einen Gefallen tun wollen, indem er ihm eine kostenlose Unterkunft für den Sommer verschafft habe, und abgesehen von seinen möglichen Absichten, seien sie nun finanzieller oder religiöser Art, könne er überhaupt nicht begreifen, warum der Mann ihn mit seinem Handy fotografiert habe. Der sei ja wohl mit allen Wassern gewaschen.

Der letzte Satz erinnert die Männer wieder ans Angeln. Finnur muss noch von der neuen Tubenfliege erzählen, die er benutzt hat. Sie besprechen die Ereignisse des Tages, rekapitulieren die Ausbeute, diskutieren über das Gewicht und die Länge der beeindruckendsten Fische, streiten sich gutmütig über die meistbenutzten Fliegen. Hjálmar steht auf, um sich ein Bier zu holen.

Da fragt Finnur Gylfi hastig, ob er in den letzten Monaten erpresst worden sei. Die Worte rutschen ihm einfach so heraus. Gylfi ist zunächst überrascht und entgegnet dann herablassend, warum er denn erpresst werden sollte, er habe doch überhaupt nichts gemacht. Nein, sagt Finnur, vielleicht nicht, aber die Zahlen in der Buchhaltung stimmen nicht.

Jetzt war es raus. Nun lief er Gefahr, den Patron vergrämt zu haben. Gylfi schaut ihn eindringlich an und sagt dann leise: Dann bringst du die Zahlen eben zum Stimmen, Finnur, du bist der Rechnungsprüfer.

Finnur erwidert: Es handelt sich um mehrere Millionen Kronen, Gylfi.

Gylfi antwortet nicht, Hjálmar ist mit seinem Bier wieder in den Pool gestiegen.

Es vergeht eine ganze Weile, bis Gylfi sagt, er werde den Fotografen ins Angelhaus einladen und eine Erklärung für das Handyfoto von ihm verlangen. Bist du verrückt, Mann?, stößt Hjálmar hervor, als sei der Fluss sein Privateigentum, ich will diesen Typen hier nicht sehen.

Alle starren ins Wasser und haben gar nicht bemerkt, dass es aufgeklart ist.

Finnur meint, manchmal müsse man eben konsequent sein, wahrscheinlich sei es am besten, den Mann selbst zu Wort kommen zu lassen. Und wo und wie stellst du dir das vor?, blafft Hjálmar seinen Onkel an. Er will mit dem Kerl nichts zu tun haben, der geht ihm nur auf die Nerven.

Gylfi greift ein und pflichtet Finnur bei, es sei das Einfachste und Normalste, den Mann zu fragen, warum er ihn, Gylfi, fast zwei Monate vor seiner Ankunft in Island fotografiert habe. Ása, die auch auf dem Bild ist, erwähnt er bewusst nicht, sondern sagt, während er tiefsinnig in den Himmel schaut: Müssten wir als Christen nicht die andere Wange hinhalten?

Wer die andere Wange hinhält, wird gekreuzigt, entgegnet Hjálmar kühl.

Sie beratschlagen sich in der dämmrigen Augustnacht.

Ihre Fingerkuppen sehen aus wie Rosinen, als sie sich endlich im Klaren darüber sind, mit welcher Methode man Leuten am besten die Wahrheit aus der Nase ziehen kann.

Der Bus biegt auf den Vorplatz der Tankstelle.

Er hält kurz, um Fahrgäste rauszulassen, und fährt dann weiter Richtung Norden. Der Busfahrer streckt die Hand aus dem Fenster und winkt dem Fahrgast, der auf dem Schotterplatz zurückbleibt, zum Abschied zu. Die beiden haben sich während der Fahrt anscheinend gut unterhalten.

Hjálmar wartet in seinem schwarzen Wagen. Ihm wurde die Aufgabe zugeteilt, den Fotografen abzuholen und zum Angelhaus zu bringen. Er mustert den Mann ausgiebig, der mit seiner Kamera und seinem Rucksack dasteht und mit dem Fuß im Kies scharrt. Dann überwindet Hjálmar seine Antipathie, hupt und winkt ihm kurz zu. Der Fotograf zuckt zusammen und eilt breit lächelnd zum Wagen.

Wahnsinn, wie der Kerl lächeln kann, denkt Hjálmar, der keine Lust hat, ein Gespräch zu beginnen, als der Fotograf im Auto sitzt. Doch der Mann ist aufgeregt und gutgelaunt, freut sich auf die bevorstehende Aufgabe und sagt, er sei so froh, dass Gylfi ihn angerufen habe, so froh, ihn in der richtigen Umgebung fotografieren zu dürfen, ein nordischer Mann am Fluss beim Angeln, das sei ein Bild, von dem sämtliche Männer in Europa begeistert wären.

Angeln eure Frauen nicht?, entgegnet Hjálmar trocken. Der Fotograf ist verdutzt, schweigt einen Moment und sagt dann zurückhaltend, seine Mutter habe noch nie geangelt, jedenfalls nicht, dass er wüsste. Nee, das würde ja auch nicht funktionieren, sagt Hjálmar und gibt Gas, denn er ist immer noch auf der asphaltierten Straße. Das würde ja nie funktionieren, wiederholt er, der Schleier oder die Burka wäre ihnen im Fluss nur im Weg, da würde alles sofort klatschnass.

Der Fotograf nestelt an seiner Kamera herum, und Hjálmar macht weiter: Komisch, ich hab verschleierte Frauen noch nie im Theater gesehen, und ich war schon in vielen europäischen Theatern, eure Frauen dürfen wohl nicht ins Theater, weil sie dann anfangen könnten zu denken, oder was?

Die Antwort lässt auf sich warten, doch dann erwidert der Fotograf, dass es in jenen Teilen der Welt, in denen die meisten dieser Frauen lebten, vielleicht keine so große Theaterszene gebe. Aber ich meine muslimische Frauen in Europa, zum Beispiel in Paris, wo du wohnst, fällt Hjálmar ihm ins Wort. Der Fotograf betrachtet die hügelige Landschaft durchs Fenster, als schätze er ab, ob sie ein gutes Motiv abgäbe, erblickt einen Bauernhof und wird wieder lebhaft. Gute Unterkunft da, sagt er und zeigt auf den Hof, will offensichtlich das Thema wechseln.

Der Asphalt endet, als sie nach rechts in eine schmale holprige Schotterstraße biegen. Hjálmar drosselt das Tempo, um seinen schönen Jeep zu schonen. Die Landschaft verändert sich, als sie die Heide hinauffahren, wird karger und hüllt sich in trübe braune und graue Farben, lässt aber dennoch durch vereinzelten Bewuchs erkennen, dass hinter dem Berg ein grünes Tal liegt.

Hjálmar hat einen neuen Einfall und fragt, ob es sexuell erregend sei, wenn man sich den verführerischen Körper seiner Frau unter der Burka vorstelle und wisse, dass man als Einziger Zugang zu ihm habe. Versteckt ihr sie deshalb in diesen Kitteln?

Der Fotograf sieht ihn bestürzt an und fragt nach, denn er ist sich nicht sicher, ob er Hjálmars Englisch richtig verstanden hat, also wiederholt Hjálmar seine Frage. Mit sorgfältiger Betonung und Aussprache. Am Ende bekommt er die sehr höfliche Antwort des Fotografen, derartige Gefühle seien ihm leider nicht bekannt.

Damit ist das Gespräch beendet. Hjálmar würde gerne noch fragen, ob er seine Ex-Frau sexy gefunden habe, die, von der er das Foto in der Metro gemacht habe, beherrscht sich aber. Sonst läuft ihr Plan noch völlig aus dem Ruder.

Für den Rest der Fahrt schweigen sie.

Über dem Angelhaus liegt ein Nebelschleier.

Perfektes Angelwetter, denkt Hjálmar, und seine Laune bessert sich für einen Moment.

Als sie vorfahren, stehen Finnur und Gylfi mit Kaffeebechern in der Hand draußen auf der Terrasse. Finnur leckt sich über die Lippen, als er sie kommen sieht.

Der Schleier reißt auf. Genau in dem Moment, als sie dem Fotografen die Regeln erklären – wie er sich am Fluss verhalten soll, und wo er die besten Fotos schießen kann –, reißt er auf, und die Sonne bricht hervor. Hjálmar flucht, als er aus dem Fenster des Angelhauses schaut, sein Bruder knurrt vor sich hin, Finnur hebt die Augenbrauen und sagt, die Sonne werde sich nicht lange halten, gegen Abend solle es regnen.

Der Fotograf schaut sich sprachlos vor Bewunderung um, man sieht ihm die Vorfreude an, echte Begeisterung darüber, endlich in das Allerheiligste eingelassen worden zu sein. Als er seinen Schlafplatz zugewiesen bekommt, ist er den Tränen nah. Sein Gepäck, einen großen Rucksack, legt er aufs Bett, als wolle er sichergehen, dass ihm der Platz nicht wieder weggenommen wird. Die anderen klären ihn weiter über den Fluss auf, warnen ihn vor steilen Felsen und starken Strömungen, ermahnen ihn, an den Gumpen vorsichtig zu sein, die Fische nicht zu verscheuchen, das Handy am besten im Haus zu lassen, das sei hier so üblich, sich warm anzuziehen, am Fluss könne es eiskalt werden, wenn die Sonne weg sei, auch wenn er selber nicht ins Wasser wate, vielleicht könne er Gylfis Gummistiefel leihen, die seien zwar eine Nummer zu groß, aber er bekomme sonst am Fluss nasse Füße, mit Turnschuhen habe man da eigentlich nichts zu suchen. Allerdings können sie ihn nicht überzeugen, eine lange Wollunterhose unter seine Jeans zu ziehen, denn er behauptet, darin werde ihm viel zu schnell warm.

Ihr seid ja so heißblütig da unten im Süden, stichelt Hjálmar, vielleicht müssen eure Frauen deshalb Kittel tragen, damit euer Blut nicht überkocht.

Was soll der Quatsch?, wirft Finnur irritiert ein. Doch Hjálmar macht weiter und sagt, er verstehe einfach nicht, warum das ein Tabuthema sei, oder hast du, Finnur, bei deinen Reisen im Ausland schon mal verschleierte Frauen in den Konzertsälen gesehen?

Nein, antwortet Finnur knapp und scheint sich mehr für die Fliegen zu interessieren, die er in seiner kleinen flachen Kiste aufreiht, als für weibliche Kopfbedeckungen. Dachte ich mir, kontert Hjálmar, man verwehrt ihnen den Zugang zur Kultur.

Finnur hält eine Fliege ins Licht, mustert sie und sagt dann, seine Mutter habe immer ein Kopftuch getragen, um ihre Haare vor Essensgeruch und Qualm zu schützen. Er schaut seinen Neffen eindringlich an und fügt hinzu: Zu besonderen Anlässen trug sie einen Seidenschleier.

Während Finnur sich mit den Fliegen beschäftigt, packen die Brüder die Proviantbehälter. Belegte Brote, Trockenfisch, Butter, Schokoladenkekse, Bier für Hjálmar, Portwein für Finnur, Cola und Kaffee für Gylfi. Was trinkst du?, fragt Gylfi den Fotografen. Er antwortet, er trinke Wasser und vielleicht einen Kaffee. Ach nee, sagt Hjálmar, dürft ihr etwa auch keinen Alkohol trinken?

Es ist offensichtlich, an wem man hier seine schlechte Laune auslässt.

Das ist eine andere Kultur, sagt Finnur eindringlich. Er bekommt langsam Angst, dass Hjálmar den Mann verschreckt. Um das gehässige Verhalten seines Neffen wiedergutzumachen, klopft er dem Fotografen freundschaftlich auf den Rücken und fragt, na, Junge, wie gefällt dir unser Land? Im selben Moment fällt ihm das Schulterklopfen oder Streicheln ein, von dem Dúi ihm erzählt hat, und er wird ganz verlegen.

Doch der Fotograf hält eine lange, begeisterte Rede über das Land, die Farben seien so großartig, dass er es morgens kaum erwarten könne, aufzuwachen und rauszugehen, um zu fotografieren. Er erzählt, wie er nach Suðurnes gefahren sei, um die Fischer und das Leben am Meer zu fotografieren, und letztens auch hier im Westen gewesen sei, wo Berge und Täler in diesem geheimnisvollen Licht miteinander verschmelzen würden.

Sie hören schweigend zu, bis Finnur, der immer auf die Details achtet, fragt: Was für einen Wagen hast du denn? Der Fotograf erklärt, er sei nur mit Bussen und LKWs gefahren, das sei sehr nett, weil die Fahrer alles über die Gegend wüssten, die besten Plätze kennen, ihn irgendwo rauslassen und auf dem Rückweg wieder mitnehmen würden.

Finnur wirft Gylfi einen Blick zu. Du hättest dem Jungen doch ein Auto leihen können, stößt er hervor. Daran habe ich überhaupt nicht gedacht, sagt Gylfi nach kurzem Schweigen mit entnervtem Gesicht, muss ich mich immer um alle kümmern, nur weil ich Geld habe?

Grummelnd gehen sie auf die Terrasse, ziehen Wathosen und Turnschuhe an, die Brüder schlüpfen in ihre Westen, setzen die Schirmmützen auf, stecken Brillen und Fliegen in ihre Taschen, während der Fotograf mit der Kamera um sie herumspringt. Finnur richtet seine Krawatte, setzt den weichen Hut auf und sagt dann übermütig, wenn er ein paar vernünftige Aufnahmen von ihnen hinkriege, könne er ihm eventuell seine Wathose und seine Angel ausleihen. Das würde sich aber noch rausstellen, die Fotos müssten nämlich gut sein.

Unbewusst klopft er auf seine Jackentasche.

Dann sagen sie noch ein paarmal »also dann« und gehen runter zum Fluss. Stapfen vornübergebeugt mit ihren Angeln und Proviantbehältern los.

Der Fotograf folgt ihnen mit den Gummistiefeln in der Hand, die er immer wieder abstellt, um beide Hände für die Kamera frei zu haben.

Er hat mich öfter angesprochen, wenn ich mir an der Tanke was zu essen geholt habe. Er hatte wohl bis dorthin den Bus genommen und wollte dann sparen und weiter trampen, weil er kein Geld hatte, der arme Junge. Ich fand es okay, ihn mitzunehmen, jemanden zum Quatschen zu haben, das ständige Gelaber im Radio macht einen nur müde. Einmal hab ich ihn gefragt, warum er eigentlich eine so teure Kamera habe, das war nämlich ein Superding, und dann trampen müsse, anstatt sich wie andere Touristen einen Mietwagen zu nehmen. Da hat er nur gegrinst und meinte, das sei ein Schnäppchen vom Schwarzmarkt. War bestimmt Diebesgut, wobei ich das natürlich nicht sicher sagen kann. Jedenfalls, ich kenne mich natürlich hier in der Gegend aus, stamme von hier, also konnte ich ihm sagen, wo die wichtigsten Flüsse sind, dafür interessierte er sich ganz besonders. Hab ihn dann an den richtigen Stellen rausgelassen und ihm gesagt, wann ich ungefähr zurückkomme, das war manchmal auch erst am nächsten Tag, und dann stand er immer parat. Hatte einfach bei irgendeinem Bauern übernachtet. Ich glaube, der Junge ist echt clever, der hat sich immer was gesucht. Er ist ziemlich dunkelhäutig, aber nicht ganz schwarz, ein hübscher Kerl, wirklich verdammt gutaussehend. Wir haben nicht viel über Persönliches gesprochen, eigentlich kaum, nur einmal hab ich ihm von meiner Frau erzählt, ich weiß nicht mehr, wie wir darauf kamen, und da erzählte er, er sei nicht verheiratet, wohne bei seiner Mutter in Paris, darüber haben wir dann ein bisschen geredet, er meinte, er habe die Schnauze voll von Großstädten, halte es da nicht mehr aus und wolle am liebsten aufs Land ziehen, hier in Island, glaube ich, ja, doch, er wollte Bauer werden oder so was, nee, ich weiß nicht genau, aber er dachte bestimmt darüber nach, herzuziehen, so wie er mich ausgefragt hat. Und er war total begeistert von unseren Flüssen, kriegte sich gar nicht mehr ein und hätte bestimmt gerne an einem Fluss gewohnt, doch, das würde mich nicht wundern.

13

Das Angelhaus döst in der Nachmittagssonne.

Es wirkt nicht so, als würden die Männer gerade essen oder andere körperliche Bedürfnisse verrichten, aber Nanna will kein Risiko eingehen, setzt ihre Brille auf, damit sie weiter sehen kann, wartet einen Moment, lauscht, späht nach links und rechts. Hjálmars schwarzer Jeep scheint bei der Wärme auch zu schlafen. Sie hat Gylfis Wagen hinter der Anhöhe an der Abzweigung geparkt, wo er vom Haus aus nicht zu sehen ist, damit sie geräuschlos wieder verschwinden kann.

Als sie in der Nacht im Hotel wachgelegen hat, hat sie darüber nachgedacht, ob sie vom Hoteltelefon aus anrufen oder warten soll, bis sie ihr Handy geholt hat. Nach reiflicher Überlegung entschied sie sich für Letzteres, dann würde ihr Vater ihre Nummer sehen und könnte sie zurückrufen, falls sie doch noch im letzten Moment einknicken und auflegen sollte. Sie spürte, dass sie an einem Punkt in ihrem Leben angekommen war, den sie nicht ignorieren konnte. Es war ihr ein Rätsel, warum ihre Gedanken immer wieder zu ihrem Vater und ihrer Kindheit schweiften, dafür gab es keine triftige Erklärung, außer dem Alter. Und es war ja auch bequem, das Alter für alles Unangenehme verantwortlich zu machen – fixe Ideen,

Selbstmitleid, Pingeligkeit. Wenn man in der Lebensmitte angekommen ist, muss man dem Ende ins Auge sehen. Ihr Vater würde nicht ewig leben, und sie musste wissen, warum er sie verlassen hatte, wollte es von ihm selber hören. Vielleicht hatte er ja etwas zu seiner Verteidigung zu sagen.

Die Männer sind, wie vermutet, unten am Fluss, das Haus ist leer.

Nanna kann ihr Handy holen und wieder verschwinden. Sie sucht im Wohnzimmer danach, weiß nicht mehr, wo sie es hingelegt hat, und registriert dabei automatisch den Zustand des Hauses. Die Männer haben Kaffeetassen auf dem Tisch stehen lassen, einen Teller mit Fladenbrot, schmutziges Geschirr im Spülbecken, waren zu faul, es in die Spülmaschine zu stellen. Sie seufzt und muss sich beherrschen, nicht aufzuräumen. Als sie zufällig aus dem Fenster schaut, sieht sie eine Bewegung bei den Felsen unten am Fluss. Ein ungewöhnlicher Platz zum Angeln. Die Männer stehen nicht auf den Felsen, wenn sie angeln. Sie wird neugierig, nimmt das Fernglas, das in einem Regal bei den Angelbüchern liegt, entdeckt dabei ihr Handy, steckt es erleichtert ein, geht dann zum Fenster und stellt das Fernglas scharf.

Der Mann dreht ihr den Rücken zu, aber sie sieht sofort, dass es nicht Gylfi ist, zumal der nicht auf den Felsen stehen würde. Von der Statur her könnte es eher Hjálmar als Finnur sein. Er beugt sich über etwas in seiner Hand, als würde er es ausgiebig studieren. Dann hockt er sich hin und legt sich mit dem Ding in der Hand bäuchlings an die Felskante – es scheint ein Fernglas zu sein. Seine Körperstellung wirkt so, als würde er Vögel beobachten.

Es sieht Hjálmar gar nicht ähnlich, sich mit etwas anderem als Angeln zu beschäftigen, wenn der Fluss zu seinen Füßen liegt, und Nanna kann sich nicht erinnern, dass er sich jemals für Vögel interessiert hat.

Sie ist schon halb wieder beim Wagen, als sie stehen bleibt und den starken Drang verspürt, Hjálmar noch ein wenig anzuschauen. Ohne, dass er es sieht. Ein wenig an ihn zu denken. Sie gibt dem Impuls nach und schlägt den schmalen Pfad zu den Felsen ein, diesen Weg durch das Gesträuch kennt sonst niemand, sie geht gebückt, um nicht gesehen zu werden, den Kopf zwischen die Birkenzweige geduckt. Sobald sie ihn mit aufgesetzter Brille ziemlich gut sehen kann, gibt sie sich zufrieden. Bleibt stehen und schiebt einen Zweig aus dem Weg, sein Gesicht ist nicht zu erkennen.

Als er sich aufsetzt und so dreht, dass sie ihn von der Seite sehen kann, wird ihr klar, dass er eine Kamera in der Hand hält und kein Fernglas. Jetzt erkennt sie an seinem Profil auch, dass es gar nicht Hjálmar ist. Es ist ein dunkelhäutiger Mann. Es ist der Fotograf, der Ausländer. Nanna ist so erschrocken, dass sie sich blindlings auf einen Grasbuckel fallen lässt.

Was zum Teufel macht der hier?, denkt sie und überlegt fieberhaft, was sie tun soll. Soll sie den Männern sagen, dass er sie unerlaubt fotografiert, oder sich lieber nicht einmischen? Während sie noch darüber nachgrübelt, hört sie vom Felsen Stimmen herüberdringen. Sie reckt den Kopf. Es ist Finnur, in voller Montur. Er bedeutet dem Fotografen, ihm zu folgen, dann stapfen die beiden gemeinsam den Abhang hinunter und verschwinden aus ihrem Blickfeld.

Ein Steinchen kann eine Lawine auslösen.

Finnur murmelt vor sich hin, als er am Abhang ein paar kleine Steine lostritt, dreht sich zu dem Fotografen um und sagt ihm, er solle vorsichtig sein. Doch der ist von seinen Streifzügen durch das Land bereits einiges gewohnt und lächelt nur. Der Mann hat ein ungewöhnlich sonniges Gemüt, denkt Finnur und fragt ihn, ob er schon ein paar gute Fotos gemacht habe. Der Fotograf erzählt, er habe sie alle beim Angeln fotografiert, hätte aber gerne noch ein paar Nahaufnahmen von ihren Gesichtern, wenn gerade ein Lachs anbeißt, aber dafür müsse er in den Fluss waten, er sei in den Gummistiefeln nicht weit gekommen. Von dem Felsen da oben habe er schon ein paar gute Aufnahmen vom Fluss gemacht, Panoramafotos. Er trägt sowohl seine Kamera um den Hals als auch die Turnschuhe, die er an den Schnürsenkeln zusammengebunden hat.

Finnur nimmt ihn mit zu seinem Platz am unteren Nebenarm. In einer Senke unweit des Flusses steht sein Proviantbehälter. Er führt den Fotografen hin, dreht sich dann zu ihm und sagt, er habe sich überlegt, ihm die Angel zu überlassen, für eine halbe Stunde oder so. Der Fotograf wird vor Aufregung ganz hektisch und spricht so laut, dass Finnur ihn beschwichtigen muss. Er erklärt ihm, der Fluss sei genauso sensibel wie eine Frau, er nehme alles persönlich, deshalb dürfe er ihn nicht mit lautem Gequassel verschrecken. Was ein Vorwand ist, denn er hat nur keine Lust zum Zuhören, während er in seine Gedanken vertieft ist.

Finnur zieht die Wathose aus und bietet dem Fotografen an, mal reinzuschlüpfen. Das dauert ziemlich lange, der Fotograf hat so etwas noch nie gesehen, er rubbelt und zieht an dem Material und stellt viele Fragen, so dass Finnur ihm einen Vortrag über Angelausrüstung halten muss. Was er alles andere als langweilig findet. Er klärt ihn über den Unterschied zwischen der älteren und der neueren Version von Wathosen auf, Hjálmar und er hätten die älteren, die würden an der Taille zusammengebunden, Gylfi hingegen hätte die neueren, die seien höher und hätten Hosenträger. Hjálmar trage seine alte Wathose aus purem Aberglauben, denn darin habe er immer so viel gefangen. Er selber trage die alte, solange sie hielte, er finde es unnötig, etwas wegzuschmeißen, das noch so gut wie neu sei. Auch wenn Gylfis Wathose, die neue, vielleicht besser sei, hätte sie doch den Nachteil, dass sie sich, wenn Wasser hineinlief, wie ein Ballon aufpumpen und dann die Beine nach oben und den Kopf nach unten ziehen würde. Die alte werde mit Wasser natürlich auch schwer und ziehe einen nach unten, aber der Kopf bleibt zum Glück oben, beendet Finnur seine Belehrung und schlüpft in die Gummistiefel.

Als Nächstes folgt eine Unterrichtsstunde im Auswerfen. Finnur ist überrascht, wie geschickt der Fotograf mit der Angel umgeht, und sagt es ihm. Der Mann entgegnet, er habe schon mal geangelt, nur andere Fische. Finnur bindet seine vielversprechendste Fliege an, und der Fotograf watet wichtigtuerisch in den Fluss und wirft geschickt in Richtung Wasserfall, wie Finnur es ihm gesagt hat.

Finnur setzt sich schweigend ans Ufer und lässt ihn eine Weile machen. Er hat sich vorgenommen, ein Wörtchen mit dem Mann zu wechseln, bevor die anderen die

Gelegenheit dazu bekommen. Er spürt die dünne Luft zwischen den Brüdern und fürchtet, dass Hjálmar sein Temperament nicht unter Kontrolle hat, sollte das Gespräch auf das Thema Religion kommen, insbesondere auf die des Fotografen. Durch Aggressivität erfährt man nie die Wahrheit. Außerdem hat Finnur seine Zweifel, ob die Brüder ihre Fragen exakt genug stellen werden, denn die Leute neigen dazu, sich gegenseitig ins Wort zu fallen, wenn sie aufgewühlt sind, was die Sache verkompliziert.

Die Fliege zieht ein verführerisches V-förmiges Muster auf der Wasseroberfläche, und der Fisch schnappt sie in einem schier unendlich erscheinenden Sprung. Finnur schnellt wie von der Tarantel gestochen hoch, vergisst die festgelegten Verhaltensregeln völlig, flitzt am Ufer hin und her, watet mit den Gummistiefeln so weit wie möglich ins Wasser und ruft dem Angler Anweisungen zu. Die auch dringend nötig sind. Der Fotograf zittert vor Aufregung. Immerhin schafft er es, den Fisch am Rand des Wasserfalls zu halten. Finnur ist erregt und brüllt ihn unentwegt an, halt ihn nicht so fest, komm näher zum Ufer, verdammt nochmal, geh weiter rein, Mann! Der Kampf dauert lange, beide sind schweißgebadet. Endlich zieht der Fotograf ihn an Land, einen schönen Milchner, der es im Leben noch weit bringen wollte. Was er auch darf, dafür sorgt Finnur. Der Fotograf ist ein bisschen sauer, gefangene Fische soll man seiner Meinung nach essen, und versteht Finnurs Philosophie nicht, sie wieder freizulassen.

Nach der Zitterpartie bietet Finnur ihm Kaffee und Trockenfisch an. Sein Angelunterricht ist noch nicht beendet, das Nachwort folgt in Form eines Vortrags über das Anbeißen. Das meiste davon geht an dem Fotografen vorbei. Mit Bedauern zieht er die Wathose wieder aus und seine Turnschuhe an, überwältigt von seinem Erfolg, weshalb nur einzelne Worte zu ihm durchdringen.

Schließlich beruhigen sich die beiden wieder, und Finnur sagt eine Weile nur hm. Die Zeit für das Verhör ist gekommen. Die Zahlen müssen stimmen, trotz alledem. Er zieht das ausgedruckte Foto aus der Tasche, hält es dem Fotografen unter die Nase und fragt ihn, warum er es geknipst habe.

Nachdem der Mann sich von dieser überraschenden Wendung erholt hat, geht es längere Zeit wie geplant um den Fund des Bildes, wobei Finnur bei der Schilderung seines Besuchs in der Kellerwohnung nichts auslässt. Der Fotograf ist erschrocken und kommt ins Stammeln, als er von Dúis unerklärlichem Verhalten erzählt, die Schläge seien ihm noch lange nachgegangen und hätten ihn psychisch sehr mitgenommen, er verstehe einfach nicht, was er gesagt oder getan hätte, das den Mann so wütend gemacht habe.

Finnur, der sich mit Geschlechterfragen und zwischenmenschlichen Beziehungen ziemlich gut auskennt, ohne es an die große Glocke zu hängen, möchte nicht zu viele Worte darüber verlieren, denn die Entstehung des Fotos ist wichtiger. Er fragt den Fotografen noch einmal, warum er das Foto geknipst habe. Der Mann betrachtet das Bild, schüttelt ratlos den Kopf und sagt schließlich: die Gegensätze. Sie saßen nebeneinander, er dunkelhäutig, sie weiß, und der Mann, der neben ihr stand, war noch hellhäutiger. Als Fotograf musste ich das einfach festhalten.

Das Bedürfnis des Menschen, Begebenheiten schriftlich oder bildlich festzuhalten, lässt sich nicht bestreiten. Finnur weiß das und fragt als Nächstes, woher er denn gewusst habe, aus welchem Land die Weißen stammten, und warum er ihnen dorthin gefolgt sei. Hastig antwortet der Fotograf: Der Mann hatte eine Reisetasche dabei, und auf dem kleinen Schildchen konnte ich seinen Namen und den des Hotels lesen, also, nicht das Hotel, in dem sie in Paris wohnten, sondern das Hotel in Island, in dem ich am Anfang war. Ich bin an derselben Station ausgestiegen wie sie und ihnen ein Stück gefolgt, bis sie im Hotel verschwanden. Damit ich besser sehen konnte, was auf dem Schildchen stand.

Finnur schweigt mit undurchdringlicher Miene. Der Fotograf merkt, dass er ihn nicht versteht, lächelt und schüttelt dann entschuldigend den Kopf: Es gibt so vieles, was einen als Fotografen interessiert. Zum Beispiel die Situation damals in der Metro, die Farben, aber auch ihr Verhalten. Sie waren so selbstsicher, fast überheblich. Aber nicht die Art von Überheblichkeit, die Weiße dunkelhäutigen Menschen gegenüber oft an den Tag legen, keineswegs, sie waren zu allen freundlich und zuvorkommend. Es war, als käme diese Selbstzufriedenheit oder Überheblichkeit aus ihrem Inneren. Das hat mich neugierig gemacht. Ich wollte wissen, wer sie waren, woher sie kamen, ich wollte wissen, in welcher Umgebung Menschen leben, die so unglaublich viel Selbstbewusstsein besitzen. Deshalb bin ich hergekommen, um dieses weiße Volk hoch im Norden zu sehen und zu fotografieren.

Wir sind aber gar nicht besonders weiß, sagt Finnur

nach einer langen Pause trocken. Wobei er darauf achtet, den Faden nicht zu verlieren, die vorbereiteten Fragen nicht zu vergessen, obwohl sie nach den letzten Aussagen nicht mehr viel Sinn haben und in keinem Zusammenhang mit den persönlichen Eingeständnissen des Verhörten stehen. Er fragt, ob er einer Glaubensgemeinschaft oder Umweltinitiative angehöre, die sich für Island interessiere und sich womöglich hier niederlassen wolle. Um die Wahrheitsfindung voranzutreiben, fügt er hastig eine Lüge hinzu: Falls dem so ist, sind wir natürlich gerne zur Unterstützung bereit.

Der Fotograf schaut ihn einen Moment an, regungslos und mit halbgeöffnetem Mund, als hätte die letzte Frage ihn geradezu schockiert, schüttelt dann den Kopf und sagt, er wisse nicht, worauf er hinauswolle. Als er Finnurs forschendem Blick begegnet, ergänzt er noch, er könne sich durchaus vorstellen, sich in Island niederzulassen und seine Mutter, seine Großmutter und seinen Bruder mitzubringen.

Finnur knabbert eine Ewigkeit an seinem Trockenfisch und an den neuesten Informationen, bevor er die letzte und in seinen Augen wichtigste Frage stellt. Er fragt den Mann geradeheraus, ob er Gylfi erpresst habe und wie hoch die Summe sei.

Der Fotograf ist sichtlich schockiert, woraufhin Finnur schnell hinzufügt: Du weißt doch, dass Hjálmars Exfrau mit Gylfi auf dem Foto ist, oder?

Der Fotograf starrt ihn weiter an, als verstünde er die Welt nicht mehr.

Finnur merkt, dass er fürs Erste nicht weiterkommt. Schweigend zieht er die Watstiefel an. Er will in den

Fluss, um die Ergebnisse des Verhörs zu überdenken, besonders die neuen Informationen in Bezug auf Hotels. Darüber vergisst er jedoch nicht die Höflichkeit des Weltbürgers und teilt dem Fotografen freundlich mit, er werde nun weiterangeln, er rechne mit Sprühregen. Zufrieden blickt er in den Himmel, holt tief Luft, dreht sich zu ihm um und fragt, ob er nicht weiterfotografieren wolle.

Er schaut dem Fotografen hinterher, doch seine Rückansicht gibt nicht viel zu erkennen. Die Gummistiefel hat er am Ufer stehen lassen.

Der Vogel kreischt über der Gumpe.

Im selben Moment entwischt Gylfi der Lachs. Der Vogel ist schuld. Doch der Lachs scheint auch zu wissen, wie er an dieser Stelle freikommt, das ist wirklich unglaublich. Und nicht nur das – obwohl er weiß, dass es bei diesem Spiel um Leben und Tod geht, lässt er sich darauf ein, als suche er die Gefahr. Genau wie der Mensch. Was zum Teufel denkst du dir nur dabei, Lachs, denkt Gylfi.

Die Sonne hält sich, obwohl die aufziehenden Wolken erkennen lassen, dass der Vorhang bald auf die Primadonna sinken wird. Der eine oder andere Fisch präsentiert sich in der Sonne direkt unter der Wasseroberfläche bei den Steinen, während die anderen abwarten, auf einen Wetterumschwung warten. Gylfi wartet auch, muss warten, geduldig sein, darf keinen Fehler machen. Nichts Unbedachtes tun.

Die Steine oberhalb der Schlucht sind gute Verstecke für die Fische, aber sie kennen noch ein besseres, die Gumpe an der erdigen Uferstelle weiter flussabwärts. Da halten sie sich häufig auf, als wüssten sie, dass Angler unscheinbare Stellen instinktiv meiden und sich lieber an schöneren Orten postieren. Natürlich hatte Hjálmar die erdige Gumpe mit seiner empfindsamen Nase entdeckt, der Künstler, der alles um sich herum wahrnimmt, nur nicht das, was ihn selber betrifft. Einmal machten die Brüder dort reiche Beute, als sie von den flachen Felsen auf der gegenüberliegenden Flussseite auswarfen. Gylfi beschließt, runter zur Gumpe zu gehen, auf alles vorbereitet zu sein, falls das Wetter plötzlich umschlägt, denn dann muss man damit rechnen, dass die Fische Sauerstoff bekommen und die Beherrschung verlieren wie Menschen, die sich betrinken.

Langsam marschiert er mit seiner Angelrute und dem Proviantbehälter flussabwärts. Hjálmar steht weiter oben und Finnur weiter unten. Er hat keine Ahnung, wo sich der Fotograf aufhält. Er bleibt stehen, schaut sich um, sieht nirgends eine Bewegung, nichts regt sich, bis auf das Wasser im Fluss. Und er betrachtet seinen Fluss.

Er sieht, wie sich der Fluss hinunter zur Schlucht und durch sie hindurch windet, wie das kristallklare Wasser über die Steine tost, wie es rechts und links leicht gegen die Uferfelsen spritzt, als wolle es sie necken, diese Riesen, die nicht von der Stelle kommen, wie der Fluss reißend und unbeirrt durch die Schlucht rast, nahezu begierig, als erwarte er etwas Aufregendes, wenn sich das Wasser zusammenpressen muss, er sieht den Übermut, mit dem es aus dem Engpass schießt.

Instinktiv presst Gylfi sich die Hand aufs Herz und seufzt ein paarmal, von Emotionen überwältigt. Dann verzaubern ihn die Farben am Fluss, wie sie sich aneinanderreihen, wie das Grün mal heller, mal dunkler wird, allmählich das Gelb in sich aufnimmt, das Braun und das Rot, und die Ebene an vereinzelten Stellen mit Veilchen verzieren. Gylfi ist ergriffen, muss sich auf einen Hügel setzen und tief Luft holen, während er sich das Bild vom Fluss und den Farben einprägt. Dieses Bild wird er bei sich tragen, wenn er vor seinen Schöpfer tritt.

So sitzt er eine Weile da, bis ihm plötzlich ein anderes Bild in den Sinn kommt. Ein Bild, das er am liebsten vergessen würde. Doch da ist es, das Bild von Ása und ihm. Sie müssen dem Fotografen noch auf den Zahn fühlen, herausfinden, was er vorhat. Und was wollte Finnur eigentlich, warum knallte er den Brüdern zu Beginn des Angeltrips das Bild vor die Nase? Damit hätte er doch auch bis nach dem Angeln warten können und ihn nicht zwingen müssen, den Fotografen herzubeordern, an seinen Fluss. Sie hätten den Mann genauso gut zu Hause zur Rede stellen können. Finnurs ewige Genauigkeit und Pedanterie war manchmal wirklich anstrengend. Er hätte sich doch denken können, dass Hjálmar vielleicht heftig auf das Bild reagieren und ihnen das Angeln vermiesen würde. Was zum Glück nicht passiert ist, Hjálmar scheint nicht mehr viel für seine Ex-Frau zu empfinden. Aber man hat ja immer noch seine Ehre und seinen Stolz. Unberechenbar, so was. Und Hjálmar grübelte über etwas nach, das spürte er, wobei das auch mit seinem Beruf zu tun haben konnte, vielleicht hatte er eine Rolle nicht bekommen, die er unbedingt haben wollte, Künstler waren ja so sensibel und immer mit sich selbst beschäftigt, in einer anderen Welt gefangen, sahen nicht, was direkt vor ihrer Nase ablief, im profanen, langweiligen Alltag. Vielleicht war das, was seine Mutter mal zu ihm gesagt hatte, gar nicht so dumm: Wenn man die Wahrheit direkt vor der Nase hat, sieht man sie nicht.

Er starrt auf den Fluss und denkt an seine Mutter. Er vermisst sie andauernd. Da fällt ihm ein, dass Nanna den Fluss auf Senna übertragen lassen wollte, damit er nach seinem Tod nicht in fremde Hände fällt. Aber das hat er noch nicht gemacht. Und wird es auch nicht machen. Senna interessiert sich nicht fürs Angeln und auch nicht für die Geschäfte, das hat er längst gemerkt, sie würde den Fluss nach seinem Tod noch nicht einmal gewinnbringend verpachten. Er hat etwas anderes mit ihm vor. Diesen Willen muss er noch in sein Testament schreiben. Und wenn der bekannt wird, ist er tot, und die Leute können sich aufregen, wie sie wollen.

Bei der Vorstellung, wie die Leute sich aufregen, muss er wieder an das Foto und den ganzen Mist denken. Er muss es Finnur wegnehmen, es unauffällig aus seiner Jackentasche stibitzen, vor lauter Angelfieber hat er nicht logisch gedacht und keine Vorkehrungen getroffen. Als er wieder klar denken kann und begreift, dass das Foto natürlich auch auf dem Handy des Fotografen gespeichert ist, von dem er genau weiß, wo es sich befindet, und dass es keine komplizierte Sache ist, das verdammte Bild zu löschen, fängt es an zu regnen. Die Tropfen fallen auf seine Schirmmütze.

Ein leichter Schauer durchfährt ihn. Der Wetterwechsel, auf den er gewartet hat, ist da. Jetzt schwimmen sie, die Prachtkerle, jetzt bekommen sie Sauerstoff und zeigen ihre Kräfte, jetzt ist es so weit. Er schaut zum Angelhaus und rechnet aus, wie lange er brauchen würde, um kurz raufzulaufen, das Foto zu löschen und wieder runterzulaufen, aber das dauert zu lange, die Zeit ist zu kostbar. Wenn er etwas fangen will, muss er schnellstmöglich runter zur Gumpe. Über das Handyproblem kann er später nachdenken, das wird sich schon klären, wie alles andere auch.

Er fängt an zu rennen, er wird massenweise Fische rausziehen, vielleicht ein paar behalten, und sei es auch nur, um sie seinen Kameraden zu zeigen, die sich immer für die besseren Angler halten, auch wenn sie es nicht direkt sagen, nur dumm, dass er den Fotografen nicht holen kann, damit er ihn dabei ablichtet, wie er im hohen Bogen auswirft, im Vordergrund ein zappelnder Lachs, das sind die allerbesten Motive, wo ist der Kerl nur, hat er ihn nicht eingeladen, um ihn zu fotografieren?

An den oberen Gumpen ist starke Strömung.

Das ist auf Dauer ermüdend, auch für robuste Angler, die so gekonnt auswerfen, dass andere vor Neid erblassen. Bei dem verhangenen Himmel hat Hjálmar eine Traumphase, elf Lachse haben schon angebissen. Aber damit hat er natürlich gerechnet, denn der Fluss wimmelt nur so von Fischen, sobald er in der Nähe ist. Er muss das Wasser gar nicht peitschen oder die Fische verfolgen, stattdessen verfolgen ganze Schwärme ihn. Völlig unverständlich, hatte Finnur irgendwann mal gesagt, als sein Neffe seine Statistik durcheinanderbrachte, aber er hatte eben nicht Hjálmars Ausdauer und Sturheit miteinberechnet.

Hjálmar hat alle Fische wieder zurückgesetzt, bis auf drei, die bleichsilbern am grünen Ufer liegen und die letzte Reise zu ihrem schönen Geburtsort abgeschlossen haben. Mit Schirmmütze und Sonnenbrille getarnt, sieht Hjálmar den Fotografen mit der Kamera zu dem silbernen Fang schleichen. Er gibt vor, ihn nicht zu sehen, späht nur ab und zu aus dem Augenwinkel in seine Richtung.

Er hat keine Lust, sich um den Mann zu kümmern, und hofft, dass er bald wieder geht – wenn der Kerl in der Nähe ist, bekommt er sofort schlechte Laune. Dabei versteht er gar nicht, warum, seufzt über seine eigene Launenhaftigkeit und überlegt resigniert, wie er wohl mal sein wird, wenn er älter ist.

Aber dieser Fotograf hat etwas an sich, das er einfach nicht ausstehen kann. Diese ständige gute Laune und dieses dämliche Grinsen machen ihn misstrauisch, besonders bei einem Frauenhasser. Er findet, die haben kein Recht zu grinsen. Als er versucht, seiner Abneigung auf den Grund zu gehen, kommt er darauf, dass er sich vielleicht schon mit zu vielen Arten von Menschen auseinandergesetzt hat. Seine stärkste Empfindung würde er allerdings lieber verdrängen, die ist ihm zu weichlich. Er fühlt sich von dem Mann bedroht. Meint zu spüren, dass er etwas Böses im Schilde führt. Das klingt wie aus dem Mund einer Wahrsagerin. Eigentlich unter seiner Würde. Aber trotzdem, war der Typ etwa nicht wie ein Blitz aus heiterem Himmel aufgetaucht? Hatte seine Mutter ihn nicht Loki genannt? Die viele Theaterlektüre macht mich schon ganz kirre, denkt Hjálmar kopfschüttelnd.

Er wirft dem Fotografen einen Blick zu, der jetzt ausgestreckt am Ufer liegt, die Hand in den Fluss hält und ein kleines Glas mit Wasser füllt. Dann richtet er sich wieder auf und schließt das Glas mit einem Deckel. Als er es in die Tasche steckt, treffen sich ihre Blicke. Der Fotograf lächelt kurz, will dann mit dem Glas weggehen. Jetzt reicht's, denkt Hjálmar wütend, will an Land waten, doch die Natur übernimmt das Kommando.

Der Moment wird ihm aus der Hand gerissen.

Seine Angel biegt sich, der Fisch hat zappelnd angebissen. Die Leine rast von der Spule. Seine Gedanken über den Mann am Ufer lösen sich augenblicklich auf, er sieht nur noch die Leine, das Wasser, den Fisch, er ist aufgewühlt, atmet heftig, seine Brust ist kurz vorm Zerplatzen. Es ist ein Riesenbrocken, ein Mordskerl, der ihn herausfordert, und er nimmt die Herausforderung an, wird keinen Fußbreit weichen, hier wird bis zum letzten Blutstropfen gekämpft, zwei Wilde, die ihr Schicksal in die Waagschale werfen. Er muss die Leine halten, aufpassen, dass sie nicht reißt, sein Gehirn einschalten, darf die Technik nicht vergessen, das ist der Augenblick, nach dem er sich das ganze Jahr über sehnt, mit dem er liebäugelt, wenn er nach dem Stress auf der Bühne versucht runterzukommen, er sieht ihn stets bis ins kleinste Detail vor sich, aber wenn es dann so weit ist, wird doch immer alles ganz anders. Immer wieder springt der Lachs, dieser majestätische Fisch mit dem ganzen Ozean in den Flossen. Er hat sich den Fluss angeeignet, wird sein Revier verteidigen, seinen Feind in die Knie zwingen. Was ihm fast gelingt, Hjálmar krümmt sich vor Anstrengung, hat Speichel in den Mundwinkeln. Der Lachs weiß genau, wie er den Angler müde macht, als hätte er lange dafür geübt, dieser Mistkerl kennt seine Rolle.

Der Kampf dauert nun schon über eine Stunde.

Der Fisch springt aus dem Wasser, zerrt und reißt alles entzwei.

Hjálmar steht da mit der Angelrute, betrachtet die zerrissene Leine, die unterwürfig zu ihm gekrochen kommt, seine Hände zittern. Reglos steht er im Fluss, blickt erschöpft ins Wasser und wartet darauf, dass seine Gedanken klarer werden. Er wurde besiegt, hat den Kampf verloren.

Der Fluss amüsiert sich, ist bester Laune, bejubelt die Spieler am Ende des Stücks mit vergnügt glucksender Strömung, und Hjálmar wankt an Land. Er lässt sich aufs Flussufer fallen, merkt erst jetzt, dass es nieselt. Himmel und Erde haben sich zu einem grauen Schleier vermischt, alle anderen Farben getilgt und die Vögel vertrieben. Er hat das Gefühl, alleine auf der Welt zurückgelassen worden zu sein.

Hjálmar hat keine Kraft, sich nach dem Proviantbehälter zu recken und sich ein Bier zu nehmen, obwohl er durstig ist. Seine psychische Kraft ist aufgebraucht, er meint, durch ein Labyrinth zu irren, aus dem es keinen Ausweg gibt, keine Bank zum Ausruhen. Er ist frustriert, aber nicht wegen der Niederlage im Kampf mit dem Lachs, denn sie sind es gewohnt, miteinander zu kämpfen, und wissen, dass nur einer das Spiel gewinnen kann.

Eine andere Niederlage nagt an ihm, die er auf die Schnelle nicht analysieren kann. Er blickt in den Nieselregen, versucht die Felswände weiter unten auszumachen, doch sein Auge findet kein Bild. Dabei ist sein Kopf voller Bilder, er muss sie nur auf die Bühne bringen. Die Szenen aneinanderreihen, sich selbst die Hauptrolle geben, jeder

Szene eine passende Nebenfigur beifügen. Anders schafft er es nicht, seine Gedanken zu ordnen, er muss sich in eine Rolle hineinversetzen, denn das beherrscht er.

Wie so oft beim Theater stehlen die Nebenfiguren die Show. Sein Bruder betritt als Erster die Bühne, obwohl ihn niemand dazu aufgefordert hat, Hjálmar wollte eigentlich Nanna als Erste oben haben. Dann ist wahrscheinlich Gylfi der Auslöser für seinen Frust, für seine unterdrückte Wut, er will ihn schlagen, sieht die Auseinandersetzung auf der Bühne vor sich. Aber warum? Er hat sich doch längst mit Gylfis Überlegenheit abgefunden, der Scheißkerl hat alles, Hotels, Land, Häuser, Autos, die beste Frau. Hjálmar will das Leben seines Bruders gar nicht führen, selbst wenn er die Wahl hätte. Er will Künstler sein, frei und ohne die Last von Besitztum und Geld. Nur Nanna, die hätte er gerne. Das ist der Punkt, er hätte sie gerne. Ein Zuhause mit ihr und seinen Kindern.

Seine Wut ist anders, er fühlt sich von Gylfi in seiner Ehre und seinem Stolz verletzt. Oder hat Gylfi ihn etwa nicht verletzt? Er muss es herausfinden. War er womöglich selbst für seine Unzufriedenheit verantwortlich, weil er gemerkt hat, dass er seinen Kindern nichts bieten kann, keinen Halt, keine Sicherheit, kein Geld? Nichts von dem, was Gylfi seinem Kind bieten kann. Seinem einzigen Kind, das ihm der Himmel geschickt hat. Dennoch hat Gylfi ihm nichts Schlimmes getan, im Gegenteil. Er hat ihn nur behandelt, als stünde er gesellschaftlich unter ihm. Kleine unschuldige Bemerkungen, die ihn kleinmachten, ohne dass er sagen konnte, wodurch. Vielleicht lag ja dort der Hund begraben. Dieses Verhalten hat vielleicht die Wut geschürt, mit der er jetzt hier auf den Felsen ringt.

Da fällt ihm etwas anderes ein. Geringschätzung hat viele Wurzeln, eine davon ist Neid. War Gylfi neidisch auf das Talent und die Berühmtheit seines kleinen Bruders? Wollte er selber im Rampenlicht stehen? Ließ er deshalb einen ausländischen Fotografen in sein Leben, in seine Kellerwohnung, um sich von vorne bis hinten fotografieren zu lassen, sich unsterblich zu machen?

Hjálmar muss an den Fotografen denken und schaut sich verstohlen um. Wo ist der Kerl nur hin? Er ist doch noch gar nicht an der Reihe, die Bühne gehört immer noch Gylfi. Und dann dieses Foto von Gylfi und Ása. Merkwürdige Sache, sich zufällig in einer Millionenstadt zu treffen. Wobei Ása schon immer mit einem Bein in Paris war, genau wie Gylfi, vielleicht war es nicht weiter verwunderlich, dass sie sich irgendwann mal über den Weg liefen. Vielleicht hatten sie sich ja auch mehrmals getroffen, wer wusste das schon?

Aber warum machte Finnur so einen Wirbel um das Foto?

Hjálmar massiert seine Handfläche, die noch weh tut von der Angelrute, und merkt dann, dass es richtig anfängt zu regnen. Das ist ein gutes Zeichen, ein Regenschauer, er greift nach dem Proviantbehälter, öffnet eine Dose Bier. Die Wut lässt ein wenig nach, er spürt, dass sie vergehen wird. Die Szene mit Gylfi ist noch nicht ganz zu Ende, aber der Regen lockt andere Schauspieler auf die Bühne. Er muss Nanna nicht einmal rufen, sie kommt von alleine, steigt hinauf, und er stellt sich hinter sie. Streichelt ihre wohlgerundeten Hüften, sie ist so schlank, mit dieser Taille, nein, er streicht sanft mit den Fingerspitzen über ihre Schultern, ihre nackten Arme, sie bekommt vor Erregung eine Gänsehaut, seine Finger kreisen auf ihren Handrücken, schlüpfen dann in ihre Handflächen, umschließen ihre Hände, lösen sich langsam wieder, sie atmet schnell, seine Hände sind zu ihren Achseln vorgedrungen, verweilen dort einen Moment, dann streicht er an ihrem weichen Körper hinunter, umfasst ihre Taille, drückt sie, wartet, legt dann die Hände auf ihre Hüften, packt sie ganz fest, fast brutal, presst ihren Hintern an seinen Leib, er atmet heftig, sein ganzer Körper ist in Bereitschaft, das geht nicht. Das geht nicht, sagt er laut zu der Landschaft um sich herum, ich muss etwas unternehmen in dieser Sache mit Nanna und mir.

14

Die Roten Johannisbeeren hängen prall an den Stängeln.

Sie können es kaum erwarten, in Nannas Weckgläser zu kommen, doch die hat etwas anderes zu tun, als sich um sie zu kümmern – sie vergewissert sich, ob sie auch wirklich alleine im Haus ist. Erst klopft sie von außen höflich an die Kellertür, dann energisch, beides ohne Erfolg. Natürlich weiß sie, dass der Fotograf oben am Fluss ist, schließlich hat sie ihn gesehen oder meint zumindest, ihn gesehen zu haben. Trotzdem will sie sich davon überzeugen, dass alles sicher ist.

Sie geht mit dem Generalschlüssel durch das Treppenhaus runter in den Keller, klopft wieder höflich und dann fordernd, und als nichts geschieht, steckt sie den Schlüssel ins Schloss, beklommen, denn es ist nicht ihre Art, in anderer Leute Privatsphäre einzudringen, sie ist nicht der Typ, der heimlich fremde Tagebücher liest. Falls er doch in der Wohnung ist und aus irgendwelchen Gründen nicht aufmachen wollte, wird sie sagen, sie habe befürchtet, er sei krank oder tot, und habe einfach sichergehen wollen. Wenn er schon beim ersten Klopfen zur Tür gekommen wäre, hätte sie ein bestimmtes Anliegen gehabt, ach, sie habe nur nachsehen wollen, ob er frische Bettwäsche brauche.

Die Wohnung ist leer, und sie stößt einen leisen, erleichterten Seufzer aus. Sie muss sich einfach genauer umschauen, doch als sie sieht, dass die Wohnung in einem guten Zustand ist, schnaubt sie anerkennend und wird dann fast traurig. Das war früher ihr Blumenzimmer, mit lauter hübschen grünen und roten Topfpflanzen, Stecklingen, reich bebilderten Büchern über Gärtnern und Pflanzen, doch jetzt ist die Leere in jede Ecke gekrochen und hat alles Lebendige ausgelöscht. Die Wohnung ist ihr fremd, und sie hat das Gefühl, noch nie hier gewesen zu sein, als sei das alles nur ein Traum gewesen. Als sie hinter sich die Tür abschließt, kommt es ihr so vor, als schließe sie gleichzeitig ein Fach in ihrem Kopf ab, ohne zu wissen, um welches Fach es sich dabei handelt.

Jetzt kann sie endlich die Johannisbeeren pflücken, ohne Gefahr zu laufen, durchs Kellerfenster beobachtet zu werden, womöglich sogar ungewollt von hinten fotografiert zu werden. Sie eilt die Kellertreppe hinauf und spürt trotz der Leere, die sie soeben überkam, eine gewisse Erleichterung. Fast ein Gefühl von Freiheit, ohne es wirklich festmachen zu können.

Bevor sie alles zum Einkochen vorbereitet, wirft sie einen kurzen Blick in Sennas Zimmer und sieht, dass sie gar nicht mehr zu Hause war, ehe sie mit ihren Freundinnen losgezogen ist. Aber Senna ruft bestimmt an, um ein bisschen zu jammern, sobald sie wieder zur Arbeit muss.

Nanna hat immer gerne alles bereitstehen, wenn die Beeren ins Haus kommen, den Zucker, den Topf auf dem Herd, sie holt die Schüssel fürs Pflücken, eine Plastiktüte, in die sie die Beeren füllt, wenn die Schüssel voll ist, diesmal wird sie viel pflücken, mehrere Kilos. Die

Beeren sind schon ungewöhnlich weit für die Jahreszeit, das kommt durch die Wärme, normalerweise sind sie erst später reif.

Da klingelt irgendwo im Haus ihr Handy. Sie weiß, dass es in ihrer Tasche ist, die sie beim Reinkommen abgelegt hat, kann sich aber nicht sofort erinnern, wo, und folgt dem Geräusch in den Flur. Sie wühlt in der Tasche, findet schließlich das Handy, reißt es ans Ohr und antwortet atemlos. Hallo, hallo, hallo? Kurz darauf reißt die Verbindung ab. Sie blickt das Telefon in ihrer Hand verwundert an und sieht nach, wer angerufen hat – ein Kürzel, das sie nicht kennt. Bei der Gelegenheit entdeckt sie weitere Namen, seltsame ausländische Namen, die sie noch nie gesehen hat, und nimmt dann erst das Gerät selbst unter die Lupe. Es ist dasselbe wie ihres, auf den ersten Blick sieht es genau gleich aus, aber irgendetwas kommt ihr anders vor. Dabei könnte sie nicht sagen, was, ihr Interesse für Handys ist ziemlich begrenzt. Sie spart sich weitere Vergleiche und schaut sich stattdessen das Adressbuch an, das ausländische Namen enthält. Da wird ihr endlich klar, dass sie in der Eile das Handy des Fotografen mitgenommen hat. Dann hat er also wirklich auf den Felsen unterhalb des Angelhauses gestanden.

Sie seufzt, will das Handy in die Kellerwohnung bringen und dort auf den Tisch legen, entscheidet sich aber in letzter Sekunde dagegen. Wenn der Fotograf das Handy sieht, weiß er, dass sie in seiner Wohnung war. Was sie nicht möchte. Das Handy wandert zurück in ihre Tasche. Dann fängt es erneut an, zu klingeln.

Als sie mit der Schüssel und der Plastiktüte in der Hand im Garten steht, zögert sie einen Moment wegen der Kriechmispel. Das Biest will nicht klein beigeben und streckt seine grünen Pranken auf die Terrasse. Sie muss entscheiden, ob sie zuerst die Mispel zurückschneiden und dann in aller Ruhe Beeren pflücken soll oder umgekehrt.

Die Abendsonne nimmt ihr schließlich die Entscheidung ab – es ist wundervoll, in der Abendsonne Beeren zu pflücken, das möchte sie nicht verpassen, und die verfluchte Mispel muss bis morgen warten.

Manchmal, wenn sie sich mit den Gaben der Natur beschäftigt, durchströmt sie ein plötzliches, unerklärliches Glücksgefühl, schöne rote Beeren an einem Baum, Blaubeeren auf einer Heide oder klares Quellwasser in der Hand, das macht sie so glücklich, so dankbar, in einem unverschmutzten Land leben, sauberes Wasser trinken, frische Produkte essen, eine freie Frau sein zu dürfen. Im Grunde ist es erschreckend, dass sie dieses Gefühl nicht öfter hat, eigentlich sollte sie den lieben langen Tag wie ein Schmetterling umherflattern, geschäftig, fröhlich, immerzu lächelnd. Ich bin eben zu verwöhnt, sagt sie zu den Beeren, die nun den Boden der Schüssel bedecken. Während sie über ihre eigene Undankbarkeit die Nase rümpft, reckt sie sich entschlossen nach einer verlockenden Beerendolde, die weiter hinten an einem Zweig hängt.

Da wird sie gestochen.

Sie zieht die Hand zurück, spürt den Schmerz im Mittelfinger, lässt die Schüssel ins Gras fallen, knetet hektisch ihren Finger, als könne sie den Schmerz dadurch beseitigen, aber er geht nicht weg, verdammter Stich, verdammte Wespe, warum hat das Biest nur gestochen, ausgerechnet sie, die sich mit dem Verhalten der Tiere auskennt? Hat dieses Miststück sich etwa in ihrem Johannisbeerbaum eingenistet? Nannas Herz klopft heftig, wahrscheinlich breitet sich das Gift in ihrem Körper aus, sie könnte eine Allergie haben, dann ist der Stich lebensgefährlich. Sie rennt ins Haus, knallt die Tür hinter sich zu, eilt panisch durch die Räume, weil irgendwo ein Fenster offen stehen könnte, kann nicht mehr logisch denken, kontrolliert einige Zimmer zweimal und findet schließlich ein offenes Fenster in der Waschküche. Entrüstet knallt sie es zu. Dann schleicht sie langsam durchs Haus, hält Ausschau nach dem Feind, denn sie weiß, dass Wespen durch offene Türen schlüpfen, und sie hat beim Beerenpflücken die Terrassentür offen gelassen, sie krabbeln über den Boden und stechen die Leute in die Füße, diese abscheulichen Biester.

Ihr Finger tut weh, sie knetet und knetet, steht im Ankleidezimmer und überlegt, ob sie sich etwas anderes anziehen und in die Notaufnahme fahren soll, überlegt fieberhaft, während sie die Kleidungsstücke auf den Bügeln hin- und herschiebt, bis sie die blanke Wut packt. Sie ist rasend.

Die geballte Faust bedeutet Stress.

Olli hat schon oft gesehen, wie Dúi unter dem Tisch die Faust ballt, sie öffnet und schließt, und stets war das ein Vorzeichen von Stress, oder vielmehr Ärger. Was im Grunde Stress ist, wenn man es genau nimmt, in Form von Zurechtweisungen. Bleib auf der Decke, Olli, du bist nur ein Hund. Oder: Sei still und rühr dich nicht, wir gehen gleich nach Hause.

Es war ein langer Tag, ganz schön schwer, stundenlang brav auf der Decke unter dem Tisch zu liegen. Olli starrt abwechselnd auf Dúis Hand und zu den Mädchen – wollen die ihm keinen Schokokeks geben? Aber sie ignorieren ihn, gehen zusammen mit Dúi die Buchungen des Tages durch, denn seine Schicht ist bald zu Ende.

Olli macht das letzte Nickerchen vor dem Schichtwechsel und schreckt hoch, als er einen neuen Geruch wittert. Er schlägt die Augen auf und sieht ein Bein, das er sofort erkennt. Er ist Experte für Beine, erkennt Senna und bellt freudig. Sofort wird er hochgehoben und ist selig.

Senna knuddelt und streichelt ihn, und nachdem sie ihre unterdrückten Muttergefühle ausgelebt hat, sagt sie zu Dúi, sie sei inkognito da. Dúi ist erfreut, Senna zu sehen, unterlässt zu Ollis Erleichterung seinen Tick mit dem Fäusteballen und bittet sie in die Kaffee-Ecke, wo sie quatschen können. Senna hat Wahnsinnsneuigkeiten: Ich nerve schon alle meine Freundinnen damit, letzte Nacht war ich schon bei einer, heute hab ich drei vom Arbeiten abgehalten, und jetzt bist du dran, ich geh nämlich nicht zurück nach Hause, ich hab im Hotel aufgehört.

Wenn das Leben von Freunden eine neue Richtung einschlägt, steht viel auf dem Spiel. Dann vergisst man die eigenen Sorgen und den Stress, ist geradezu froh darüber, für eine Weile sich selbst zu entfliehen und in die Welt anderer einzutauchen. So fühlt sich auch Dúi, er möchte mehr über Sennas Probleme erfahren, doch als sie vorschlägt, in eine Kneipe zu gehen, wo sie ihm bei einem Bier die ganze Geschichte erzählen kann, macht er einen Rückzieher. Er muss Olli füttern und ins Bett bringen, will lieber, dass sie zu ihm nach Hause gehen und dort ein Bier trinken. Sie hat nichts dagegen.

Senna macht es sich in ihrer roten Strumpfhose auf Finnurs grünem Sofa gemütlich, lässt den Blick wohlwollend durchs Wohnzimmer schweifen, das die Putzfrau aufopferungsvoll gewischt hat, macht jedoch den Fehler, nach Finnur zu fragen, woraufhin sie erst mal Dúis Probleme zu hören bekommt. Bevor Dúi zur Hochform auflaufen kann, humpelt Olli rüber in Finnurs Büro und winselt, weil er auf die Prachtausgabe auf dem Schreibtisch gehoben werden möchte. Er hat eine Vorliebe für solche Bücher, die Worte in ihnen scheinen Wärme auszustrahlen.

Sobald er auf den Büchern liegt, kneift er ein Auge zusammen und fixiert die beiden aus der Ferne.

Dúi ist sauer auf seinen Onkel, der Alte hat ihn nicht mit auf Angeltour genommen, dabei hatte er sich eine super Ausrüstung gekauft, sogar eine Wathose, hatte Finnur alles gezeigt und ihm gesagt, er sei einsatzbereit, und Finnur hatte genickt, mehrmals genickt, und war dann einfach gefahren, ohne ihm ein Wort darüber zu sagen. Wie üblich hatte er Hjálmar mitgenommen, das hatte Dúi von Ingdís am Telefon erfahren. Mein ganzes Geld ist für diese Angelsachen draufgegangen, ansonsten hab ich nichts, keine Wohnung, noch nicht mal ein Auto.

Du hast mich, mein Lieber, und ist es nicht das größte Glück des Menschen, einen guten Freund zu haben?, sagt Senna absichtlich leicht säuselnd. Mit einer gequälten Schriftstellerinnen-Geste reicht sie ihm ein Glas Bier. Du behauptest, du seist nichts, aber, mein lieber Freund, meine Zukunft ist mit Dornen besetzt, und das ist wesentlich schlimmer.

Auf das fichtengrüne Sofa gekuschelt, so dass ihre Beine ihre jeweiligen Schicksale miteinander verflechten, erzählt Senna ihm von der Frechheit, mit der man ihr begegnet ist. Sie echauffiert sich dreimal über den Satz, den dieses Arschloch im Hotelflur von sich gegeben hat: Will das Schlitzauge jetzt hier putzen? Mir ist klargeworden, sagt sie, dass ich einer Illusion aufgesessen bin, ich habe in diesem engstirnigen Land so gut wie keine Zukunft.

Aber du musst doch nicht ewig putzen und bekommst die Hotels, schreit Dúi fast.

Der Kern der Sache ist offenbar an ihm vorbeigegangen, denn die Gemeinheit bezieht sich selbstverständlich auf den ersten Teil des Satzes. Den Senna betont und noch einmal wiederholt. Dann sagt er, immer noch ein bisschen durcheinander, falls sie über ihre Augen spreche, wenn sie die meine, die habe er immer bezaubernd gefunden.

Sie schlürfen ihr Bier und schauen sich an, ohne etwas zu sagen.

Senna streicht zum Zeichen ihrer Dankbarkeit mit ihrem rotbekleideten Fuß über Dúis Bein. Er reagiert nicht, starrt sie nur an, als würde er angestrengt nachdenken. Er ist in die Vergangenheit versunken. Verschiedene Ereignisse fallen ihm wieder ein.

Doch die Zukunft beschäftigt sie beide, und als Senna ihren Fuß zurückgezogen und auf der rechten Seite abgelegt hat, machen sie weiter wie gehabt, sezieren ihr Inneres und unterhalten sich über ihre Stellung und ihren Platz in der Gesellschaft. Das Bier animiert sie zu philosophischen Betrachtungen, und sie kommen zu dem Schluss, dass sie beide unter unsäglichen Minderwertigkeitskomplexen leiden. Senna vermutet die Ursache bei ihren Müttern. Bei ihrer leiblichen Mutter, die einen für Einwanderer typischen Niedriglohnjob hatte, und bei Dúis Mutter, die alles mit sich machen ließ, ständig krank und wehleidig war.

Wir bestehen nur aus Genen, sagt Dúi, die Minderwertigkeitsgefühle liegen im Blut. Er vermeidet es jedoch, seinen Vater zu erwähnen, der immer nur geschuftet hat, denn das könnte Senna traurig machen, weil sie keine Ahnung hat, wer ihr leiblicher Vater ist. Um sie auf andere Gedanken zu bringen, lässt er seinen Werdegang Revue passieren, der bis jetzt nicht gerade bemerkenswert war. Nach der weiterführenden Schule ein Job in einem Landhotel, dann Empfangschef in einem kleinen Hotel in der Stadt, und da sei er noch immer, und nichts passiere. Irgendwie fehle ihm wohl der Ehrgeiz, etwas aus sich zu machen. Er hat nicht den Mumm, Senna zu sagen, dass er gerne Empfangschef in dem großen Hotel ihres Vaters wäre.

Du hast noch nicht mal eine Freundin, sagt Senna mit sorgfältig gewählten Worten, woran liegt das? Frauen interessieren sich nicht mehr für arme Schlucker so wie früher, sagt Dúi und trinkt gierig, aber ich hatte zwei feste Beziehungen mit gutaussehenden Frauen, allerdings nur kurz. Das Problem ist, dass ich nie richtig verliebt bin. Er erwähnt nicht, dass er sich einmal aus heiterem Himmel in einen Mann verliebt hat, weil sie womöglich großes Trara darum machen würde, und das wäre ihm peinlich.

Seine letzte Aussage, dass er noch nie richtig verliebt

war, macht Senna neugierig, sie zappelt auf dem Sofa herum und fragt: Bist du vielleicht narzisstisch veranlagt?

Dúi kennt die genaue Bedeutung des Wortes nicht, obwohl er es schon mal gehört hat oder glaubt, es schon mal gehört zu haben. Unfassbar, wie belesen Senna ist, er hat sie schon oft dafür bewundert, dass sie all diese bedeutenden Begriffe runterleiern kann. Er will seine Unwissenheit nicht zeigen, und weil er spürt, dass Senna narzisstische Menschen nicht unspannend findet, ganz im Gegenteil, sagt er langsam und versonnen, das sei durchaus möglich.

Womit sie bei Sennas Lieblingsthema angelangt sind: vielschichtige Persönlichkeiten. Sie erzählt ihm, sie werde auf die Hotels pfeifen und in die Welt der Literatur eintauchen. Sie werde eine Geschichte schreiben, sie denke ständig darüber nach, und nach Paris abhauen, nur so tun, als würde sie dort studieren, und stattdessen schreiben. Er schaut sie verständnislos an, fragt, wie sie denn auf diesen Blödsinn komme, das bringe doch nichts, und sie entgegnet: Ich wollte immer eine andere sein, als ich bin.

Er ist enttäuscht. Wer soll sich denn dann in Zukunft um die Hotels kümmern?

Willst du das nicht machen?, fragt sie einschmeichelnd und streicht mit den Fingerkuppen sanft über seinen Arm, der auf dem Sofarücken liegt.

Er starrt sie an, ist sich nicht sicher, ob er sich verhört hat oder ob sie das ernst meint, ob diese zierliche junge Frau wirklich einen Einfluss auf die Hotels hat, und sie weiß genau, was er denkt, schließt die Augen, grinst und greift nach ihrer großen Handtasche. Ich muss nur einen Anruf machen, Dúi, einen Anruf bei Mama und ihr sagen, dass ich möchte, dass du Hoteldirektor wirst. Zum Beispiel im Landhotel, ich weiß, dass sie den Direktor da sowieso feuern wird. Und das wäre doch ein guter Anfang, oder? Sie nimmt das Handy aus einem kleinen Fach in ihrer Tasche, setzt sich bequem zurecht und schaut Dúi eindringlich an, während sie die Nummer wählt.

Er wartet mit angehaltenem Atem.

Es klingelt ewig, aber niemand geht ran.

Olli legt den Kopf auf die Vorderpfoten, schließt beide Augen und gibt einen typischen Hundestoßseufzer von sich.

15

Nach dem Regen leuchten die Farben.

Das ist der Augenblick, auf den Fotografen warten. Finnur weiß das, er hat es mal irgendwo gehört und überlegt nun, wie lange die Sonne wohl noch da sein wird, ob der Fotograf den Augenblick zu nutzen weiß. Vielleicht ist der Mann es nicht gewohnt, Landschaftsaufnahmen in nördlichen Gefilden zu machen, hat wahrscheinlich überhaupt keine Ahnung davon und kann nur Porträts.

Die Brüder haben sich nicht blicken lassen, obwohl sie verabredet hatten, sich hier in seinem Angelrevier zu treffen, um sich mit dem Ausländer zusammenzusetzen, ihm etwas zu essen zu geben und ihm die Wahrheit aus der Nase zu ziehen. Was Finnur zwar schon halbwegs gemacht hat, aber mit dem Ergebnis ist er nicht richtig zufrieden.

Etwas fehlt noch im Bild. Wie wenn er zum Angeln rausgefahren wäre, einen Fisch gesehen, ihn aber nicht gefangen hätte. Durch das Gespräch unter vier Augen wollte er vermeiden, dass die Unterredung wegen Hjálmars Impulsivität aus dem Ruder läuft, doch letztendlich könnte auch genau diese Impulsivität dazu führen, dass der Fotograf die Wahrheit ausspuckt. Wenn man in Rage gerät, wird man redselig. Und Finnur hat das Gefühl, dass der Fotograf Hjálmar einiges zu sagen hätte.

Die Sache ist ihm nicht geheuer, anscheinend haben die Brüder die Zeit vergessen. Finnur will zu ihnen hochgehen und sie zusammentrommeln. Er zieht die Regenjacke aus, setzt den Hut ab und lässt seinen Kopf von der frischen Abendluft umwehen. Er ist müde und hat genug, obwohl er nicht versteht, wie das möglich ist, denn meistens bekommt er nie genug vom Angeln, doch jetzt scheint der Drang verschwunden zu sein. Er legt die schwere Ausrüstung ab, zieht die Wathose aus und schlüpft in die Gummistiefel, die der Fotograf stehen gelassen hat. Sammelt seine Sachen ein und geht mit der milden Abendsonne im Nacken nach Osten flussaufwärts.

Der vergnügt plätschernde Fluss liegt auf seiner Rechten, er kann seinen Blick kaum von ihm lösen. Als er auf einer kleinen Anhöhe angelangt ist, sieht er sie plötzlich alle drei. Gylfi steht draußen im Fluss, während Hjálmar und der Fotograf aus verschiedenen Richtungen angelaufen kommen. Hjálmar von Osten, der Fotograf von Norden. Er selbst kommt von Westen. Die Situation erinnert ihn an eine Straßenkreuzung.

Romanszenen schießen ihm durch den Kopf, der Gedanke, dass sie sich womöglich alle an einer Kreuzung in ihrem Leben befinden.

Er bleibt stehen und lässt die Angelrute sinken. Die beiden anderen halten auf ihrem Weg hinunter zum Fluss ebenfalls inne. Einen Moment lang stehen alle drei reglos da und werfen sich kurze Blicke zu.

Dieses Bild wühlt ihn auf, seine Gedanken driften ins Irreale, geraten in den Bereich der Intuition, die die

Phantasie anstachelt, bis die Wirklichkeit wieder das Ruder übernimmt und seine Gedanken in ein Gebiet lenkt, wo Gefühle keinen Platz haben, nur Zahlen und Tatsachen.

Endlich erkennt er den Zusammenhang, erkennt die Zahlen. Sie haben mit Menschen zu tun, nicht mit Firmen, Erpressung und Geschäften. Sie drehen sich um Beziehungen. Beziehungen und noch mal Beziehungen, das hätte er sich direkt denken können, wenn er nicht so engstirnig gewesen wäre. Er sieht die Überweisungen zwischen den drei Bankkonten, die Summen, die bei einem Milliardenbetrieb wie den Hotels keine große Rolle spielen, kleine Summen, die in sieben Jahren zu Millionen angewachsen sind, Summen, hinter denen keine Rechnungen stecken, aber vielleicht eine Person.

Eine geschiedene Frau mit zwei Kindern.

Erst ist er erleichtert. Die Zahlen, die ihn schon seit Jahren stören und mit denen er seit dem Frühjahr ringt, sind endlich geklärt. Er ist sich seiner Sache sicher, fast hundertprozentig, so hängt das also alles zusammen.

Sobald er sich einen Plan zurechtgelegt hat, wird es nicht schwierig sein, die Spur zu verfolgen. Wenn die Zahlen nicht stimmen, gerät sein Leben durcheinander. Er seufzt erleichtert.

Dann schaut er zu seinen Neffen, und es läuft ihm eiskalt den Rücken hinunter.

Was würde passieren, wenn Hjálmar dahinterkäme, dass sein Bruder der Vater seines Sohnes ist? Was würde Nanna machen, wenn sie den Betrug entdeckte? Und was würde aus dem Sohn?

Schlagartig erkennt Finnur den Preis für die Wahrheit.

Eine zerstörte Familie, Hass, Wut, und er selber fände keine Ruhe mehr.

Ihm wird klar, dass er die einzige Familie verlieren könnte, die er besitzt. Warum zum Teufel hat der Mann mit der Frau seines Bruders geschlafen? Eins war jedenfalls klar: Gylfi würde garantiert erfahren, dass er die Wahrheit kannte.

Und wie sollte er die Sache verdammt nochmal vor dem Finanzamt kaschieren?

Der Fotograf geht als Erster weiter, nachdem er die drei anderen gemustert hat. Wir müssen den Kerl loswerden, denkt Finnur, sofort morgen früh, und alles auf seinem Handy löschen, während er schläft. Vernünftig bleiben, durchhalten, die Sache aussitzen.

Sie erreichen fast gleichzeitig das Ufer, Gylfi sieht sie und nickt ihnen zu. Finnur versucht, locker zu wirken, und fragt den Fotografen, ob er den Fluss nicht schon aus allen Perspektiven fotografiert habe, ob ihm das nicht reiche, doch Hjálmar kommt ihm zuvor und bemerkt trocken, es gehe nicht darum, den Fluss zu fotografieren, sondern darum, Wasserproben zu nehmen.

Hjálmar erklärt das nicht genauer, und Finnur weiß nicht, ob er scherzt, denn Hjálmars Witze sind nicht immer verständlich, doch dann sieht er, dass sein Neffe anders ist als sonst. Er wirkt geschockt, als hätte er etwas gesehen, das er nicht sehen sollte, und sei sich noch nicht sicher, wie er darauf reagieren soll. Sie schauen sich kurz in die Augen. Finnur geht davon aus, dass Hjálmar einiges weiß, obwohl er angestrengt versucht, nicht darüber nachzudenken. Er lenkt das Gespräch auf den Fluss. Einen hast du offenbar verloren, was?, sagt er zu seinem

Neffen, und Hjálmar antwortet widerwillig: Das kann man wohl sagen.

Wollt ihr nicht weiterangeln?, ruft Gylfi vom Fluss. Wir haben schon viel geangelt, oder denkst du an was Bestimmtes, wenn du vom Angeln sprichst?, entgegnet Hjálmar, ohne sich die Mühe zu machen, seine Stimme zu erheben. Er weiß etwas, denkt Finnur.

Ihren Plan von gestern Abend erwähnt niemand. Finnur möchte ihn auf keinen Fall ansprechen, jetzt nicht mehr. Zumal er nicht den Eindruck hat, dass die Brüder es darauf anlegen wollen, dem Mann in der jetzigen Situation eine Falle zu stellen.

Am Flussufer herrscht eine Art Schwebezustand, die Männer sind nachdenklich, unentschlossen, ob sie weiterangeln oder eine Essenspause einlegen sollen. Gut möglich, dass der Fotograf Hunger auf etwas Sättigenderes als Blaubeeren hat. Finnur sieht, dass seine Lippen von den Beeren ganz blau sind.

Sie stehen tatenlos in der Abendsonne und beobachten, wie Gylfi inmitten der leuchtenden Natur angelt. Das Wasser reicht ihm bis zum Oberschenkel, so silberklar, dass man den flachen Felsen, auf dem er steht, genau erkennen kann. Er ragt ein paar Meter ins Flussbett. Der Fotograf schaut sich mit offenem Mund beeindruckt um, überwältigt von der Schönheit, hantiert dann mit seiner Kamera und sagt, er wolle die Brüder zusammen im Fluss fotografieren, jetzt sofort, denn es werde bald dämmrig. Und anschließend noch eins von euch dreien, sagt er lächelnd zu Finnur. Hjálmar sieht nicht so aus, als würde er sich über den Vorschlag freuen.

Doch der Fotograf bekommt seinen Willen, ohne die

Brüder lange bitten zu müssen. Er gibt ihnen Anweisungen, ohne selber mit seinen Turnschuhen weit ins Wasser zu gehen, bittet Hjálmar, sich zu Gylfi auf den Felsen zu stellen, direkt neben ihn, so dass sie beide im Profil gut zu sehen sind, dann soll Hjálmar die Hand auf Gylfis Arm legen, als hätten sie einen an der Angel, wären in Alarmbereitschaft.

Finnur setzt sich auf einen Stein, holt den Portwein aus der Proviantbox, beobachtet die Männer und seufzt. Er kann die Profile der Brüder sehen, dieselbe Kieferpartie, dasselbe Kinn, genau wie in der Familie väterlicherseits, kein Wunder, dass es nie Zweifel an der Vaterschaft des Jungen gab.

Der Fotograf flitzt am Ufer hin und her, hockt sich hin und steht wieder auf. Finnur betrachtet sein Gesicht.

Da sieht er einen Ausdruck, den er zuvor nicht gesehen hat. Seine Herzlichkeit und Unterwürfigkeit sind gänzlich verschwunden, stattdessen liegt eine Bitterkeit in seinem Blick, als wolle er sich für sein Leid rächen. Erst glaubt Finnur, dass Hjálmar durch seine zynischen Bemerkungen seine Ehre verletzt hat und er es ihm heimzahlen will. Ihm einen Schreck einjagen will. Das wäre durchaus menschlich.

Das bilde ich mir nur ein, denkt Finnur, schaut dennoch zu den Brüdern, um abzuschätzen, ob ihnen die Veränderung des Fotografen ebenfalls aufgefallen ist. Da sieht er etwas anderes, das ihm gar nicht gefällt.

Die Brüder starren sich an, mit finsteren Mienen.

Aber hallo, was ist denn mit euch los?, ruft Finnur und verschluckt sich am Portwein.

Dann spielt sich alles vor seinen Augen ab, ohne dass

er etwas tun kann. Der Fotograf bittet die Brüder, sich noch etwas weiter vom Ufer zu entfernen, damit er sie besser aufnehmen kann. Noch ein Stück weiter vor auf dem Felsen, auf dem sie stehen, ja, und noch ein Stück, noch etwas weiter, und sie gehorchen. Schon seltsam, dass die Leute immer alles tun, was Fotografen ihnen sagen, oder gehorcht da nur ihre Eitelkeit?, überlegt Finnur und begreift im selben Moment die Situation, springt auf, versetzt dem Fotografen einen ruppigen Stoß und ruft den Brüdern zu, sie sollen beim Flussbett vorsichtig zu sein.

Doch die Brüder achten nicht darauf, gehen automatisch immer weiter, ohne auf ihre Füße zu schauen, sehen nur das Brennen in den Augen des anderen. Da verliert Hjálmar das Gleichgewicht, rutscht mit einem Bein vom Felsen, grapscht heftig nach seinem Bruder, der wütend wird und ihn abrupt mit dem Ellbogen wegstößt.

Hjálmar fällt rücklings ins Flussbett.

Er taucht in dem eiskalten Flusswasser unter. Erst starren die drei anderen nur wie paralysiert auf die Stelle, bis sein Kopf wieder auftaucht, kommen dann zu sich, wissen, dass sie ihm helfen müssen, auch wenn sie hoffen, dass er sich selber retten kann. Hjálmar ist hart im Nehmen.

Sein Kopf kommt hoch, doch er macht keine Schwimmzüge.

Gylfi eilt mit großen Schritten zum Ufer, wirft die Angelrute weg, will wieder in den Fluss waten, doch Finnur brüllt ihm zu: Wenn die Wathose vollläuft, bringt sie dich um!

Er hat Angst, ins Wasser zu gehen – es hat nur drei, vier Grad, und die Kälte ist gefährlich, besonders für den

Hinterkopf –, schleudert dennoch seine Stiefel von sich. Er watet hinein, dreht sich kurz um und sieht Gylfi halb im Fluss stehen, ohne Anstalten zu machen, auf ihn zu hören und wieder rauszugehen. Scheiße, denkt Finnur, hat aber keine Zeit, ihn zur Vernunft zu bringen. Er sieht den Fotografen starr vor Schreck am Ufer stehen – vielleicht dachte er, die Flüsse seien warm und man könne einfach so reinspringen, er kannte die lebensgefährliche Kälte des Nordens nicht – und schreit ihn an: Ruf den Notruf, Junge!

Hjálmar treibt auf dem Rücken, die Augen geschlossen, das Gesicht erstarrt.

Er ist mit dem Kopf auf einen Stein geprallt, verdammte Scheiße, denkt Finnur verzweifelt.

Die Strömung ist stark und trägt Hjálmar weiter.

Jetzt kommt es auf ihn an, den Schwimmer, das wird sein schwerster Wettkampf, und er hat das Gefühl, sich sein ganzes Leben lang auf diesen Moment vorbereitet zu haben. Immer, wenn er beim Schwimmen müde wurde, stellte er sich vor, er müsse ein Menschenleben retten, und rang sich dann noch einmal durch, ständig spielte er dieses Spiel.

Doch bei dem Spiel gab es keine Kälte.

Sie fährt durch seinen Körper, am kältesten sind die Arme und Schultern, und der Hinterkopf, er denkt an Hjálmar, wenn der Junge doch nur eine Wollmütze aufgehabt hätte, wenn sein Hinterkopf kalt wird, kann er bewusstlos werden und sterben, der Stoß, der Todesstoß.

Er schwimmt schneller, immer diese verdammten Schirmmützen, die sollte man ausrotten, er ist froh, keine

Stiefel anzuhaben, spürt aber, wie seine Füße taub werden.

Es sind nur noch knapp zwanzig Meter bis zu dem Jungen, aber die Strömung ist stark, das ist lächerlich, schließlich ist er nicht im offenen Meer, aber die Kälte ist ähnlich, vielleicht sogar schlimmer, verdammte Kälte, er glaubt, gegen die Strömung nicht anzukommen, fleht Gott um Hilfe an und verflucht ihn im nächsten Augenblick, nimmt all seine Kraft zusammen, zieht noch mehr an, wie er es als junger Mann gelernt hat.

Er bekommt Hjálmar zu fassen. Legt seinen Kopf an seine Wange, kämpft mit der Strömung, die sie beide mitreißt, kann keine Schwimmzüge mehr machen, hat das Gefühl, nur noch Wasser zu treten, Hjálmar so schwer, er muss ihn zum Ufer bringen, muss versuchen, ihn auf die Seite zu drehen, nimmt all seine Kraft zusammen, versucht, sich zu konzentrieren, Schwimmzüge zu machen, schwimmen, Mann, schwimmen, schwimmen. Als die Strömung etwas schwächer wird, weiß er, dass er sich dem Ufer nähert, dann wird die Kälte wieder stechender, er spürt einen eiskalten Stich, irgendeine verdammte Seitenströmung, denkt er noch und merkt dann, wie sein Kopf taub wird.

Da sieht er das Flussufer, sieht im Nebel Steine, Geröll, Sand, erdiges Ufer, ich schaffe es, ich muss es schaffen, ich besiege die verdammte Kälte, bevor ich krepiere!

Er spürt Steine am Rücken.

Sein Herz scheint kurz vorm Zerplatzen.

In der Dämmerung zieht er Hjálmar an Land.

16

Das Wasser, das aus dem Hahn fließt, ist lauwarm, genau richtig für Hunde.

Aber es gelingt ihnen einfach nicht, Olli in die Badewanne zu locken. Er ist unruhig, humpelt ziellos von einer Ecke in die andere, schnuppert an allem, was ihm in den Weg kommt, kläfft und reagiert unwirsch, als sie ihn rufen.

Warum ist der Hund denn so ungezogen?, stöhnt Senna genervt. Ollis Widerspenstigkeit lenkt Dúi von ihrer Geschichte ab. Dabei wollte er den Hund nur in die Badewanne setzen, um sich dann in Ruhe die Geschichte anhören zu können, er dachte, das Bad würde Olli beruhigen. Dúi versteht auch nicht, was in den Hund gefahren ist. Er ruft streng »Oliver«, aber das bringt nichts, der Hund humpelt schnell in die Ecke und geht in Angriffsstellung, legt den Kopf auf die Vorderpfoten, stellt die Hinterläufe auf und knurrt.

Ratlos sitzen sie auf dem Rand der Badewanne. Die Geschichte hatte gerade angefangen, die beiden waren in die Metro gesprungen, und er hatte sie an sich gedrückt. Dúi findet den Anfang vielversprechend.

Das Wasser läuft, sie schauen es sehnsüchtig an, dann den Hund, dann einander, bis Senna vorschlägt, sie könnten doch selbst ein Bad nehmen, wenn der Hund nicht wolle. Sich in der Wanne gegenübersitzen, während sie ihm die Geschichte erzählt, eine Kerze anzünden und dabei ein Bier trinken, als säßen sie im Hot Pot.

Sie lassen dem Hund seinen Willen, holen alle Kerzen, die sie in Finnurs perfekt aufgeräumten Schränken finden, decken sich mit ein paar Dosen Bier ein, und Dúi legt Musik von Finnur auf, um die Atmosphäre noch romantischer zu machen, Mozarts 20. Klavierkonzert, das erinnert ihn an Ballett, er hat Balletttänzer immer bewundert. Anschließend ziehen sie sich aus und versuchen ganz normal und ungezwungen zu sein, obwohl sie sich noch nie nackt gesehen haben.

Er beeilt sich, vor ihr in die Badewanne zu steigen, falls er eine Erektion bekommt, wenn er sie nackt sieht. Irgendwie kommt er sich seltsam vor und traut seinen eigenen Gefühlen nicht.

Sie zieht sich ohne Eile aus, faltet ihre Klamotten und legt sie auf den Badezimmerhocker. Er vermeidet es, sie anzusehen, kann aber nicht anders, als sie in die Wanne steigt. Sie ist zierlich, hat eine knabenhafte Figur, goldene Haut. Zu seiner Verwunderung spürt er, dass ihr Körper ihn sexuell erregt.

Er stürzt ein Bier hinunter, versucht zu relaxen, sich unter Kontrolle zu kriegen, wieder zu Sinnen zu kommen, reißt die Augen auf und schaut sie aufmerksam an, als warte er gespannt auf die Fortsetzung der Geschichte. Senna, die seine Gedanken nicht lesen kann, macht es sich bequem, als nähme sie ständig mit Freunden ein Bad, ist glückselig, weil sie endlich ihre Geschichte erzählen kann.

»Und er drückte sie an sich, und ihre Nase berührte seine Brust.« Dúi streckt die Beine aus und berührt mit den Zehen ihren Oberschenkel, doch sie zieht die Beine an, wie beiläufig, reckt dabei anmutig die Arme über den Badewannenrand, legt den Kopf zurück, so dass ihre Haarsträhnen das Wasser liebkosen, und die Worte strömen zum Klang von Mozarts Konzert aus ihrem rosaroten Mund.

Er fühlt sich wie im Traum, empfindet Lust und Glücksgefühle, die er zuvor nicht kannte.

»Und sie wurden wieder von der Menschenmenge zusammengequetscht und genossen es, die Wärme des anderen zu spüren.« Dúi träumt von der Fortsetzung, von der bevorstehenden Nacht, ob es so weitergehen wird, grenzenlose Lust, die kein Ende nimmt – was für ein Glück, dass er nicht mit Finnur auf diesen Angeltrip gefahren ist. Als der Angeltrip in seinem Kopf auftaucht, muss er an Sennas Vater denken, an seine Reaktion, wenn er von ihrer Beziehung hören wird, und das macht ihn ein wenig nervös. Er ist immer angespannt, wenn es um Gylfi geht, weiß nie, ob er es ihm recht macht.

Senna merkt, dass seine Aufmerksamkeit von ihrer Geschichte abdriftet, und streicht über sein Bein. Er schaut ihr lächelnd in die Augen, und sie erzählt glücklich weiter, die Geschichte perlt mühelos wie Wasser aus ihr heraus. Er bewundert ihre Redegewandtheit und ihre Begabung, beginnt zu zweifeln, ob er ihrer würdig ist, und dann, dann sinken seine Gedanken tiefer in den Abgrund, in sein Gefühlsleben. Was ist los mit mir, denkt er, muss ich immer anders sein? Ist das normal? Wer entscheidet, was normal ist?

Doch dann vertreibt ihre Erzählung seine Gedanken, die Namen in der Geschichte lassen ihn aufhorchen, er setzt sich auf und fragt verwundert, ob sie etwa eine Geschichte über ihre Eltern schreibe, und wenn ja, warum Nanna darin eine Französin sei?

Das ist Fiktion, Dúi, sagt sie nachsichtig. Die Geschichte ist auf einem kleinen Ereignis aufgebaut, das tatsächlich passiert ist, als sie sich nach vielen Jahren in der Metro wiedertrafen, aber ich habe es verändert und interpretiert, verstehst du, mich von meiner Phantasie inspirieren lassen, das machen alle Schriftsteller, und die Namen, tja, die benutze ich nur, solange ich noch keine guten Namen für sie gefunden habe.

Aber Dúi will sich nicht abfinden mit dieser Fiktion, da ist etwas, das nicht aufgeht, findet er. Warum ausgerechnet deine Eltern, Senna?

Kindliche Phantasiewelt, antwortet sie nach langem Schweigen, wenn wir überleben wollen, brauchen wir die Illusion, ohne sie ist das Leben kalt und eintönig.

Dúi wird langsam kalt im Wasser. Er überlegt, ob er heißes Wasser zulaufen lassen oder vorschlagen soll, aus der Wanne zu steigen und es sich im Wohnzimmer gemütlich zu machen, oder vielleicht in seinem warmen Bett?

In dem Moment klingelt das Telefon. Nicht rangehen, bittet Senna, ich muss die Geschichte weitererzählen.

Doch das Telefon hört nicht auf zu nerven, und schließlich hält er es nicht mehr aus, das Geräusch ist unerträglich, außerdem ist ihm kalt, er springt auf, so dass Wasser über den Rand spritzt, greift nach einem Handtuch und läuft triefnass in das dunkle Arbeitszimmer. Er ist überrascht, Olli auf Finnurs Schreibtischstuhl liegen zu sehen, müde und mit trübem Blick. Es muss den armen Kerl ziemliche Anstrengung gekostet haben, auf den Stuhl zu springen.

Dúi nimmt den Hörer ab, und hört Ingdís aufgeregte Stimme.

Kannst du nicht mal was Vernünftiges auflegen, damit ich nicht den Faden verliere, sagt Senna, als er zurückkommt, und lässt heißes Wasser zulaufen.

Er gehorcht ihr wie hypnotisiert, holt eine seiner eigenen CDs, steckt sie in Finnurs CD-Player, geht dann wieder zu ihr, steht mit dem Handtuch um die Hüften da und mustert ihren attraktiven Körper im Wasser.

Sie fragt, wer denn so spät noch angerufen habe. Er zögert mit der Antwort, trinkt einen Schluck Wasser aus dem Hahn und antwortet, während er sein eigenes Spiegelbild betrachtet, das sei nur Ingdís gewesen, sie habe nach Finnur gefragt. Er streicht sich über die Bartstoppeln, als überlege er, sich zu rasieren, und denkt angestrengt nach. Wie soll er ihr sagen, dass drei Männer in den Fluss gestürzt sind, darunter ihr Vater, zwei in Lebensgefahr schweben und einer tot ist? Wie soll er ihr das sagen? Dass sie alle mit dem Hubschrauber ins Krankenhaus gebracht wurden, und Ingdís gesagt hat, ihr Sohn sei am Leben, das hätten die Ärzte bestätigt, sie würden den Schauspieler kennen, und dass sie zu ihm fahren werde, sie sollten auch kommen, aber Nanna sei nicht zu erreichen, wo sie denn eigentlich sei, wenn nicht oben im Angelhaus?

Er hat Ingdís versprochen, mit Senna ins Krankenhaus zu kommen.

Einer ist tot. Er schließt die Augen und betet inständig, dass es nicht Finnur ist. Er muss es herausfinden, ist aber so betäubt, dass er kaum den Hahn zudrehen kann.

Senna sagt, so, jetzt komm mal wieder ins Wasser, damit ich die Geschichte zu Ende erzählen kann, oder zumindest das, was ich schon geschrieben habe.

Er dreht sich um und sieht sie an. Wie soll er sie darauf vorbereiten, dass ihre schöne Phantasiewelt womöglich zusammengebrochen ist? Würde sie das überleben? Sie war gerade noch so glücklich gewesen, durfte sie nicht noch ein bisschen länger glücklich sein, würde das etwas an der Situation ändern? Er beschließt, sie die Geschichte zu Ende erzählen zu lassen, denn sie bedeutet vielleicht ihre Zukunft.

Glotz nicht so auf meine Brüste, piepst sie und verdeckt sie mit den Händen.

Er lässt sich ins heiße Wasser gleiten und bittet sie weiterzuerzählen, er sei schon ganz gespannt auf das Ende.

Das Wespennest bläht sich auf wie eine große weibliche Brust.

Es hängt unter der Fensterbank im Schutz des Johannisbeerbaums, ist von Süden aus, wo sich Nanna bei Gartenarbeiten meistens aufhält, nicht zu sehen, springt jedoch ins Auge, wenn man auf der Nordseite des Hauses steht.

Sie hat eine Dreiviertelstunde gebraucht, um es zu finden, denn sie geht nur selten zur Nordseite, das letzte Mal, als sie das Starennest zerstört hat.

Jetzt darf sie auf keinen Fall die Selbstbeherrschung verlieren, muss Ruhe bewahren und versuchen, logisch zu denken. Sie hat schon oft Fotos von Wespennestern gesehen, war sich aber nicht bewusst, dass sie so groß sein können. Das bringt sie auf die Idee, ein Foto davon zu machen, falls sie sich später mal näher mit Wespennestern beschäftigen sollte, was sie zwar bezweifelt, aber man kann ja nie wissen. Sie holt die Kamera und fotografiert mit zittrigen Händen das Nest, mit dem Teleobjektiv. Wespen schwirren um sie herum.

Als sie heil wieder ins Haus gelangt ist, hat sie Herzklopfen und fühlt sich unwohl. Die Abendsonne wird sich bald verabschieden, und ihr graut davor, mit diesen Biestern unter dem Fenster schlafen zu gehen. Sie läuft noch einmal durchs ganze Haus – vielleicht sind sie unbemerkt hineingekommen –, nimmt eine Dose Haarspray und holt den Staubsauger, um die Viecher erst einsprühen und dann aufsaugen zu können.

Sie spürt einen Druck auf der Brust, das kommt von der Wut. Am wütendsten macht sie die Angst, die sie lähmt, diese Angst in ihrem Inneren, die in bestimmten Situationen stärker wird. Woher kommt sie, wovor fürchtet sie sich?

Vor der globalen Erwärmung? Ist es die globale Erwärmung, der ganze Horror, der damit verbunden ist? Das Abschmelzen der Gletscher, der Anstieg des Meeresspiegels? Die Vermehrung aggressiver Insektenarten, Wespen, Mücken und Ameisen, die ganze Häuser auffressen? Der Traum von den Riesenameisen ist ihr noch sehr präsent.

Ihr Heim wurde attackiert. Ihr Zuhause. Offenbar haben die Wespen keine Ahnung, was das Wort »Zuhause« für sie bedeutet. Für Kinder, die bis auf ein paar

Jahre beim Vater von fremden Leuten großgezogen wurden, bedeutet das Zuhause alles. Sie kann Kinder, die in Flüchtlingslagern wohnen, so gut verstehen, hat solches Mitleid mit ihnen, dass sie keine Nachrichten über sie anhören kann, alle Nachrichten sind schlimm, sie hört immer nur schlimme Nachrichten.

Wissen löst Angst aus.

Und dann ist dieses Ungeziefer auch noch unter ihrer eigenen Fensterbank! Dabei war sie so froh, die wachsamen Augen des Gastes in der Kellerwohnung los zu sein. Nicht, dass sie den armen Jungen nicht mag, er kann ja nichts dafür, dass er in ihrem Keller gelandet ist. Selbst wenn sie ihn ein bisschen aufdringlich findet, hat sie nichts gegen ihn. Sie hat sogar überlegt, ihm zu sagen, er solle doch seine Mutter mit nach Island bringen, wenn sie eine so gute Köchin sei, sie bekomme bestimmt Arbeit in einem Restaurant, vielleicht sogar in ihrem Hotel auf dem Land, dann gebe es mal etwas anderes als Lammfleisch und Lachs, viele Leute seien nämlich sehr angetan von exotischem Essen. Er ist nicht schuld, der Arme, Gylfi ist schuld. Der einfach macht, was er will, ohne mit ihr darüber zu sprechen.

Sie sitzt kerzengerade auf einem Stuhl wie in einem Wartezimmer, ist sich der Feinde jenseits der Außenwand bewusst, und hört, wenn sie unabsichtlich gegen die Fensterscheibe fliegen. Es sei denn, sie fliegen absichtlich gegen die Scheibe, um ihr Angst einzujagen, das ist durchaus möglich, denn ihr Sozialverhalten ist noch nicht gänzlich erforscht.

Ihr Wohnzimmer in der Abenddämmerung. Die weißen Wände ergrauen, Schränke werden zu Schatten,

Spiegel verlieren ihren Glanz – wie konnte sich die Zeit verändern, ohne dass sie es bemerkt hat? Es ist schwül im Haus, ein viel zu warmer Augusttag, so warm, dass es abends kaum abkühlt. Sie runzelt die Stirn, kneift die Augen zusammen.

Immerhin geben die Tasten des Klaviers nicht klein bei, sie glänzen im grauen Dämmerlicht, scharfe Kontrastfarben, die niemand mehr berührt, doch die Klaviatur ist immer geöffnet, falls Senna sich umentscheidet und Lust bekommt, die Tasten anzuschlagen. Nanna hätte auch gerne Klavierspielen gelernt, als sie jung war, doch im Kaufmannshaus gab es kein Instrument.

Wenn Finnur und sie gemeinsam eine CD mit Klaviermusik hören, betrachtet sie oft ihr Klavier, vorausgesetzt sie sitzt so, dass sie es sehen kann, und träumt davon, dass sie es ist, die spielt. Sie müssen sich noch so viele Stücke anhören, Finnur und sie. Nanna würde ihn gerne mal überraschen und Musik kaufen, die er noch nie gehört hat, dann würde er aber dumm gucken, wo er doch meint, alles zu kennen, was auf der ganzen Welt gespielt wird, dabei gibt es einiges, das sie kennt und er nicht, zum Beispiel die Konzerte von Ligeti, da würde er noch dümmer gucken, wenn sie ihm die gäbe, sie freut sich schon allein bei der Vorstellung. Eigentlich sollte sie mal ins Ausland fahren und Musik für Finnur einkaufen. Wenn es nur nicht so schwierig wäre, den Garten im Sommer alleine zu lassen, und im Winter das Haus, schließlich muss jemand den Haushalt führen, kochen und Gäste empfangen.

In ihrer Tasche im Flur plärrt das Handy des Fotografen unaufhörlich. Jemand versucht, ihn zu erreichen, denkt sie, vielleicht seine Mutter. Vielleicht sollte sie rangehen und ihr sagen, wie fleißig ihr Sohn fotografiere, sie spricht doch gerne Französisch. Sie sehnt sich oft danach, nach Frankreich zu fahren, und sei es auch nur, um Französisch zu sprechen und Musik zu kaufen, einfach nur ihren Rucksack mitzunehmen, so wie der Fotograf. Warum kann sie nicht dasselbe machen wie er? Sich einfach ein Ticket kaufen und morgen losfahren?

Da fallen ihr die vielen Kleinigkeiten ein, die mit einer Reise verbunden sind, sie sieht sich selbst hier und dort und sackt auf ihrem Stuhl zusammen wie eine Frau, die zu lange im Wartezimmer gesessen hat.

Die Angst hat sich zu stark in ihr eingenistet, sich an eine Fensterbank unter ihrem Brustkorb gehängt, sich dort ein gutes Nest gebaut und sich Dienstboten zugelegt, die alle losen Dinge einsammeln, damit das Nest vergrößert werden kann. Wie eine große weibliche Brust werden kann.

Das Telefon ist verstummt, und die Stille ergreift ihre Chance, schleicht aus allen Ecken des Wohnzimmers heran, kriecht an ihren Beinen hinauf, sie spürt ihre Kälte, auf Stille folgt Kälte, nie Wärme, und sie denkt an Finnur, an alles, was sie gemeinsam hatten. Dabei versteht sie nicht, warum sie gerade jetzt an ihn denken muss, grübelt kurz darüber nach, bis ihr einfällt, dass sie das Klavier angeschaut und an Musik gedacht hat, das ist die Verbindung zu Finnur. Sie erinnert sich an das Starennest, das sie im Frühling gemeinsam entfernt haben, damals hat sie festgestellt, wie ähnlich sie sich sind im Denken und Handeln, wahrscheinlich hätten sie beide im achtzehnten Jahrhundert leben sollen.

Sie hört ein Summen vor dem Fenster, oder meint zumindest, es zu hören, vielleicht summt es auch nur in ihren Ohren, das sollte sie sich mal eingestehen, dabei denkt sie weiter an Finnur, kann einfach nichts dagegen tun, und dann, ganz plötzlich, kommt ihr eine Idee. Eine so schreckliche Idee, dass ihre Schultern anfangen zu zittern, so kühn und gewagt, dass sie bei der Durchführung in Lebensgefahr geraten könnte. Doch sie wird die Idee nicht los, sie hat sich in ihr Bewusstsein gegraben.

Es ist, als treibe jemand sie an. Wie hypnotisiert steht sie auf, geht wie von einer übernatürlichen Macht gesteuert zur Kellertür und schleicht die Treppe hinunter.

In der Gartenkammer schaltet sie das Licht an. Die Rachenrebe schlummert noch im Regal, wird sich aber bald regen. Nanna schaut sie einen Moment liebevoll an. Dann holte sie den Behälter, den Fünf-Liter-Sprühkanister mit Zerstäuber, und füllt ihn mit Wasser. Greift nach dem Insektengift, gibt zwei Esslöffel anstatt einem wie üblich, wenn sie die Hecke einsprüht, ins Wasser, setzt die Schutzbrille auf, streift die gelben Gartenhandschuhe über und zieht in den Krieg.

Sie schwirren in der Dämmerung um das Nest, höchste Zeit bevor es dunkel wird, vor der Dunkelheit müssen sie zu Hause sein. Nanna wartet in einiger Entfernung und zählt mindestens fünf Biester. Worauf warten sie noch? Warum gehen sie nicht rein? Sie wird sie alle erwischen. Reglos steht sie mit der Waffe in der Hand in der warmen Augustdämmerung.

Geräusche dringen zu ihr, undeutliche Geräusche aus der Ferne, dann meint sie, im Haus ein Klingeln zu hören. Sie lauscht, wahrscheinlich das Festnetztelefon, das klingelt anders als das Handy des Fotografen. Der nur mit einem großen Rucksack und seiner Kamera nach Island kam. Mehr braucht er nicht. Während sie immer Gott weiß wie viel Gepäck dabeihat, wenn sie nur kurz verreist, tote Gegenstände, die im Grunde nicht wichtig sind.

Sie erinnert sich dunkel, dass sie zwei Rucksäcke besitzt, einen kleinen und einen großen, ewig her, seit sie einen davon benutzt hat. Sie könnte das Wichtigste in den großen Rucksack packen. Dann einen Zettel hinterlegen: Bin kurz im Ausland, um Musik zu kaufen. Nein, das war vielleicht nicht genau genug. Besser wäre: Bin kurz im Ausland, um mir neue Bücher über Ökologie zu besorgen, bitte sammelt die Johannisbeeren in Plastiktüten und friert sie ein. Ohne die Musik zu erwähnen, oder dass sie mit Ökologie Wespen meint, dafür würde sich sowieso niemand interessieren.

Die Wespen sind weg, Nanna sieht keine mehr herumfliegen, war zu sehr in Gedanken, um sie genau zu verfolgen.

Der Moment ist gekommen, nun muss sie zum Angriff übergehen. Ihr Herz schlägt schneller, als sie vor dem Nest in die Hocke geht.

Sie spritzt in das Loch, spritzt das Gift in die Türöffnung des Ungeziefers. Die weiße Papierwand saugt die Flüssigkeit auf, Nanna sprüht immer weiter und spürt, wie der Kanister in ihrer Hand leichter wird. Dann tropft es aufs Gras. Sie richtet sich auf und schnappt nach Luft, als wäre sie lange getaucht.

Da sieht sie zwei Wespen über das Nest fliegen. Entsetzt weicht sie zurück. Ihr wird klar, dass der Krieg länger dauern wird, wahrscheinlich wird sie an einem Abend nicht alle erwischen. Sie wartet ab, will noch eine halbe Stunde in Hab-Acht-Stellung bleiben und dann den letzten Angriff der Nacht starten. Im Haus scheint das Telefon zu klingeln.

Die Augustdämmerung wird dichter. Sie kann keine Details mehr erkennen. Nur die weiße Papierbrust unter der Fensterbank ist sichtbar, wirkt jetzt schäbig, ein unscheinbares, heruntergekommenes Heim. Es war schlau von ihr, vor dem Angriff noch ein Foto zu machen. Ein guter Beweis für das feindliche Lager. Aber wahrscheinlich wird sich kaum jemand dafür interessieren, außer vielleicht Hjálmars Kinder. Die interessieren sich für die kleinen Dinge wie sie, und Nanna hat sie sehr gern. Vielleicht weil sie spürt, dass die Kinder sie auch gern haben. Sie merken ja auch, wie sehr ihr Vater sie schätzt.

Nanna bereitet sich seelisch auf die Schlussszene vor. Die letzten Gifttropfen müssen zu den Feinden. Sie hockt sich wieder hin und sprüht.

In diesem Moment wird sie von dem Gefühl erfasst.

Es strömt durch ihre Adern wie Alkohol. Betäubt das Nest unter ihrem Brustkorb, vergiftet es, vernichtet es, sie ist erleichtert, als es verschwindet, und spürt, dass sie wieder frei atmen kann, als hätte sie ihre Fesseln abgeworfen. Dann packt sie kindlicher Übermut, am liebsten würde sie die Waffen von sich schleudern und einfach losrennen, das Gefühl genießen. Doch sie beherrscht sich, weil spielende Kinder die Giftreste im Kanister finden könnten.

Als sie in der Gartenkammer die Sachen wegräumt, verfolgt die Rachenrebe ihre Handgriffe. Du brauchst mehr Licht, sagt Nanna und hebt sie vorsichtig vom Regal. Da sieht sie, wie kränklich die Pflanze ist. Sie bekommt in der Kammer nicht genug Licht, das Fenster ist zu klein, Nanna hätte sie in der Kellerwohnung stehen lassen sollen, obwohl der Fotograf dort wohnt. Es war unnötig, alle Sachen rauszuholen, nur weil dort jemand einzog. Dem Mann war es wahrscheinlich völlig egal, und er würde eine Topfpflanze auf dem Küchentisch vielleicht sogar heimelig finden.

Die Pflanze ist trocken, die Erde hat sich vom Topf gelöst. Nanna untersucht die Wurzeln, die in einem schlechten Zustand sind. Durch die richtige Behandlung sind sie vielleicht noch zu retten. Sie nimmt die Pflanze mit nach oben und holt auf dem Weg ihren alten Rucksack.

Während sie an der Spüle steht und warmes Wasser über die eingetrockneten Wurzeln laufen lässt, denkt sie über das Wachstum von Pflanzen nach. Wie wichtig es ist, an die Wurzeln zu denken, man kann Pflanzen ständig kürzen und beschneiden, doch an die Wurzeln muss man denken, wenn sie leben sollen. Und jemand muss an sie denken. Wer wird das tun, wenn sie mit ihrem Rucksack in die Welt hinauszieht? Nicht Gylfi, und ganz bestimmt nicht Senna. Und wer wird an Senna und deren Wurzeln denken, während sie durch die Welt reist?

Zweifellos Gylfi. Senna vergöttert ihren Vater und ist sein Ein und Alles. Die Menschen lieben diejenigen am meisten, die ihnen die größte Liebe entgegenbringen. Aber das änderte nichts daran, dass sie beide ihre Tochter beschützen mussten, dafür sorgen mussten, dass ihre Wurzeln dick und stark wurden.

Die Wurzeln der Rachenrebe schnappen vom vielen Trinken nach Luft. Der nächste Schritt wäre, die Pflanze in neue Erde zu setzen und abzuwarten, was passiert. Doch was ist ihr nächster Schritt? Eigentlich will sie gar nicht weg, sie ist wie die Ameisen, die sich in ihrer eigenen Erde wohlfühlen – muss sie denn überhaupt versuchen, eine andere zu sein, als sie ist?

Aber es lässt sich nicht leugnen, sagt sie zu der Rachenrebe, die sich angesichts der Umstände in ihrem neuen Topf äußerst wohl zu fühlen scheint, dass ich wirklich in der Stimmung bin, etwas Radikales zu tun, obwohl es langsam spät wird.

Sie ruft zwar erst einmal nicht ihren Vater an, kann sich aber durchaus vorstellen, den Hoteldirektor zur Rede zu stellen, der ihre Tochter nicht in Schutz genommen hat. Und diesmal wird sie ihn nicht mit Samthandschuhen anpacken.

Ihre Tasche liegt immer noch im Flur. Sie kippt deren Inhalt in den Rucksack und hält das Handy des Fotografen eine Weile in der Hand. Vorerst ist sie gezwungen, es zu benutzen. Sie wäre nie auf die Idee gekommen, dass sie einmal sein Handy benutzen würde, als sie ihn im Frühling an der Hecke stehen sah.

Sie weiß noch, wie sie damals im Frühling daran dachte, wie sich die Stimmung verändern kann, ohne dass einem klar ist, warum. So kann sich alles ändern. Kleine Ereignisse, die niemand wahrnimmt, aber alles verändern.

Sie findet das bemerkenswert, steckt das Handy in den Rucksack und will auf dem Weg aufs Land darüber nachdenken.

Kristín Marja Baldursdóttir im Fischer Taschenbuch Verlag

Möwengelächter
Roman
Aus dem Isländischen von
Coletta Bürling und Renate Einarsson
Band 19279

Kühl graut der Morgen
Roman
Aus dem Isländischen von Coletta Bürling
Band 19280

Hinter fremden Türen
Roman
Aus dem Isländischen von
Coletta Bürling und Kerstin Bürling
Band 19281

Die Eismalerin
Roman
Aus dem Isländischen von Coletta Bürling
Band 16932

Die Farben der Insel
Roman
Aus dem Isländischen von Coletta Bürling
Band 18222

Fischer Taschenbuch Verlag

fi 555 103 / 2